ミスター・ホームズ

名探偵最後の事件

ミッチ・カリン　駒月雅子 訳

Mr.Holmes

角川書店

ミスター・ホームズ　名探偵最後の事件

装画　伊藤彰剛
装丁　須田杏菜

母、シャーロット・リチャードスンに捧《ささ》ぐ。
ミステリを愛し、豊かな人生行路を旅した人よ――。
すばらしい書斎を堪能《たんのう》させてくれた故ジョン・ベネット・ショウにも深甚なる敬意を。

謝辞

協力、情報提供、助言、友情、そしてインスピレーションをくださった以下の方々に心より感謝します。

アイ、ジョン・バーロウ、コーテス・ベイトマン、リチャード・E・ボニー、ブラダム、マイク&サラ・ブリュワー夫妻、フランシーヌ・ブロディ、ジョーイ・バーンズ、アン・ケアリーとアンソニー・ブレグマンとテッド・ホープ、ネコ・ケース、ピーター・I・チャン、クリスチャン家の人々（チャリーズ、クレイグ、キャメロン、ケイトリン）、ジョン・コンヴェルティーノ、わが父チャールズ・カリン、エリーゼ・ダーヌ、ジョン・ダウワー、キャロル・エドワーズ、デミトリオス・エストラティオ、トッド・フィールド、メアリー・ゲイツキル、ランディ・ガーランド博士、ハウ&ソフィ・ゲルブ夫妻（www.giantsand.com）、テリー・ギリアム、ジェマ・ゴメス、グラン・ダディ・コレクティヴ、トニー・グリソーニ、トム・ハルムセン、ハルタ家の皆さん（本書への助力に対し最大の感謝を）、可愛いクリスティン・ハーシュ、トニー・ヒラーマン、ロビン・ヒッチコック、スー・ハベル、ミッチェル・ハッチンソン、レイコ・カイゴウ、パティ・キーティング、スティーヴ&ジェシア・キング夫妻、ロベルト・コシカワ、オーシャン・

ラム、トム・ラホイヤ、パティ・ルメイ&ポール・ニーハウス、ラッセル・レオン、ヴェルナー・メルツァー、ジョン・ニコルズ、大江健三郎、奥泉光、デイヴ・オルファン、パラス家の人々(チェイ、マーク、カレン)、ジル・パターソン、チャド&ジョディ・パイパー夫妻、キャシー・ポリーズ、アンディ・クウォン、マイケル・リチャードソン、シャーロッテ・ロイバル、西東三鬼、ダニエル・シャクター、マーティ&ジュディ・シェパード夫妻、ピーター・スタインバーグ、ナン・テレーズ、カート・ワグナー&メアリー・マンシーニ、ビリー・ワイルダー&I・A・L・ダイアモンド、ルル・ウー、そしてウィリアム・ヴィルデ・ツァイトラー。

それから、ウィリアム・S・ベアリング=グールドと、彼の秀作『シャーロック・ホームズ～ガス燈に浮かぶその生涯～』に特別な感謝の意を捧げる。少年時代からの愛読書であり、本書の執筆中、それが計り知れないほど貴重な文献であることを再認識させられた。マイクロフトが語る〝ウィンストン・チャーチル君〟のエピソードは、この文献からそっくり採らせていただいた。

【主な登場人物】

シャーロック・ホームズ　元諮問探偵。サセックスで養蜂を営む。

マンロー夫人　シャーロックの家政婦。

ロジャー　マンロー夫人の息子。母親と共にシャーロックの世話をしている。

アンダースン　サセックス州警察の警察官。

エム・アンダースン　アンダースンの娘。

マイクロフト・ホームズ　シャーロックの兄。

トーマス・R・ケラー　1902年における、シャーロックの依頼人。

アン・ケラー　トーマスの妻。

マダム・シルマー　グラス・アルモニカ奏者。

ステファン・ピータースン　愛書家の中年男。

ウメザキ・タミキ　詩人。シャーロックを日本に招待した。

ヘイシロウ（ヘンスイロ）　ウメザキの同居人。画家。

マヤ　ウメザキの母。

ウメザキ・マツダ　ウメザキの父。外交官。

ぼくはたしかに、自分にとってかけがえのない顔立ちを、今度こそしっかりと捉《とら》えていた。夢のなかの原型に比べて、おそらくはずっと人間じみていて、ずっと幼なげになっていたようだったけれども。

——北杜夫『幽霊』

蜜蜂《みつばち》に語りかける、この不思議な沈黙の声の正体は、いったい何か？　蜜蜂以外に、この声が聴こえるものはいないのか？

——ウィリアム・ロンググッド『女王死すべし』

第一部

1

初夏の日の午後のこと、旅から帰国した彼は農場にある石造りの母屋へと入っていった。荷物は玄関に置いたままにして、あとは家政婦にやってもらうことにした。真っ先に向かったのは図書室だった。椅子に静かに腰かけ、なじみのある蔵書と部屋の空気に囲まれて、ようやく人心地がついた。およそ二カ月間、家を離れていた。行きは軍用列車でインドを横断し、イギリス海軍の船でオーストラリアへ渡り、そこから最終目的地である戦後の占領統治下の日本に到着した。帰りも同じ経路をたどった。その果てしなく感じられた船旅では、つねに騒がしい下士官の集団が道連れだった——隣に座っている老紳士にはなんの関心もない連中ばかりで、彼が食事をしていようと、おぼつかない足取りで歩いていようと、ポケットにどうしてもマッチが見つからず、火のついていないジャマイカ葉巻を所在なげに口にくわえていようと、いっこうに気に留めない様子だった。ごくまれにだが、事情を知っている将校から彼が誰なのか聞かされたらしく、若い兵士たちが振り向いて品定めの視線を送ってよこした。驚きと興奮に頰を紅潮させて。当然だろう。歩くときにステッキを二本必要とはしても、彼の背筋はぴんと伸びていたし、灰色の目に宿る鋭敏さは長日月を経てすらいささかも曇っていなかったのだから。頭髪は真っ白だが、顎《あご》ひげと同様に長くふさふさとして、イギリス紳士らしく後ろへ撫《な》でつけてあった。

「本当ですか？　あなたは本当にあの人なんですか？」ある下士官に訊《き》かれた。

「当時の面影はいまも残っているはずだがね」

「じゃあ、やっぱりシャーロック・ホームズさんなんですね？　驚いたな。信じられませんよ」

「無理もない。私自身も信じられないときがあるからね」

それはともかく、長旅はつつがなく終えた。外国で過ごした日々を細部まで克明に思い起こすのは難しいが、全体を通してそれなりに収穫があり、うまい料理を堪能《たんのう》したあとのような満足感をおぼえていた——いま振り返ると、とらえどころのない不思議な経験に思えてくる。あちこちに散らばった記憶の断片は、手に取ればたちまち淡雪のように消え、二度ともとに戻らなくなってしまいそうだ。しかし、たとえそうであっても、この家は変わらずに存在する。彼にはいつもの部屋での規律正しい田舎暮らしと、確実で頼りになる養蜂《ようほう》業がある——こうしたものを営むのに大量の記憶など必要ない。長年の孤独な生活のなかで少しずつ身につけてきた習慣なのだから。もうひとつ忘れてはならないのは、世話をしてやっている蜜蜂《みつばち》の存在だ。彼自身も例外を免れないが世界は刻々と変化している。しかし蜜蜂の群れはそうではない。目を閉じて、呼吸を共鳴させると、頭のスクリーンに彼の帰還を喜ぶ働き蜂が一匹現われ、彼を見つけだして喉《のど》のあたりをちくりと刺した。

もちろん実際にそうなっても対処方法は心得ている。蜂に喉を刺された場合の一番の応急手当ては、塩水を飲むことだ。言うまでもなく針はすぐに抜かなければならない。毒はまたたく間に広がるので、できれば数秒以内に。丘陵地帯サセックス・ダウンズの南斜面で養蜂を始めて四十四年になる彼は——シーフォードとイーストボーンにはさまれた土地に住み、最寄りの村はカックミア・ヘイヴンというちっぽけな集落だ——正確に数えて七千八百十六回も働き蜂に刺されている。たいていは顔か手だが、耳たぶや首筋や喉ということもたまにあった。毎回、刺された原因と症状について考察し、その結果を日記に書き留めておいた。何冊ものノートが屋根裏の書斎に保管してある。痛い経験を通して、刺された部位や針を抜いたあとの傷の深さごとにさまざまな治療法を試みてきた。たとえば、冷たい塩水に浸ける、塩を混ぜた軟石鹸《なんせっけん》を塗る、半分に切った生のタマネギを患部に押しあてるなど。炎症がひどいときは、泥や粘土が効くこともある。腫《は》れが引くまで一時間おきに塗り直さないとならないが。とはいえ実は、炎症を防ぐうえで一番効果的かつ手軽な方法は、湿らせた煙草を傷口に即座にこすりつけることである。

それを知っているにもかかわらず――いま彼は図書室の火が入っていない暖炉のそばで肘掛《ひじか》け椅子に座ってまどろみながら、夢のなかであわてふためいていた。喉仏を不意に刺されて、どうすればいいのか思い出せずにいた。自分は大きなマリーゴールドの花畑に立って、ふしくれだった細い指で首を押さえている。早くも腫れてきて、皮膚が脈打つようにふくれあがっているのがわかる。麻痺《まひ》の恐怖が押し寄せてくる。身体が完全に動かない。腫れは内側からも外側からもひどくなっていく。風船のようなこぶに押しあげられて指が開き、狭まった気管がいまにもふさがれそうだ。

マリーゴールドの赤と黄金色に囲まれて、自分の姿がくっきりと見える。一面に広がる花畑から突きだした青白い裸体は、薄いライスペーパーに包まれたもろい骸骨《がいこつ》のようだ。隠遁《いんとん》生活の服は残らず剝《は》ぎ取られてしまっている――第一次世界大戦の頃から着ていた、第二次世界大戦が終わって九十三歳になったいまも愛用している毛織やツイードの服が見あたらない。たっぷりあった髪は頭蓋骨《ずがいこつ》があらわになるほどまばらで、顎ひげも張りだした顎と突きだした頰骨にかろうじて無精ひげ程度に残っているだけだ。歩行を助けてくれるステッキも――実際には図書室で座っている彼の膝《ひざ》にのせてあるが――夢のなかでは消え失《う》せている。それでも彼はじっと立っていた。喉が締めつけられて呼吸できなくなっているにもかかわらず。唇だけが、空気を求めて声もなくあえいでいる。それ以外はすべて――彼の身体も、満開の花も、空に浮かぶ雲も――微動だにしない。震える唇と皺《しわ》が刻まれた額のあたりを黒い肢《あし》で忙《せわ》しげに歩きまわる一匹の孤独な働き蜂を除けば、なにもかもが静止している。

2

ホームズはあえいで眠りから覚めた。まぶたを押しあげて、咳払《せきばら》いしながら図書室を見まわす。それから大きく深呼吸し、西向きの窓から射しこむ陽光が弱まりつつあるのに気づいた。磨かれた床板の上に、光と影が描きだす時計の針のような模様が這《は》い伸びている。それがちょうどいま、彼の足もとに敷かれたペルシャ絨毯《じゅうたん》のへりまで来ているので、現在の時刻は午後五時十八分だとわかった。

「お目覚めですか、旦那《だんな》様？」若い家政婦のマンロー夫人の声だった。すぐそばに向こうを向いて立っていた。

「ああ」と彼は答えて、家政婦のほっそりした後ろ姿を見つめた——褐色の長い髪をひっつめに結い、細くしなやかそうな首筋に巻き毛の細い房がはらりと垂れている。黄褐色のエプロンの紐《ひも》は背中でしっかりと結ばれている。彼女はテーブルに置いてあるバスケットから郵便物の束（外国の消印が押された手紙、小包、大判の封筒など）を取りあげると、大きさごとに仕分けを始めた。雇い主の指示で、一週間に一度それをやることになっている。

「うたた寝すると、いつもそうなるんですね——喉を詰まらせたような音を出してましたよ。旅行の前からずっと。お水をお持ちしましょうか？」

「いや、いい。必要ない」彼はそう言って、ぼんやりしたまま二本のステッキを握った。

「そうですか、ではお好きなように」

マンロー夫人は郵便物の整理を続けている。手紙は左側、小包は真ん中、大判の封筒は右側に。彼が留守のあいだ、普段はすっきりしているテーブルの上は誰かが送ってよこした中身のわからない書簡や荷物でいっぱいになった。遠方から届いた珍しい贈り物もまじっているだろう。雑誌やラジオからの取材の申し込みや、助力を求める依頼状も入っているはずだ。依頼といっても、いなくなったペットや盗まれた結婚指輪を捜してくれだの、行方不明の子供を見つけてほしいだののといった、返信するまでもないありふれた用件ばかりに決まっているが。ほかには未刊の原稿もあるだろう――彼の過去の功績をねじ曲げてどぎつく飾り立てた小説や、犯罪学の傲慢《ごうまん》な論文、あるいは探偵物のアンソロジーの校正刷りなどが。おおかたカバーの推薦文や序文を書いてくれとねだる書状が添えられて。彼が返事を出すこともまれにあるが、ジャーナリストや作家や売名目的の人間はいっさい相手にしなかった。

それでも、届いた手紙は全部ひととおり読んで、小包は必ず中身を確認することにしていた。一週間に一度の習慣だ――暖かい季節だろうと寒い季節だろうと暖炉に火を入れ、テーブルの前で手紙を開封し、文面にざっと目を通しては便箋《びんせん》をくしゃくしゃに丸めて暖炉に投げこむ、という作業を繰り返す。ただし贈り物は手荒に扱わないでバスケットにまとめ、マンロー夫人に町の慈善活動団体に渡してもらう。

もしも興味を引く内容の書簡があった場合はどうなるか。へつらいやおだてに毒されていない、彼の関心をかき立てるような重大な事柄――たとえば働き蜂の卵から女王蜂を産する方法や、ローヤルゼリーの効能や、サンショウのような異国の薬草の栽培に関する新しい情報（自然界には老いた肉体と頭脳につきまとう厄介な機能低下を食い止める不可思議なものが存在し、ローヤルゼリーもそのひとつだと彼は信じている）が整然と記された文面ならば、ひとまず焼却処分を免れて、灰になる代わりに彼の上着のポケットにおさまる。そして、いずれ屋根裏にある書斎の机で詳しく検討されるときまでポケットにしまわれたままになるだろう。ときおり、そうした幸運な手紙は彼をどこか別の場所へ招き寄せる。以前、彼はワージング近くの廃墟《はいきょ》と化した修道院の薬草園まで足を運び、牛蒡《ごぼう》と赤い蓼《たで》の奇妙な交配種が繁茂しているのを観察したことがあった。また、ダブリン郊外の養蜂園へ出かけていった際は、やや酸味はあるものの、まずいわけではない蜂蜜を少量もらって帰ることができた。気温の高い時期に巣の表面を蓋《ふた》代わりに覆っていた湿り気を含んだ物質なのだそうだ。つい先日は日本の下関《しものせき》という土地を訪問して、サンショウという植物の特別な調理法を見学した。味噌《みそ》や発酵した大豆と混ぜるその料理は、地元の人々の長生きを支えていると考えられていた。そのような長寿の秘訣《ひけつ》となりうる珍しい滋養食について知識をじかに集め、記録に残しておくことは、彼がこれまでの長い孤独な暮らしのなかで追い求めてきた大事な目標なのだ。

「何年経っても終わりそうにないですね」マンロー夫人は積みあがった郵便物の山をうなずいて示した。空になったバスケットを床に置いてから、再び彼に向かって話しかけた。「これだけじゃないですから。玄関ホールの物置に箱がいくつも転がってます――あそこにもたくさん詰めこんであるんです」

「ああ、わかったよ、ミセス・マンロー」彼女がどう説得を試みようとはねのけてやるつもりで、つっけんどんに答えた。

「ほかのもここへ運んできましょうか？　それとも、こっちのが片付いてからにしますか？」

「こっちのが片付いてからだ」

彼はドアのほうをちらりと見て、出ていくようさりげなく促したが、マンロー夫人はてんで取り合わなかった。エプロンのしわを伸ばしてから、言いにくそうに続ける。「とんでもない量なんです――玄関の物置にしまってある分が。言葉でどう伝えたらいいのかわからないくらい、たくさんあるんです」

「そうだろうね、想像がつくよ。だが、まずはここにある分からやってしまうつもりだ」

「旦那様はもう手一杯だと申しあげてるんです。もしよろしければ、お手伝いを――」

「いや、けっこう――私一人でやれる」

今度はドアのほうへはっきりと視線を向け、あからさまに顎まで突きだして見せた。

「おなかは空《す》いてらっしゃいませんか？」マンロー夫人はおずおずとペルシャ絨毯のほうへ歩き、

陽射しのなかに進みでた。

近づいてくる彼女をしかめ面で制してから、彼はため息まじりに口調をわずかに和らげた。

「いいや、まったく」

「夕食は召しあがるでしょう？」

「抜くわけにはいかんだろうな」彼は台所に立つマンロー夫人のおおざっぱな仕事ぶりを想像した。調理台に野菜くずや肉の切れ端を散らかし、パンのかけらやスティルトン・チーズの大きな塊を床に落とす姿が浮かぶ。「またあのトード・イン・ザ・ホール［訳注：小麦粉の生地とソーセージを使ったイギリスの家庭料理］を作るつもりかね？」

「お好きじゃないんですか？」彼女は意外そうに訊いた。

「そのとおりだ、ミセス・マンロー。本当は好きじゃない――ああいう作り方をしたトード・イン・ザ・ホールはな。ただし、きみのシェパーズ・パイは絶品だ」

マンロー夫人は眉《まゆ》をひそめて考えこみながらも、表情がぱっと明るくなった。「そうですか、じゃあ、ええと、サンデーロースト［訳注：イギリスの家庭で日曜日の昼に食べる、ローストした肉にマッシュドポテトやグレイビーソースを添えた料理］の牛肉が残ってますから、あれを使いましょうか。子羊のほうがお好きなのはわかってますけど」

「残り物の牛肉でかまわんよ」

「ではシェパーズ・パイにしますね」そう言ったあとで、彼女は急《せ》いた口調に変わった。「そうそう、お伝えしておかないと。さっき荷ほどきして、旅行鞄《かばん》の中身を整理していたら、変なナイフが出てきましたよ。なにに使うのか知りませんが、枕元に置いてありますから、うっかり怪我をしないよう気をつけてくださいね」

彼はぐっとこらえて息を吐くと、両目をきつく閉じてマンロー夫人の姿を視界から追いだした。

「あれはレター・オープナーに使っている〝九寸五分〟という短刀だ。ご心配はありがたいがね、私が——自分のベッドで刺されるようなへまをするわけないだろう」

「だといいんですけど」

彼は右手をジャケットのポケットに突っこんで手探りした。半分吸いかけのジャマイカ葉巻を入れておいたのだが、残念ながらどこかに置き忘れたらしい。きっと汽車から降りるとき、落としたステッキを拾おうと前かがみになった拍子にポケットから滑りでたのだろう。いま頃はプラットホームの上で誰かに踏みつぶされてぺしゃんこになっているのかもしれない。「たぶんそうだろう」彼はぶつぶつと言った。「いや、ひょっとすると——」

もう一方のポケットを手探りしながら、マンロー夫人の靴音が絨毯から離れ、床を横切り、ドアを出ていくのを聞いていた。そうか、彼女は七歩で図書室から出ていけるのか、と独りごちた。ポケットのなかの指が円筒形の物に触れた。握った感じでは、半分まで減ったジャマイカ葉巻と長さも太さも同じくらいだったが、重さと固さで葉巻ではないと容易に判断できた。ポケットから取りだし、目をあけて開いたてのひらを見た。そこにのっていたのは小さな透明のガラスの容器だった。顔を近づけると、金属の蓋が陽射しにきらめいた。密封された瓶のなかにいる二匹の死んだ蜜蜂を彼はためつすがめつした――互いに肢をからませ合い、まるで親密な抱擁のさなかに息絶えたかのようだ。

「ミセス・マンロー――」

「はい？」廊下に出ようとしていた彼女は急いで引き返してきた。「あら、それはなんですか？」

「ロジャーはどこだね？」彼はガラスの容器をポケットにしまって訊いた。

マンロー夫人は出ていったときと同じ七歩で室内を横切った。「なんておっしゃったんですか？」

「ロジャーだよ――きみの息子の。どこにいるんだ？　まだ姿を見ていないが」

「旅行鞄を家のなかに運び入れたのはロジャーですよ。覚えてらっしゃらないんですか？　そのあと旦那様はあの子に養蜂場で待っているようにおっしゃいましたよ。巣箱の点検に立ち会ってもらいたいからと」

顎ひげをたくわえた青白い顔に困惑の表情が広がる。そして、記憶力の衰えを痛感させられるたびにのしかかってくる動揺が、彼の心に暗い影を落とした。自分はほかになにを忘れているのだろう？　握りしめても指のあいだからこぼれ落ちる砂のように、記憶は消えていくばかりなのか？　どんなことなら、はっきりと覚えていられるのだ？　だがそんなふうに疑心暗鬼になったときは、なんとか筋の通りそうな説明を探して不安を払いのけることにしていた。

「そうだったな、確かにそうだ。なにしろ今回の旅は強行軍だったからね。あまり眠れなかったのだ。あの子をだいぶ待たせているのかな？」

「ええ、かなり長いこと——お茶の時間が過ぎてもずっと待ってますから。でも本人は平気でしょうけど。旦那様がお留守のあいだ、あの子は蜜蜂の世話を一生懸命やってました。母親よりも大事に思ってるみたいで」

「本当かね？」

「ええ、寂しいことに」

「そうか、では」彼はステッキを床についてかまえた。「これ以上待たせるわけにはいかないな」

両方のステッキに頼って肘掛け椅子から立ちあがると、彼は頭のなかで歩数を数えながら戸口へ向かった。一、二、三——背後から話しかけてくるマンロー夫人の声は無視した。「付き添いましょうか、旦那様？　お一人でだいじょうぶですか？」四、五、六。危なっかしい足取りで進んでいくのを家政婦に心配げな顔で見られていようとは想像もしなかった。また、間もなく彼女がジャマイカ葉巻の吸いさしを見つけることも彼には予想できなかった。彼が部屋を出ていった直後、マンロー夫人は肘掛け椅子の前にしゃがんで、きつい匂いの葉巻をクッションから指でつまみあげ、暖炉へ放りこむことになる。七、八、九、十——十一歩目で彼はようやく廊下に出た。マンロー夫人より四歩多く、自分の普段の平均と比べても二歩余分だった。

これについて、玄関で呼吸を整えながら彼は次のように結論づけた。いつもより歩くのが遅いのは無理もないことだ、地球を半周する冒険の旅を終えて戻ってきたばかりで、しかも毎朝カリカリに焼いた薄切りパンにローヤルゼリーを塗って食べる習慣からしばらく遠ざかっていたのだから、と。ローヤルゼリーはビタミンB複合体が豊富で、糖分やタンパク質や有機酸など、健康とスタミナを維持するのに欠かせない栄養素を含んでいる。自分はそれらをしばらく摂取していないせいで、記憶力と同様に運動能力も衰えたのだと解釈することにした。

だが戸外へ一歩踏みだすと、午後遅い陽射しを浴びた田園風景に頭がすっきりして、俄然《がぜん》活力が湧いた。花々は悩みなどこれっぽっちも知らず咲きこぼれ、記憶の断片が剝がれ落ちたあとの空洞を暗示するような憂いの影はどこにも見あたらない。すべてが何十年も前からずっと同じだ――彼自身もそうだった。今日も庭の小径をあてもなくぶらついて、野生の水仙や花壇に植えられた薬草を過ぎ、上に向かってくねくねと伸びるアザミや紫色のフジウツギの横を通りながら、胸いっぱいに新鮮な空気を吸いこんだ。敷地のまわりの松林をそよ風が優しく揺らしている。靴とステッキが砂利でたてるザクザクという音が耳に心地よい。いま後ろを振り返れば、すでに母屋は四本の松の大木の向こうに遠ざかっているだろう。玄関はドア枠に這わせた薔薇《ばら》の花と茎に飾られ、窓はモールディングの庇《ひさし》に守られ、吹きさらされた煉瓦《れんが》の縦仕切りが外壁に浮きあがっているが、いまは密に交差する枝と松葉にさえぎられてほとんど見えない。彼は先へ進み続け、小径の終点まで来た。目の前には柵《さく》のない牧草地が広がり、密生する西洋ツツジや月桂樹、シャクナゲなどが美しい彩りを添えている。その奥にぼんやり見えるのは、一本ずつどっしりと生えているオークの木立。それらの下に蜂の巣箱が群れごとに二個ずつ、まっすぐ並べられている――そこが彼の養蜂場だ。

養蜂場にたどり着くと自然と歩調をゆるめ、ロジャーの話を聞きながら巣箱をじっくり見てまわった。ロジャーは老人がいないあいだ蜜蜂の世話に一生懸命だったことを伝えようと、蜂よけのベールもかぶらず、袖《そで》をまくりあげたまま、巣箱から巣箱へ移動して説明を続けた。ホームズが日本へ出発する数日前の四月初めに巣分かれを済ませたあと、巣材となっていた蜜蠟《みつろう》は木枠からきれいに取り除かれたので、蜜蜂は新しい巣を築いていた。いまでは六角形の巣房がすべて卵で埋まっている。教えられたとおり、少年は巣板の数をどの箱も九枚に減らし、蜜蜂が成長して増えるための空間をたっぷりこしらえておいた。

「よくやった」ホームズは少年をねぎらった。「ロジャー、きみのおかげで蜂は夏を快適に過ごせているようだ。ていねいに世話をしてくれて頼もしいかぎりだよ」そのあと少年に褒美を授けようと、曲がった親指と人差し指でポケットからガラスの容器を取りだした。「これをあげよう」

ロジャーが容器を受け取って、軽い驚きのこもった顔で中身を見つめる。その様子を眺めながら老人は続けた。「学名アピス・セラナ・ジャポニカ――通常は単純に〝ニホンミツバチ〟と呼んでいる。気に入ったかな？」

「ありがとうございます、旦那様」

少年は笑顔で礼を言った。ホームズはロジャーの澄んだ青い瞳《ひとみ》をじっと見つめ、くしゃくしゃのブロンドの髪を軽くぽんと叩《たた》いて笑みを返した。それから二人並んで巣箱のほうを向いたまま、しばらく押し黙っていた。ホームズは養蜂場でのこうした静寂が大のお気に入りだった。かたわらに立つロジャーも嬉《うれ》しそうなので、互いに満足感を共有しているようだとホームズは感じた。彼が子供との交流を楽しいと思うことはめったにないが、マンロー夫人の息子に対しては父親めいた感情を抱かずにはいられなかった（そして、あんな不器用な母親にどうしてこういう将来有望な子ができたのだろうと疑問に思うこともしばしばだった）。にもかかわらず、これだけ齢《よわい》を重ねても、彼にとって愛情を細やかに表現することは至極難しかった。相手が十四歳の少年で、イギリス陸軍に所属していた父親をバルカン半島で亡くしているのだと思うとなおさらだ。父親のいない寂しさはいかばかりだろう。しかし、いずれにせよ、出しゃばりなところのある家政婦とその親族と暮らしていくには、感情の抑制を保ち続けるのが賢明と考えている――こうして少年と無言でたたずんで、静寂が雄弁に語るにまかせながら、巣箱や風に揺れるオークの枝を眺め、午後が夕暮れへと移ろう微妙な変化に心を重ねているだけで、気持ちは充分伝わるはずだ。

間もなく庭の小径から、マンロー夫人が台所を手伝ってと息子を呼ぶ声が聞こえた。老人と少年はしかたなさそうに歩きだし、家に向かって牧草地を横切っていった。途中で気まぐれに立ち止まっては、かぐわしい西洋ツツジのまわりを舞う青い蝶《ちょう》を観察した。ちょうど黄昏《たそがれ》があたりを包もうとする頃、母屋の庭に帰り着いた。ホームズの肘に少年が軽く手を添えていた――二人はそのまま玄関から家のなかに入った。さらに階段を上がって屋根裏の書斎にたどり着くまで、少年はかたわらに付き添っていた。腕を支えながらでは階段をのぼりにくいだろうに、いつも器用にステッキの役割を果たしてくれるので、ホームズはありがたく思っていた。

「夕食の用意ができたら、迎えにきましょうか？」ロジャーは尋ねた。

「そうだな、頼むよ」

「はい、旦那様」

少年が迎えにくるまで、ホームズは机の前に座って待つことにした。しばらくのあいだ、旅行の前に書きつけたメモを確認する作業に没頭した。破り取った紙切れに暗号みたいな手書きのメッセージが記されている。〝果糖のほうがブドウ糖よりも溶けやすく、性質がすぐれている〟自分がどうしてこれを書いたのかまったく思い出せない。室内を見まわしてみた。不在中にマンロー夫人は好き勝手にふるまったようだ。床のあちこちに散らばっていた書物はきちんと積み重ねられ、床がきれいに掃除されている。だが彼の言いつけを守って、埃《ほこり》はどこも払っていなかった。無性に煙草を吸いたくなったので、ノートを脇へやって机の抽斗《ひきだし》を開けた。ジャマイカ葉巻か、せめて紙巻き煙草でも入っていないかと思ったのだが、狩りは空振りに終わった。しかたないので、気心の知れた文通相手に考えを振り向け、ウメザキ・タミキ氏から送られてきた手紙のうちの一通を手に取った。今回の海外旅行に出発する数週間前に届いたものだ。「拝啓　このたびは小生の申し出を快くご応諾くださり、光栄の至りに存じます。当地、神戸に足をお運びいただけるとのことですので、ご滞在中は小生が日本の西側にある神社仏閣や庭園へご案内いたしたく、いまから楽しみにしております。また――」

　残念ながら、これも途中で放りだすことになった。読み始めたばかりだというのに、もうまぶたが重たくなって、顎が徐々に胸にうずまりそうになった。いつの間にか眠りにいざなわれ、指のあいだから手紙がすっと滑り落ちた。本人には聞こえていないだろうが、喉を詰まらせたような低い音がかすかに響いた。やがて目が覚めたとき、自分がマリーゴールドの花畑に立っていた場面は覚えていなかった。再び同じ場所へ舞い戻った夢の内容はすべて忘れてしまっていた。代わりに目の前でロジャーが腰をかがめてこちらをのぞきこんでいたので、ぎくりとした。咳払いをしてから、少年の顔を見つめた。じれったそうな、そして怪訝《けげん》そうな表情をしている。「私は眠っていたのか？」

　少年はうなずいた。

「そうか――なるほど――」

「もうじき夕食ですよ」

「わかった、もうじき夕食なんだな」彼はぶつぶつと繰り返しながら、ステッキを手に持った。

　これまでどおり、ロジャーは慎重に手を添えて、ホームズが椅子から立ちあがるのを助けた。書斎を出るときはぴったりくっついて支え、さらに廊下を進んで階段を下り、ダイニング・ルームへ入っていくまで軽く肘を握っていた。そのあとようやく手を離した。ホームズはそこから一人で歩いて、薄い色のオーク材でできた大きなヴィクトリア朝様式のテーブルへ向かった。マンロー夫人が彼のために食卓をととのえ、一人分の料理が用意されていた。

「食事が済んだら」ホームズは振り返らずに少年に言った。「養蜂場の作業のことで話をしよう。私が不在のあいだどういう状態だったか詳しく聞いておきたいのでね。正確な報告をお願いできるかな？」

「はい、わかりました」少年は答えたあと、老人がステッキをテーブルに立てかけて着席するのを戸口から見守った。

「頼んだよ」ホームズは部屋の反対側に立っているロジャーをじっと見た。「では、一時間後に図書室で。いいね？　むろん、きみのお母さんのシェパーズ・パイで私が命を落とさなければの話だが」

「はい、旦那様」

ホームズはテーブルの上の折りたたまれたナプキンを取ると、それをひと振りして広げ、角を襟の内側にたくしこんだ。椅子に背筋を伸ばして座り、皿の位置を少し動かしてまっすぐに直した。そのあと鼻から息を漏らし、空の皿の両脇に手をきちんと置いた。「彼女はどこへ行った？」

「ここですよ」突然マンロー夫人の声が聞こえた。湯気の立つ料理をトレイにのせて、ロジャーの後ろからすっと現われた。「どいてちょうだい」彼女は息子に言った。「そんなところに突っ立ってちゃ、邪魔ですよ」

「ごめん」ロジャーのほっそりした身体が脇へ寄って、母親のために道をあけた。彼女が戸口を通り抜けて急ぎ足でテーブルへ向かうと、ロジャーはゆっくりとあとずさった。一歩、また一歩――やがてダイニング・ルームから姿が消えた。彼としてはこれ以上ぐずぐずしてはいられなかった。母親にコテージへ戻りなさいと言われるか、台所の後片付けを手伝わされるかのどちらかだろうから。それを避けたくて、母親が給仕している隙にこっそりその場を離れたのだ。

ただし少年が向かった先は、母親にすぐ悟られそうな屋外の養蜂場ではなかった――養蜂場のことでホームズと話し合うことになっている図書室でもなかった。裏階段をそっと上がって、ホームズが一人で閉じこもるための場所、屋根裏の書斎へ行ったのだ。実を言うと、ホームズが海外旅行で留守のあいだ、ロジャーはその書斎で長い時間を過ごした――おもに古い書物や埃をかぶった論文、科学雑誌などを本棚から引っ張りだし、机の前に座って読みふけったのだった。好奇心が満たされると、もとあった場所にきちんと戻し、さわったことがわからないようにした。たまに、ホームズになったつもりで夢想を楽しむこともあった。椅子の背にもたれ、両手の指先をくっつける独特のしぐさをまねて考え事にふけったり、窓へ鋭いまなざしを向けたり、葉巻を吸うふりをしたりした。

マンロー夫人は息子が勝手にそんなところへ入りこんでいようとは想像もしていなかった。気づいていれば、母屋には二度と近寄らせなかっただろう。見つかったら大目玉を食らうとわかっていても、ロジャーは書斎の探検を繰り返すうちに（最初はおっかなびっくりで、両手をポケットに突っこんだままだったのだが）どんどん大胆になっていった。抽斗のなかをのぞいたり、開封済みの封筒から便箋を出してみたり、ホームズが普段使っているペンやはさみや拡大鏡を手に取って、あこがれの目で眺めたり。しばらくすると、机の上に積んである手書きのメモや書類をめくって調べるようになった。手を触れた跡が残らないよう細心の注意を払いつつ、ホームズが書きつけたメモや、書きかけの文章を解読しようと試みた。もっとも、ほとんどは理解不能だったが——もともとホームズには意味のないことを書き散らす癖があったし、意味があるときも表現が遠回しでそっけないせいだろう。それでも少年は、なにか特別な事実を見つけたくて、昔は有名だった養蜂場の農場主について少しでも知りたくて、文書の一枚一枚に目を通したのだった。

結果はどうだったかというと、ホームズに関しては依然なにひとつ新しいことはわからなかった。ホームズの世界は、確たる証拠と争う余地のない事実から成り立つ、現実の物事に対する鋭敏な観察力に基づくもので、彼自身の主観はいっさい混じっていないようだった。だが、うずたかく積みあげられた書類の下に、まるで隠れるように埋まっている輪ゴムでとめた紙の束に行きあたった瞬間、少年は興奮に胸を躍らせた。それは『グラス・アルモニカの事件』と題された、未完の短い手書き原稿だった。机の上にあるほかの文書とはちがって、その原稿はきわめて几帳《きちょう》面《めん》に書かれていた。文字は読みやすく、走り書きの箇所はどこにもない。余白への書きこみやインクの染みも見あたらない。読み始めてすぐ、ロジャーは好奇心をかき立てられた——引きこまれる内容だったうえ、ホームズのずっと若い頃のことが語られていて、彼の心情の一端が伝わってきたからだ。ただ残念なことに、たった二章で途切れていて、結末は謎のままだった。少年はそれでもその原稿を何度も手に取った。見過ごしている重要な事柄があるのではないかと期待して、その後も繰り返し目を通した。

いまもロジャーは、ホームズが留守だった二カ月間と同じように、緊張して書斎の机の前に座り、整然とした無秩序を感じさせる書類の山から原稿を注意深く取りだした。すぐに輪ゴムをはずし、原稿を卓上ランプの明かりに近づける。まず原稿をひっくり返して、おしまいのほうのページをぱらぱらめくり、やはりホームズは帰宅してからまだ続きを書いていないと確認したあと、冒頭から読み始めた。原稿に顔を近づけて、一ページずつなめるように。ほかのことで気を散らされずに集中できるなら、第一章をしまいまで読み通せるだろう、とロジャーは思った。母親の呼ぶ声が聞こえたときだけ、彼は一瞬頭を上げた。母親は家の外に出て、どこにいるのと庭から大声で呼んでいる。その声が遠ざかると、再び原稿に戻った。あまり時間がない、一時間足らずのちには図書室へ行かないといけない、と自分に言い聞かせた。しかもここを出るときは原稿をもとあったとおりにしておく必要がある。かぎられた時間のなか、ロジャーはホームズが書いた文字を人差し指でたどっていった。原稿からいっときも視線をそらさず青い目をしばたたき、声を出さずに唇を小さく動かしながら。すると、じきに文章はなじみのある情景を彼の脳裏に呼び起こした。

3

『グラス・アルモニカの事件』

序

もしもよそからやって来た者が夜、急な階段をのぼってこの屋根裏に上がったとしたら、私の書斎の前に行き着くまで少しのあいだ暗がりを手探りすることになるだろう。しかし漆黒の闇に包まれていても、いまと同様、閉ざされたドアの隙間からは明かりがかすかに漏れている。見知らぬ者はその場に立って、胸のうちで疑問をつぶやくにちがいない。室内の人物が真夜中過ぎまで没頭しているのはいったいどんなことだ？　皆が寝静まっている時刻に一人だけ起きているのはいったい何者だ？　答えを求めてドアノブを回してみたとしても、鍵《かぎ》がかかっていてなかへは入れない。しかたなくドアに耳を押しあてると、聞こえてくるのはひっかくようなか細い音。紙の上でペンをすばやく走らせているのだとわかるだろう。すでに綴《つづ》られた文字はインクが乾いて、紋章のように黒々と鮮やかに浮かびあがっているはずだ。

むろん、現在の私が隠遁生活を送っていることは周知の事実である。私が自分の過去の功績について執筆していることも。世間の読者はそれを待ちわびているし、私自身にとっても心の沸き立つ喜ばしい作業となっている。長年、ジョンは私たちがともに分かち合った数多くの経験を精力的に記録し続けた。彼の描写は巧みではあるが、いくぶん偏っていて、装飾過多だと私は感じていた。大衆の通俗的な好みに迎合したような書き方だと彼に幾度か苦言を呈し、私の存在が彼の浅い思考と同一視されかねないので、もっと正確かつ詳細な記述を心がけてほしいと頼んだこともある。すると、わが旧友にしてわが伝記作者でもあったジョンは、だったら自分で書いてはどうかと私をせっつきだした。「ぼくがこれまでの事件を充分に書き表わせていないと感じるなら、ぜひともそうしたまえ、シャーロック！」と、きっぱり言い渡されたことがある。

「いずれそうするつもりだよ」私はそのとき答えた。「作家が陥りがちな飾りすぎの罠《わな》には引っかからず、正確無比な事件簿にしてみせるさ」

「幸運を祈るよ」ジョンはまぜっかえした。「大量の幸運が必要だろうがね」

実際にはそんなものはいらなかった。引退して田舎に引っこんだだけで、ジョンと約束した贅《ぜい》沢《たく》な道楽に取り組むことができた。その結果、決して納得はしていないが、個人的に新たな発見と出合った。実際の出来事を書く場合でも、読者を楽しませる形で表現する必要がある、と学ばされたのだ。それが避けられない条件だと気づくと、私はたった二作発表しただけでジョン風の物語を書くのはあきらめ、あの親切な医者に短い手紙を送り、これまで彼が書いたものを揶揄《やゆ》したことに対して真摯《しんし》な謝罪の念を表した。返事はすぐに来た。要点だけを簡潔に記した内容だった。「詫《わ》びる必要はないよ。友情と信頼によってきみはとっくの昔に赦《ゆる》されているし、ぼくが文句を言おうとなにをしようと、それはこれからもずっと変わらない。J・H・Wより」

ちょうどジョンのことが頭に浮かんだので、私がいま抱いているいらだちをこの際表明しておきたい。近頃、劇作家やミステリ小説家といった手合いが私の親友を不当に批判しているさまは目に余るものがある。言及するほどの価値はないので個人名は挙げないが、そうした胡散《うさん》臭い連中は、あろうことか、ジョンを不器用な役立たずのように扱っているのだ。それは断じて事実ではない。私がのみこみの悪い相棒に手こずらされているという設定は芝居じみた演出では好都合なのだろうが、ジョンと私にとっては無礼千万である。確かに、ジョン本人が書いたものに誤解を招くような表現がなかったとは言いきれない。彼は私の能力を気前よく誇張する一方で、自分自身の非凡な長所についてははなはだしく謙遜《けんそん》する傾向にあったから。しかし実際には、私が一緒に組んでいた男は持ち前の賢さと抜け目のなさを遺憾なく発揮して、事件を調査するうえで大いに役立ってくれた。彼が明白な結論を見逃したり、的確な行動を選びそこねたことがあるのは否定しない。しかし、彼の見解が知性を欠くものだったことはほとんどないし、私は若かりし頃にああいう男と過ごせたことをつくづく幸せに思う。彼はどんなに平凡な事件にも冒険の匂いを嗅《か》ぎ取り、つねにユーモアと忍耐と誠意を絶やさなかった。しょっちゅう不機嫌になる友人の奇矯なふるまいも大目に見てくれた。よって、私たち二人のうちどちらが愚かなのかと問われれば、その不名誉を授けられるのはこの私だと答えよう。

終わりにひとつつけ加えておくと、世間の読者は私が昔住んでいたベイカー街にノスタルジアを抱いているようだが、私にはそういったものはみじんもない。ロンドンの喧噪《けんそう》を懐かしむ気持ちもなければ、犯罪者どもが巣食う複雑怪奇な泥沼をかき分けたいという願望もないのだ。ここサセックスでの現在の暮らしに心から満足している。起きている時間の大部分は、書斎に一人きりで閉じこもるか、養蜂場の住人である秩序正しい生き物たちと過ごすかしている。さすがに寄る年波には勝てず、かつては完璧《かんぺき》を誇った記憶力も衰えを見せ始めているものの、活力はいまも衰えず、心身ともに健康である。ほぼ毎週、夕方近くに海岸まで散歩に出かけるほどだ。午後は家の前の庭をぶらついて、薬草の植え込みや花壇の手入れをするのが日課になっている。最近では自著『実用養蜂便覧』の改訂版というやりがいのある仕事に取り組むかたわら、『探偵学大全』全四巻の完成に向けて執筆を進めているところだ。後者は単調で迷路じみた手のかかる作業をともなうが、刊行のあかつきには完全無欠の集大成となるであろう。

にもかかわらず、それらの代表作を脇へ押しのけて、いつの間にかこんなものを書いている。過去の出来事を紙に写し取るという面倒なことを始めている。なぜかと言うと、こうした晩にどういうわけかふと思い起こす昔の事件について、忘れてしまわないうちに詳細を記録しておきたいからだ。その事件は、すでに語られるか書かれるかしていてもおかしくないのだが、実際には人の目に触れたことがない未発表のものである。よって、記憶のなかの欠け落ちた部分や曖昧《あいまい》な箇所は私の裁量で適宜埋めるか補うかするので、あらかじめご了承いただきたい。そんなわけで、以下に書き記す内容はいくぶん創作の色を帯びることになるが、事件の関係者も含め、全体の流れについては、できるかぎり正確を期するよう努めたい。

I

フォーティス・グローヴのアン・ケラー夫人の事件

あれは一九〇二年の春、ロバート・ファルコン・スコットが南極大陸で世界初の気球飛行を成功させてからちょうど一カ月後のこと、私はトーマス・R・ケラーなる人物の訪問を受けた。ぱりっとした身なりの、猫背で肩幅の狭い青年だった。当時、わが親友の医者はまだクイーン・アン街へは引っ越していなかったが、そのときはたまたま休暇中で、間もなく三番目のワトスン夫人となる女性と海辺の町へ行っていた。ベイカー街の部屋には久しぶりに私一人だけだった。いつものように窓を背にして座り、客に正面の肘掛け椅子を勧めた。その椅子の位置からは——すなわちケラー氏の目には、窓から射しこむ光がまぶしくて私の姿はかすかにしかわからないが、私のほうは光にさらされた彼の姿がはっきり見えるというわけだ。初めのうち、ケラー氏はさも落ち着かなげで、どう切りだせばいいのか考えあぐねている様子だった。だが私は緊張をほぐしてやろうとはしなかった。逆にそのぎこちない沈黙を利用して、彼をとくと観察させてもらった。

相手に無防備な状態を自覚させることはこちらにとって有利に働く、と私はつねづね考えていたので、訪問の目的に関する考察に結論が出ると、さっそく彼の心の防御を崩しにかかった。

「さぞかしご心配でしょうね、奥様のことが」

「はい、おっしゃるとおりでして」と答えた直後、ケラー氏は目を丸くした。

「しかし、奥様はまじめな性分でいらっしゃる。ということは、悩みの種になっているのは彼女の貞節にかかわる問題ではないようだ」

「ホームズさん、どうしてわかったのですか？」

彼は顔に明らかな当惑を浮かべ、いぶかしげな視線になった。私はすぐには答えず、ジョンが愛用するブラッドリーの紙巻き煙草に火をつけた。当人が机の一番上の抽斗に隠していた分をこっそり失敬しておいたのだ。それから若い依頼人のとまどいを宙ぶらりんにしたまま、陽光に向かっておもむろに煙を吐きだし、私の目には明々白々な事柄を順序立てて説明していった。

「一人の紳士が相談事を抱えて私の部屋へ入ってこられた場合、そして目の前に座って、結婚指輪を無意識にいじっていらっしゃる場合、その方が抱えている問題は察するに難くありません。また、あなたの服は流行を取り入れた新しいものだが、本職の仕立屋があつらえたものではない。ご自身でもお気づきでしょうが、シャツの袖口がやや不ぞろいだし、ズボンは左の裾《すそ》は焦茶色の糸でまつってあるのに、右の裾は黒い糸だ。それともうひとつ、これは気づいておいででしょうか、シャツの真ん中のボタンがほかと比べて色と形はほぼ同じに見えるものの、わずかに小さい。

こうしたことから、奥様の手製と拝察できます。材料が完全にそろっていなくても最善の努力をなさるのですから、勤勉な方にちがいありません。まじめな性分でいらっしゃると最初に申したのは、それが理由です。では、あなたの服を奥様が作ったと考えた理由はなにか？　お答えしましょう。あなたはあまり資産のない青年で、既婚者、そして名刺からスロックモートン・アンド・フィンリー社の下級会計士だとわかっている。駆けだしの若手会計士がメイドや家政婦を雇っているというのはまず考えられないことです。ちがいますか？」

「あなたはなんでもお見通しなんですね」

「これは透視とはちがいます。私は明白な事柄に注意を払うことが身についているのです。それはさておき、ケラーさん、ここへいらしたのは私の能力について話し合うためではないはずだ。今週の火曜日にどんな事態が発生して、フォーティス・グローヴから足を運んでこられることになったのか、お聞かせいただくとしましょう」

「そんな、信じられない――」ケラー氏はぎょっとした表情のまま顔がこわばった。

「まあまあ、そう驚かないで。あなたは差出人の住所を添えた面会申し込みの手紙を昨日の水曜日、私の玄関までじかに届けにきた。文面に手書きの文字で入っていた日付が前日の火曜日だったところをみると、火曜日の夜に書いたにちがいありません。昼間書いたのなら、火曜日のうちに届いたはずです。今日の木曜日にぜひとも会ってほしいとのことでしたから、急を要する問題が持ちあがったのは明らかですし、その出来事が起きたのは火曜の午後か夕方と考えるのが自然です」

「はい、確かに手紙を書いたのは火曜の夜です。マダム・シルマーの件が暗礁に乗りあげた直後に。彼女はぼくの結婚生活に干渉してくるばかりか、ぼくを警察に突きだすと脅したのです――」

「あなたを警察に？　本当ですか？」

「はい。それが彼女の捨て台詞《ぜりふ》です。マダム・シルマーはかなり居丈高でしてね。才能豊かな音楽家で、音楽教師としても評判がいいのですが、あの威嚇めいた態度はいただけません。こっちが警官を呼びたいくらいでしたよ。アンのことを考えて踏みとどまりましたが」

「アンというのは奥様の名前ですね？」

「そうです」

ケラー氏はチョッキのポケットからキャビネ判の写真を取りだし、私に見えるよう差しだした。

「これが妻です、ホームズさん」

私は肘掛け椅子に座ったまま身を乗りだした。ちらりと見ただけで、その女性の顔立ちや印象はほぼつかめた。歳は二十三、四で、片方の眉が少しつりあがり、気が進まなそうに微笑めいたものを浮かべている。実際の年齢よりも上に見えるのは、いかめしい表情のせいだ。

「わかりました、どうも」私はそう言って写真から顔を上げ、深く座り直した。「独特の雰囲気をお持ちの方ですね。さて、では初めから説明していただきましょうか。奥様とマダム・シルマーの関係について詳しく知りたい」

ケラー氏は悲しげに顔をしかめた。

「知っていることは全部お話しします」彼は写真をチョッキのポケットに戻した。「こういう事態になった理由をあなたが必ず見つけだしてくださると信じて。火曜日からずっと悩みどおしで、頭がぐちゃぐちゃの状態です。この二日間ろくに眠っていません。ですから、ぼくの話は要領を得ないところもあるかもしれませんが、どうか辛抱しておつきあいください」

「できるかぎりそうするつもりです」

彼が前もって不手際が生じることを断っておいたのは賢明だった。というのも、私は依頼人にとりとめのない話を長々と聞かされるのが大の苦手で、そうなったときはいらいらして途中でさえぎってしまう癖があるからだ。あらかじめ覚悟しておけば、ある程度は我慢できる。私は心の準備をして椅子に深くもたれると、集中力を最大限に高めるため顎のそばで両手の指先をくっつけ合い、顔を天井のほうへ軽く上向けた。

「始めてください」

ケラー氏は大きく息を吸って語り始めた。

「妻とは――アンとは、結婚してちょうど二年になります。彼女は故ベイン大佐の一人娘で、父親は彼女がまだ幼い頃、アフガニスタンでアイユーブ・ハーン率いる反乱軍との戦いで亡くなり、母親の手によって育てられました。住んでいたのはイーストハムで、アンとぼくは子供の時分にそこで出会いました。言葉では表現のしようがないくらい、とても可憐《かれん》な少女でした。ぼくのほうはその頃から彼女への恋心が芽生えていましたし、やがて互いに愛し合うようになりました――友情と仲間意識に支えられた愛です。一心同体で、ひとつの人生をともに歩んでいきたいという願望でもありました。そうしてぼくたちは結婚し、間もなくフォーティス・グローヴの家に引っ越しました。しばらくは、ぼくたちのささやかな家庭の調和はなにがあろうと決して揺るがないかのように思えました。つねに楽しい理想的な結婚生活だったと誇張する気はありません。つらい時期も当然やって来ました。ぼくの父は長い闘病生活の末に亡くなりましたし、アンの母親も突然あの世へ旅立ってしまいました。でもぼくにはアンが、アンにはぼくがいます。それがどんなに心強かったことか。アンの妊娠がわかったときは、二人とも幸福の味をしみじみ噛《か》みしめたものです。ところが半年後、彼女は突然流産しました。その五カ月後に再び身ごもりましたが、またしても流産してしまいました。このときは出血が激しくて、彼女はもう少しで命を落とすところでした。入院中、医師は妻に、おそらく赤ん坊を授かるのは無理だろうと告げました。出産は母体にとって命の危険があると。それを境に彼女は変わりました。二度の流産で強いショックを受け、強迫観念にとりつかれてしまったようなのです。家のなかでもむっつりとふさぎこんで、落胆のあまり気力を失ってしまった様子でした。赤ん坊を亡くしたことが大きな痛手になっている、と本人の口から聞きました。

アンの憂鬱《ゆううつ》を少しでも和らげるには、心の健康に役立ちそうな新しいことに熱中させるといいのではないか、とぼくは考えました。なにか趣味を持って、神経や感情が穏やかになれば、日々の暮らしにぽっかり空いた穴を埋めることができるかもしれないと。そのうつろな穴が大きくなっていくのをぼくは恐れていたのです。たまたま父の遺品に、古いグラス・アルモニカという楽器がありました。生前、父から聞いた話によると、それは父が大伯父《おおおじ》さんから贈られたもので、大伯父さんはベルギーの有名な物理学者で発明家のエティエンヌ・ガスパール・ロベールから購入したのだそうです。それはともかく、ぼくはアンのためにグラス・アルモニカを家に持ち帰りました。彼女は最初のうちまったく乗り気でなかったのですが、なんとか説き伏せて、弾いてみるだけ弾いてみると約束させました。うちには広々として居心地のいい屋根裏部屋があります——子供の寝室にしようと以前二人で話していたのですが、小さな音楽室としてもぴったりの雰囲気でした。さっそくグラス・アルモニカをきれいに磨き、枠と軸棒を新しく交換し、ガラスの椀《わん》をきれいに並べ直しました。ずっと壊れたままだった踏み台も、きちんと修理しました。けれどもアンはいっこうに関心を示してくれず、身を入れて取り組む気にはなれないようでした。屋根裏部屋に一人でいるのは気が進まないうえ、思いどおりに旋律を奏でるのは難しいと言いました。グラス・アルモニカは回転する濡《ぬ》れたガラスの椀の縁に指を滑らせて演奏するのですが、そこから発せられる独特の音色も好きになれないそうです。その響きを聴いていると、ますます悲しい気分になるのだとか。

そんなはずはない、とぼくは思いました。ご存じのように、グラス・アルモニカの魅力はまさにその音色なんです。あの妙《たえ》なる響きはほかのどんな楽器の音よりも美しい。上手に弾く人なら、指先の圧力を微妙に調節することで音の強弱も自在に変えられ、えもいわれぬ不思議な調べを好きなだけ響かせることができるのです。ですから、ええ、ぼくは簡単にはあきらめませんでした。誰か別の人が――練習を積んで高度な技巧を身につけた奏者が弾けば、アンもあの音色を心地よいと感じ、グラス・アルモニカのすばらしさに気づくだろうと思いました。そんな折、友人から耳寄りな情報が入りました。以前、小さな演奏会で聴いたモーツァルトの「アダージョとロンド」が、グラス・アルモニカ、フルート、オーボエ、ヴィオラ、チェロによる五重奏曲だったそうなのです。場所はうろ覚えで、大英博物館に近いモンタギュー街の書店の上にある個人宅だったとのことでしたが、それだけわかれば充分です。探偵の助けを借りるまでもなく、たいして歩きまわらずに探しあてました。一階に書籍と地図を扱うポートマン書店が入っている建物でした。そこの店主に階段の場所を教えてもらって二階へ上がると、まちがいなくぼくの友人がグラス・アルモニカの演奏を聴いた部屋がありました。ホームズさん、あの階段をのぼったことがいまは悔やまれてなりません。でもドアをノックした時点では、どんな人が出てくるんだろうとわくわくしていたのです」

トーマス・R・ケラー氏には、享楽を安易に追い求める傾向が見受けられた。少年じみた物腰は内気な性格の表われだろうし、声もためらいがちで弱々しく、話すときに舌がかすかにもつれる。

「なるほど、ここでマダム・シルマーの登場というわけですね」私は言葉をはさんでから、新しい煙草に火をつけた。

「そうなんです。ドアを開けたのは本人でした――がっしりした男のような体格で、それほど太ってはいないのですが、かなり大柄でした。それから――彼女はドイツ人ですが、第一印象ではわりあい気さくな感じでした。用件を尋ねる前にぼくを部屋へ招き入れて、客間の椅子を勧めました。お茶まで出してくれたんです。たぶん音楽を習いたがっていると思われたんでしょう。室内にはいろんな楽器が詰めこまれていました。手入れの行き届いた、美しい二台のグラス・アルモニカもありました。それを見た瞬間、まさにここだと思いました。マダム・シルマーの愛想の良さも気に入りましたし、なにより彼女はグラス・アルモニカを大切にしている。そこで、彼女に訪問の目的を伝えました。最初に妻のことについて話し、流産の悲しみから立ち直ってほしくて、妻のためにグラス・アルモニカを家に運びこんだ経緯を説明しました。残念ながら、妻にはグラス・アルモニカの魅力がまだよくわかっていないことも。マダム・シルマーは辛抱強く耳を傾けてくれました。そしてぼくが話し終えると、アンをレッスンに通わせてみてはどうかと言ったんです。なんてありがたい話だろうと思いましたよ、ホームズさん。誰かほかの人が上手にあの楽器を演奏するのをアンにぜひとも聴かせたかったので、マダム・シルマーの提案はこちらにとって願ったりかなったりでした。とりあえず十回のレッスンを受けさせることで話がまとまりました。週二回、火曜と木曜の午後。レッスン料は全額前払い――アンの特殊事情を考慮して、その条件なら金額を割り引くとマダム・シルマーに言われたからです。その日は金曜日でした。さっそく翌週の火曜からレッスンが始まることになりました。

モンタギュー街はうちからさほど遠くないので、馬車を拾う代わりに歩いて家に戻ることにしました。アンに朗報を伝えるのを楽しみにして。ところが、ぼくたちはちょっとした口論になってしまいました。アンのためになると確信していなかったら、その日のうちにレッスンを解約していたことでしょう。帰宅すると、家のなかはしんとして、カーテンも閉まっていました。アン、と呼んでみましたが、返事はありません。台所と寝室を探したあと書斎へ行ったら、妻はそこにいました――喪服のような黒いドレスを着て。戸口に背中を向けたまま、ぴくりとも動かず本棚をぼんやり見ていたのです。部屋が薄暗いせいで、彼女の姿はまるで影のようでした。名前を呼んでも、振り向こうとさえしません。ホームズさん、ぼくは胸さわぎをおぼえずにはいられませんでした。妻の精神状態は急速に悪化しているのではないかと心配になりました。

『あら、もう帰ったの』アンは生気のない声で言いました。『ずいぶん早かったのね、トーマス』

ぼくは、個人的な用事があったから仕事は午前中で切りあげたんだと答えました。そのあとでどこへ行ったか話し、グラス・アルモニカのレッスンについて伝えました。

『そんなことしてくれなくてよかったのに。それに、レッスンを受けたいかどうか、先にわたしに訊いてほしかったわ』

『嫌だと言うはずないと思ったんだ。きみにとっていいことなんだからね。ぼくが請け合うよ。

こんなふうに家のなかに引きこもっているのが一番よくないんだ』

『わたしには決める権利がないのかしら』

妻はぼくのほうを見ましたが、暗がりだったので、表情はほとんどわかりませんでした。

『このことについて、わたしは意見を言ってはいけないの?』アンはなおも訊きます。

『もちろん言ってもいいんだよ、アン。きみが望まないことをぼくが無理強いするわけないだろう? だけど、せめて一度だけレッスンに行ってもらえないかな。マダム・シルマーの演奏をぜひ聴いてほしいんだ。そのうえで続けたくないと思ったのなら、やめればいい』

ぼくがそう言うと、アンはしばらく黙りこみました。その場でゆっくりと振り返ってこちらを向き、床をじっと見つめました。ようやく視線を上げたときには、敗北感を噛みしめているような表情がうっすら浮かんでいました。不本意ながらしかたなく従う者の顔つきでした。

『わかったわ、トーマス』と彼女は言いました。『あなたが望んでいるなら、レッスンを受けるわ。でも、あまり期待しないでちょうだいね。あの楽器の音を気に入っているのは、わたしじゃなくてあなたなんだもの』

『愛してるよ、アン。きみにもう一度幸せになってほしいんだ。ぼくたちは幸せになっていいはずだろう?』

『ええ、そうよ、あなたの言うとおり。心配をかけているのはわかっているわ。でもね、これだけは言っておくけれど、この世にはもうわたしにとっての幸せは存在しないと思っているの。人は皆、心のなかに自分だけの世界を抱えていて、それはとても複雑だから、どんなにがんばってもときどきうまく表現できなくなるのよ。あなたにお願いしたいのはひとつだけ、わたしを気長に見守ってほしいの。わたしが自分をもっと理解できるようになるまで、しばらく時間をちょうだい。レッスンは一度だけ受けてみるわ、トーマス。どうかそれであなたが満足してくれますように』

幸運にも——いま思えば不運だったのかもしれませんが——ぼくの意見は正しかったことが証明されたんです、ホームズさん。マダム・シルマーの一回目のレッスンを受けたあと、妻はグラス・アルモニカに対する見方が変わったんですよ。彼女があの楽器を前よりも好意的に受け止めるようになって、ぼくはどんなに嬉しかったことか。おまけに三度目か四度目かのレッスンに通う頃には、アンの精神状態に格段の変化が表われました。ベッドを出られないほど無気力にさいなまれていたのに、それがすっかり消えて元気を取り戻したんです。そんなわけで、正直に言えば、当初はマダム・シルマーを天の賜物《たまもの》と感じ、あがめ奉りたいほど尊敬していました。ですから数カ月経って、妻がレッスンを一時間から二時間に延ばしてほしいと言いだしたときも、迷うことなく賛成しました——妻のグラス・アルモニカの腕はめきめきと上達していたので、なおさらです。なんとも嬉しいことに、家でも長い時間あの楽器を奏でていました。午後から夜にかけて、ときには朝から晩まで一日中、多彩な音色を出せるよう練習に打ちこんでいました。なんとベートーヴェンの『メロドラマ』を習うかたわら、自分でも作曲するというすばらしい才能を発揮して。ただ、彼女の作った曲はぼくがこれまで聴いたこともないような物悲しい旋律でした。屋根裏部屋にいる彼女がその曲を一人で演奏しているあいだ、家のなか全体に陰鬱な空気が漂っていました」

「大変興味深いお話ですが――」私は言葉を差しはさんだ。「回り道はそれくらいにして、どうでしょう――そろそろ本日私を訪ねてこられた理由をはっきりおっしゃってはいかがです？」

話を中断させた私の険しい口調に、依頼人は見るからにうろたえていた。私は念を押すつもりで相手をじっと見たあと、再びまぶたを半ば閉じて両手の指先をくっつけ合い、ケラー氏の抱える問題の核心部分に耳を傾ける姿勢に戻った。

「はあ、あの、実は――」彼は口ごもりながら言った。「ちょうどそれをお話しするところだったんです。さっきも言いましたが、マダム・シルマーのレッスンを受け始めてから、妻の精神状態は前よりも安定しました――少なくとも、最初はそう見えました。しかし、間もなく妻の態度に不自然なものを感じるようになりました。無関心というか、うわの空というか、長い会話を続ける気力が湧かない様子でした。要するに、表面上は良くなっているようでも、内面はまだ混乱していることに気づいたわけです。ただ、嫌いだったグラス・アルモニカに急に夢中になったせいだろうから、しばらくすれば落ち着くはずだと楽観していました。実際にはちがいましたが。

初めのうちは、些細《ささい》なことがいくつか目に留まった程度でした――使った皿を洗っていない、料理が作りかけ、あるいは真っ黒に焦げている、ベッドを直していない、といったことです。やがてアンは起きている時間のほとんどを屋根裏部屋で過ごすようになりました。上階から聞こえるグラス・アルモニカの音にぼくはしょっちゅういらいらさせられ、仕事から帰宅するたび、その耳障りな音に迎えられる始末でした。その頃にはもう、かつては心地よいと感じたあの音色が不快でたまりませんでした。そのうちに、食卓で顔を合わせるとき以外は妻の姿をほとんど目にしない日が続くようになりました――彼女は夜遅くぼくが眠ってからベッドに入り、夜明け前のぼくがまだ目を覚まさないうちにベッドを出ていましたから。それなのに、あのまとわりつくような哀調を帯びた音は絶え間なく響いているのです。いいかげん頭がおかしくなりそうでしたよ、ホームズさん。グラス・アルモニカへの熱中が、度を越して不健康な執着に変わってしまうとは。ぼくはそのことでマダム・シルマーに苦情を言いに行きました」

「なぜマダム・シルマーに？」私は訊いた。「あなたの家庭の事情には関与していないでしょう？　ただの音楽教師なんですから」

「いいえ、ちがいます。ただの音楽教師ではありません。彼女は危険な思想の持ち主なんです」

「危険な思想？」

「はい。生きる希望を必死で求めている者にとって、そしてばかげた欺瞞《ぎまん》に引っかかりやすい者にとって、危険な思想なんです」

「奥様はそういう人間にあてはまると？」

「残念ながらそのとおりです、ホームズさん。アンは昔から、危なっかしいほど感受性が強く、人を信じやすい性格でした。生まれつき、ほかの人たちよりも世の中を敏感にとらえ、物事に深く染まってしまうんです。それは彼女の秀でた長所であると同時に、弱みでもあります。よこしまなことを企《たくら》んでいる人間がそれを嗅ぎつければ、アンの繊細な心はいとも簡単に操られてしまうでしょうから――マダム・シルマーがやったのはまさにそれです。ぼくは長いことあざむかれていました――ごく最近になるまで、まったく気づかなかったのです。

気づいたきっかけをお話しします。ある夕方のことでした。いつものとおり、アンとぼくは黙々と食卓を囲みました。アンはほんの少し食べただけでそそくさと立ちあがり、練習があるからと言って屋根裏部屋へ上がりました――これもすでに日課になっていましたが。普段と異なる事態にぶつかったのは、そのすぐあとです。昼間、ぼくは勤め先で、個人の銀行口座で生じた厄介な問題を解決してくれたお礼にと、顧客から高価なコメット・ワイン［訳注：大彗星《だいすいせい》が出現した一八一一年産のワイン。この年のヨーロッパではブドウの収穫が空前の大豊作だった］をいただきました。それを夕食の席に出してアンを喜ばせるつもりだったのですが、そんな暇もなく彼女は席を立ってしまいました。そこで、ワインを屋根裏部屋で一緒に飲もうと思い、ボトルとグラス二個を手に階段を上がっていきました。すでにアンはグラス・アルモニカを弾き始めていて、長く引きずる、単調で押し殺したような低い音色が、ぼくの体内にまで入りこんでくる気がしました。

屋根裏部屋のドアの前まで来ると、手に持っていたワイングラスが共鳴して震えだし、耳の奥に痛みをおぼえました。それでも旋律ははっきりと聞き分けられたので、演奏しているのは楽曲の一節ではないとわかりました。漫然と鳴らしているというのともちがいます。決められた作法にのっとって意図的に出している音――気味の悪い魔法の儀式で用いられるまじないみたいなものでした。〝まじない〟と言ったのは、そのあとに妻の低いつぶやき声が聞こえてきたからです。人の名前を、そっと呼び寄せるように唱えていたのです」

「歌っていたのではないですか？」

「あれが歌だったら、どんなにいいかと思いますよ、ホームズさん。しかしちがいます。彼女はその人物に語りかけていたのだと断言できます。はっきり聞き取れた言葉はほんのわずかですが、それだけでぼくの心胆を寒からしめるに充分でした。

『わたしはここよ、ジェイムズ』アンは言いました。『グレイスもこちらにいらっしゃい。わたしはここにいるわ。二人ともどこに隠れているの？　もう一度会いたい――』」

私は片手を上げて、続きを制した。

「ケラーさん。我慢にも限界があります。私にこれ以上、忍耐力を酷使させないでください。あなたはさっきからご自分の話をごてごてと飾りつけておられるが、それはあなたにとって差し迫った肝心の問題に行き着くのを遅らせるだけなんですよ。いいかげん道草はやめて、着目すべき事柄だけにお話をしぼっていただけませんか？　私にとって有用な情報だけでけっこうです」

ケラー氏は少しのあいだ黙りこみ、眉をひそめて私から視線をそらした。

「もしもアンとぼくのあいだに男の子が生まれたら」ようやくケラー氏は口を開いた。「ジェイムズと名付けることになっていました――女の子だったらグレイスと」

感情がこみあげたのか、ケラー氏は急に口をつぐんだ。

「だめ、だめ」私は舌打ちしてたしなめた。「感傷的になっている場合ではないでしょう、この重大時に。中断したところから続けてください」

依頼人はうなずいて、唇を固く引き結んだ。それからハンカチで額をぬぐい、視線を床に落とした。

「ワインとグラスをその場に置くと、ぼくは屋根裏部屋のドアを勢いよく開けました。アンはびっくりしてすぐに演奏をやめ、暗い目を大きく見開いてぼくを見つめました。室内にはグラス・アルモニカを囲むようにして蠟燭《ろうそく》がともされ、ゆらめく炎がアンの姿を照らしだしていました。光のなかで、生気を失った青白い顔はまるで幽霊のようでした。この世のものではないおどろおどろしい雰囲気が漂っていたのです、ホームズさん。そう見えたのは蠟燭の明かりのせいばかりではありません。あの目です――ぼくに向けられたアンのまなざしに、人間らしい大事なものが抜け落ちていたのです。そのあとに彼女の口から発せられた声も吐息のようで、感情が欠けていました。

『急にどうしたの、あなた？』妻はそう尋ねました。『びっくりしたわ』

ぼくは彼女のほうへ歩きだしました。

『なぜそんなことをしているんだ？　いま、あの子たちがいるみたいにしゃべっていただろう？』

妻はグラス・アルモニカの前でゆっくりと立ちあがりました。近づいていくと、彼女の青ざめた顔に弱々しい微笑が浮かんでいるのが見えました。

『だいじょうぶよ、トーマス。だいじょうぶだから』

『さっぱり理解できないよ』ぼくは言いました『きみは生まれなかった子供たちの名前を呼んでいた。まるであの子たちが生きていて、この部屋にいるみたいに話しかけていた。いったいどういうことなんだ、アン？　いつからこんなことをやっていた？』

するとアンは静かにぼくの腕を取り、グラス・アルモニカから離れました。

『この楽器を弾くときは一人きりになりたいの。わたしの時間を尊重してちょうだい』

そう言って、ぼくを戸口へと促します。答えはまだだというのに。

『いいかい、アン』ぼくはきっぱりと言い渡しました。『納得の行く説明を聞くまでは絶対に出ていかないぞ。いつからこんなことをしていた？　理由はなんだ？　マダム・シルマーはきみがこうなっているのを知っているのか？』

妻はもう、わたしと目を合わせることができなくなりました。罪深い嘘をとがめられている女そのものの態度でした。しかし、ようやく彼女が返した答えは、予想もしなかった冷ややかなものでした。

『ええ、マダム・シルマーはわたしがやっていることをなにもかもご存じよ。あの方はわたしを助けようとしてくれているのよ、トーマス——彼女がそういう人だということを忘れないでちょうだい。それじゃ、おやすみなさい、あなた』それだけ言うと、アンはぼくの目の前でドアを閉め、内側から鍵をかけてしまいました。

猛烈な怒りがこみあげましたよ、ホームズさん。想像がおつきでしょうが、ぼくははらわたが煮えくり返る思いで階段を下りました。妻の説明は曖昧《あいまい》でしたが、ひとつの明確な結論を指し示しています。それは、マダム・シルマーがアンに音楽以外のことを教えている、ということです。教えるというより、そそのかすと言ったほうがいいかもしれない。とにかく、アンが屋根裏部屋であの異様な儀式をやっているのはマダム・シルマーのせいに決まっています。もしぼくの推測が当たっているとしたら、これは絶対に見過ごせない事態です。真相はマダム・シルマー本人の口から訊きだすしかないでしょう。すぐにでも彼女のフラットへ行って、事情を問いただしたいと思いました。しかし実際にどうしたかというと、気持ちを落ち着かせるためコメット・ワインをしこたま飲んで、とうとう一人で一本あけてしまったのです。そんなわけで、マダム・シルマーのところへ行くのは翌日まで待たねばなりませんでした。次の朝、マダム・シルマーのフラットへ乗りこんでいったときのぼくは、完全にしらふで、断固たる決意に燃えていました。マダム・シルマーがドアを開けるが早いか、正面切って用件を告げました。

『妻にいかがわしいことを吹きこんでいるようだな。妻が流産した子供に話しかけている理由を説明してもらおうじゃないか。しらばくれても無駄だ。アンからすでにだいたいのことは聞いている』

気詰まりな沈黙があって、マダム・シルマーはしばらく無言でした。ようやく口を開くと、ぼくになかへ入るように言って、二人とも客間の椅子にかけました。

『ケラーさん、あなたの奥様は深い悩みを抱えた不幸な女性です』と彼女は言いました。『音楽のレッスンを受けても、彼女の気が紛れることはありませんでした。赤ん坊のことが頭から離れないみたいで――そう、いつも赤ん坊のことばかり考えてしまうんでしょう。それが問題なんですよ。赤ん坊たちのことが。ちがいますか？　あなたは奥様にグラス・アルモニカを習わせたい。でも奥様が本当に求めているのは赤ん坊。ですから、わたしは、あなた方お二人のためにお役に立とうとしているのです。近頃の奥様はとても上手に演奏なさいます。以前よりも幸せだと思いますよ。そうではありませんか？』

『まったく理解できないね。ぼくら二人のために、あなたがやったことというのはいったいなんだ？』

『ちっとも難しいことではありませんよ、ケラーさん。グラス・アルモニカが秘めている力、崇高なハーモニー。わたしが奥様に教えたのはそれです』

それに続くマダム・シルマーの説明はまったくもって荒唐無稽《こうとうむけい》な、とんでもないたわごとでした。さすがのホームズさんも推測できないかと」

「できますよ、ケラーさん」と私は答えた。「グラス・アルモニカという特殊な楽器にまつわる奇妙な歴史について、基本的な知識を持っていますから。あの楽器の音が原因で、いろいろと騒動が持ちあがった時代があったのです。パニックの波はヨーロッパ全域に広がって、グラス・アルモニカは衰退していきました。演奏されるのを聴く機会はもちろん、楽器自体もめったに目にすることがなくなりました」

「騒動といいますと？」

「神経障害や鬱病にかかる人々が続出したのです。それにともない、家庭内のもめごと、早産、重篤な精神的苦痛なども生じ、家のなかで飼っているペットが痙攣《けいれん》を起こすという事態まで招きました。かつてドイツ各地で警察の禁止令が下されたことをマダム・シルマーが知らないはずはありません。公衆の秩序と健康を守るため、グラス・アルモニカの演奏を禁ずるというおふれが出たのです。しかし、奥様はあの楽器にさわる以前から鬱症状を呈していたわけですから、彼女が心のバランスを崩した原因はグラス・アルモニカではないと判断できます。

しかしながら、マダム・シルマーの〝崇高なハーモニー〟という表現が示唆するように、グラス・アルモニカの影響には別の側面もあります。フランツ・メスメル、ベンジャミン・フランクリン、モーツァルトといった観念論的な瞑想《めいそう》を信奉する人々は、グラス・アルモニカの音色によって人間の調和が促進されると考えています。また、その調べを聴けば血液の病気が治ると頑《かたく》なに信じている連中もいますし、どこまでも突き通るようなあの鋭い音は人を一瞬にしてこの世からあの世へ運んでくれると主張する輩《やから》もいます——おそらくマダム・シルマーもそこに含まれるでしょう。彼らの意見によれば、才能あるグラス・アルモニカ奏者なら簡単に死者を呼びだすことができ、生きている者が死別した家族や恋人と交信することができるのだそうです。マダム・シルマーがあなたに説明したのはこういうことではないですか？」

「そのとおりです」依頼人は驚きを隠せない様子だった。

「そしてあなたは即座に、彼女との契約を打ち切った」

「はい――でも、どうしてそれを――」

「わかりきったことではないですか。あなたは奥様のオカルト儀式めいた行動はマダム・シルマーのせいだと信じていたのですから、会いに行く前から決意は固まっていたはずだ。いずれにせよ、マダム・シルマーとの契約がそれまでどおりなら、彼女が警察に通報するなどと言いだすわけがありません。たびたび話の腰を折って申しわけないが、私の思考にとって余分なものを手早くふるいにかけるため必要なことでしてね。先を続けてください」

「ぼくにはほかにどうすることもできませんでした。レッスンを解約する以外に選択の余地はなかったんです。公明正大にやりたかったので、前払いした分の残金を返してくれとは言いませんでしたし、向こうからもその申し出はありませんでした。それよりなにより、彼女の反応にぼくはびっくりしました。解約を通告されたのに、彼女は薄笑いを浮かべて、納得顔でうなずいたのです。

『アンのためにはそうするのが一番いいとあなたがお考えなら、同意いたしましょう』とマダム・シルマーは答えました。『なんと言っても、あなたは彼女の夫なのですからね。お二人がともに末永く幸せに暮らせるようお祈りします』

ぼくはその言葉を鵜呑《うの》みにするほど単純ではありません。マダム・シルマーのフラットを出るときからもう、彼女の魂胆には気づいていました。アンはすでに自分の影響下にあるから、離れるわけがないと計算していたにちがいありません。とんだ食わせ者ですよ。なんて腹黒いんだ。いまになって考えれば、すべては明らかです。レッスン料の前払いと割引を持ちかけてきたのも計画のうちだったわけです。彼女はアンにくだらない考えをまんまと信じこませると、今度はレッスン時間の延長を勧めて、ぼくからさらに金を巻きあげようとした。アンの亡くなった母親の遺産にまで目をつけているんじゃないかと、心配になってきましたよ——莫大《ばくだい》な遺産とは言わないまでも、かなりの額ではありますので。ぼくの懸念は決して思い過ごしではないといまでは確信しています、ホームズさん」

「その時点では、そこまでの疑いはお持ちではなかったのですね?」私は尋ねた。

「はい」彼は答えた。「唯一の気がかりは、ぼくが持ち帰った知らせをアンがどう受け止めるかということでした。職場では仕事中も自分の直面している状況について思い悩み、アンに事情を伝えるときの言葉をあれこれ考えあぐね、落ち着かない一日を過ごしました。夕方になって帰宅すると、アンを書斎に呼びました。向かい合って座り、ぼくの考えを静かに話しました。最近の彼女は家事がおろそかになっていることや、グラス・アルモニカに熱中しすぎて結婚生活に支障を来していることなどを指摘しました――そこまではっきり告げたのは初めてです。それから、ぼくたちはそれぞれ相手に対して果たすべき責任があるとつけ加えました。ぼくは妻のために安定した堅実な暮らしを保証し、彼女は夫のために家事をこなして潤滑な家庭生活を維持すべきなのだと。屋根裏部屋で見たことにショックを受けたことも打ち明けました。ただし、きみを責めるつもりはない、生まれなかった子供たちを悼む気持ちは理解できるから、と言い添えて。そのあとでマダム・シルマーを訪問したときのことに触れ、レッスンはもう終わりにした、先方もそれが一番いいと言って同意したと伝えました。念を押すため妻の手を握り、無表情な彼女の顔を、まっすぐ見ました。

『だからあの女には二度と会ってはいけないよ、アン』ぼくは言いました。『それから、グラス・アルモニカは明日この家から運びだす。横暴なまねや理不尽な扱いをするつもりはない。ただ妻を取り戻したいだけだ。アン、きみを取り戻したいんだよ。もう一度、以前のようにやっていきたい。そのためには二人で生活の秩序を回復させなければいけないんだ』

妻は泣いていましたが、怒りではなく悔恨の涙でした。ぼくは彼女のかたわらにひざまずきました。

『許してくれ』そう言って、彼女を抱きしめました。

『いいえ』アンはぼくの耳もとでささやきました。『謝らなくてはいけないのはわたしのほうよ。混乱していたの、トーマス。これから先、自分にはまともなことがなにひとつできないと思いこんでしまったの。どうしてだかはわからないけれど』

『くじけてはいけないよ、アン。ぼくを信じてくれさえすれば、きっとなにもかもうまく行くから』

そのときアンは良い妻になると約束してくれたんです、ホームズさん。以後、約束を守ろうと懸命に努力しているようでした。信じられないくらい、見違えるように変わりました。もちろんときおりは、彼女の心の奥で激しい感情がのたうつのをかすかに感じることがありました。たまに気分がふさいで――なにやら重苦しいものが頭に侵入でもしてくるのか――屋根裏部屋の掃除に手間取っている様子も見受けられました。もっとも、グラス・アルモニカはすでに運びだされたあとだったので、特に気にしませんでした。心配する必要がどこにあるでしょう？　ぼくが仕事から帰ったときには家事はすべて片付いていましたし、夕食後は以前のように居間で何時間も語らって一緒にくつろぐようになりました。わが家に再び幸福が戻ってきたかのようでした」

「それはなによりです」私は三本目の煙草に火をつけて、そっけなく言った。「しかしながら、あなたが私のもとへ相談にいらした理由は相変わらず見当がつきませんね。それなりに興味をそそるお話ではありますが、あなたを悩ませていることは別にあるようだ。それがなんなのか私にはわからないし、あなたなら自力でうまく処理できるのではないですか？」

「お願いです、ホームズさん、どうしてもあなたの助けが必要なんです」

「問題の核心を知らされないのに助けることなどできませんよ。ここまでのお話では問題らしい問題はないようですがね」

「でも、妻が何度も行方不明になるんです！」

「何度も？　ということは、いなくなっては戻ってくるを繰り返しているわけですね？」

「はい」

「厳密に何回そういうことがあったのですか？」

「五回です」

「行方をくらます行動が始まったのは、いつですか？」

「二週間ほど前です」

「なるほど。二週間前の火曜日だったんでしょうね。続いて同じ週の木曜日も。私の見込みがいだったらご勘弁願いたいが、次の週も同様で、火曜日と木曜日に奥様の行方がわからなくなった」

「そのとおりです」

「大変けっこう。糸口をつかめそうですよ、ケラーさん。あなたのお話はマダム・シルマー宅への訪問で一応決着した形になっていますが、ほかにいくつか率直に話していただきたいことがあります。まだ必要な情報を拾いきれていないので。奥様が最初に行方不明になったときの状況からうかがいましょう。奥様の気まぐれな行動をそのように呼ぶのはふさわしくないかと思いますが」

ケラー氏は悲しげに私を見た。それから窓のほうを一瞥《いちべつ》し、沈痛な面持ちでかぶりを振った。

「そのときのことは繰り返し考えました」彼は話し始めた。「おわかりのように、ぼくは日中、仕事が忙しくて職場を離れられないため、普段は使い走りの少年に昼食を届けさせています。でもあの日はわりあい暇だったので、自宅へ戻ってアンと食事をともにしようと思いました。帰宅して彼女がいないとわかっても、さほど気にかけませんでした。むしろ安心したくらいです。まめに外出するようぼくに勧められて、アンは少しずつ午後の散歩を楽しむようになっていましたので。今日もきっと散歩に出かけているんだろうと思ったぼくは、メモを残して職場に戻りました」

「散歩の行き先はどこだと本人は言っていましたか？」

「肉屋とか、市場とかです。あとは、自然科学・植物学協会の一般開放されている庭園も大いに気に入っているそうで、そこで花々に囲まれながら何時間も読書するのだと言っていました」

「確かに、のんびり息抜きするのにふさわしい場所ですね。続きをどうぞ」

「その日の夕方、帰宅すると、彼女はまだ戻っていませんでした。ぼくが残したメモは玄関に置かれたままで、いったん帰ってきた形跡もなかったため、さすがに心配になりました。すぐに捜しにいかなければと思いました。ところが外へ一歩出たところで、ちょうど門をおぼつかない足取りで入ってくるアンの姿が見えました。くたくたに疲れきった様子でした。それと同時に、ホームズさん、どことなく後ろめたそうな態度にも見えました。どうしてこんなに帰りが遅いんだと訊くと、自然科学・植物学協会の公園でうたた寝してしまったという説明でした。ありそうもないでたらめとまでは言いきれないので、それ以上問い詰めることはしませんでした。正直なところ、彼女が無事に帰ってきたという安堵《あんど》のほうが大きかったものですから。

ところが二日後、また同じことが起こったのです。帰宅すると、妻はいません。間もなく帰ってきて、また今日も公園の木陰で寝入ってしまったのだと言いました。翌週もその繰り返しでした。前の週と同じく、火曜と木曜日に。もし曜日が異なっていたら、すぐにはぴんと来なかったでしょうし、今週の火曜日に疑惑を裏付けるための行動に出るようなこともなかったでしょう。以前のグラス・アルモニカのレッスンは午後四時から六時まででしたから、火曜日、ぼくは早めに仕事を切りあげてモンタギュー街へ行き、ポートマン書店の道をはさんだ向かい側の人目につきにくい場所で待機しました。四時を十五分ほど過ぎても何事も起こらなかったので、少しほっとしました。ところが、引きあげようとその場から立ち去りかけた瞬間、妻の姿を目にしたのです。通りの反対側を落ち着き払った様子で歩いてきました——誕生日にぼくが買ってあげた日傘を高々と掲げて。ぼくは重たい落胆をおぼえながら、そこに立ち続けました。妻を追うことも、呼び止めることもせず、彼女が日傘を閉じてポートマン書店の建物へ入っていくのをただじっと見守っていました」

「奥様は予約の時間に遅れることが多いのですか？」私は訊いた。

「いいえ、まったくちがいます、ホームズさん。妻は時間厳守を美徳だと考えていましたから

――最近までは」

「わかりました。どうぞ続けてください」

「お察しいただけるでしょうが、ぼくの抑えこんでいた怒りはとうとう噴きだしました。すぐさま建物に飛びこんで、マダム・シルマーのフラットに続く階段を駆けあがりました。室内からは早くもアンが奏でているであろうグラス・アルモニカの音が聞こえてきます――あの陰鬱で突き放すような音色が。それはぼくの怒りをいっそうあおり立てただけでした。ドアの前に着くと、逆上しかけながら激しくノックしました。

『アン！』ぼくは大声で呼びました。『アン！』

けれども、ドアから現われたのは妻ではありませんでした。マダム・シルマーでした。彼女はぼくだとわかると、これまで見たこともないような悪意むきだしの形相でぼくをにらみつけました。

『妻に会いたい。いますぐに！』ぼくは声を張りあげました。『ここにいるのはわかっているんだ！』そのとき、室内の音楽がぱたりと止みました。

『奥様に会いたいなら、ご自宅に帰ったらどうですか、ケラーさん！』マダム・シルマーは低い声で言うと、部屋から出てきてドアを閉めました。『アンはもうわたしの生徒ではありませんよ！』彼女はドアノブに片手を置いたまま、大きな身体で戸口をふさいでいます。ぼくがすり抜けられないよう通せんぼしているのです。

『よくもだましたな』ぼくは室内にいるアンにも聞こえるくらい大声で言いました。『二人で結託してぼくをあざむいたんだ。こんなまねが許せるものか。あんたは下劣きわまりない人間だ！この悪人め！』

マダム・シルマーは憤怒に駆られた表情でしたが、ぼく自身も怒りが沸点に達していたので、感情にまかせてがなり立てました。いま振り返れば、ぼくは少し理性を失っていたかもしれませんが、音楽教師に裏切られたとわかったうえ、妻のことが恐ろしくなってしまったのです。

『こちらはレッスン中なんですよ』マダム・シルマーは言いました。『はっきり申しあげて、迷惑です。酔っぱらってるようですから、明日になってしらふに戻ったら、きっと情けなくて自分に腹が立つでしょうよ！　あなたとは二度と話すつもりはありません、ケラーさん。さっきみたいにうちのドアを叩くのは金輪際お断りします！』

頭ごなしに言われて、ぼくは思わずかっとなりました。ホームズさん、あのときのぼくは我を忘れて声を荒らげていました。

『妻がここに来ているのはわかっているんだ。あんたが呪わしい考えを吹きこんで、妻を言いなりにさせていることもだ！　そんなことをして、なんの得があるのか知らないが、もしアンの相続財産をねらっているなら、どんな手段を使ってでも、あんたには指一本触れさせないようにするからそのつもりで！　はっきり警告しておく。アンから手を引くまでは、事あるごとにぼくが前に立ちふさがるだろう。なだめすかそうとしても無駄だ。言い逃れも通用しない。二度とだまされるものか！』

あの女はドアノブから手を離し、こぶしを握りしめました。いまにもぼくに殴りかからんばかりでした。前にも言いましたが、彼女は大柄でがっしりした体格のドイツ人です。相手が男だろうと簡単に叩きのめせるでしょう。それでも彼女は憎悪を押し殺して言いました。『警告するのはこちらのほうですよ、ケラーさん。出ていってください。そして、二度と来ないように。今度こういうことをしたら、警察を呼んであなたを逮捕させますからね！』そのあとさっと踵《きびす》を返して、部屋のなかに入り、ぼくの鼻先でドアを勢いよく閉めました。

怒りに身を震わせながら、ぼくはすぐにその場を離れ、自宅へ向かいました。アンが戻ってきたら徹底的に問い詰めるつもりでした。ぼくとマダム・シルマーとの言い合いを、妻は部屋のなかで聞いていたはずです。にもかかわらず出てこようとしないとは、どういう料簡《りょうけん》なんでしょう。ぼくのほうは、妻の行動を偵察していたことを否定するつもりはさらさらありませんでした。午後の一件で、妻ははっきり気づいたにちがいありませんから。ところが、なんとも驚いたことに、帰宅すると妻はもう家に戻っていたのです。なにがなんだかわからず、狐につままれた気分でした。マダム・シルマーのフラットは二階ですから、妻がぼくよりも先にあそこを出るのは不可能だったはずです。たとえそれができたとしても、ぼくが家に着く前に夕食の支度にまで取りかかることなど無理に決まっています。どうしてそんな離れわざができたのか、そのときはもちろんいまも想像すらつきません。食事のあいだ、ぼくがマダム・シルマーと言い争ったことを妻がいつ話題に持ちだすか待ちかまえていましたが、いつまで経ってもその件に触れません。そこでこっちのほうから今日の午後はどうしていたのかと尋ねると、妻はこう答えました。『新しい小説を読み始めたの。その前に自然科学・植物学協会の庭園を少し歩いてきたわ』

『またあそこへ？　いいかげん飽きたんじゃないか？』

『あら、ちっとも。気持ちのいい場所だもの』

『散歩の途中でマダム・シルマーとばったり会ったんじゃないのかい、アン？』

『いいえ、トーマス。まさか』

本当だろうね、と念を押すと、妻は困ったような顔をして、会ってなどいないと言い張りました」

「では、奥様はあなたに嘘をついているんでしょう」私は言葉をはさんだ。「女性のなかには、男性に偽りだとわかりきっていることでも正しいと思わせる手腕に驚くほど長《た》けた人がいますからね」

「ホームズさん、あなたはわかってらっしゃらない。他愛のない嘘ならともかく、そういう重大なことで嘘をつき通すのは、アンの性格から言ってとうてい無理です。もしそれをやったとしても、ぼくはたちどころに見破って、あの場で言い返したでしょう。とにかく、あれは嘘ではありません――表情を見れば明らかでした。ぼくがマダム・シルマーともめたことも妻は知らないのだと確信しました。しかしそうなると、さっぱりわけがわかりません――妻はあのとき確かにマダム・シルマーのフラットにいた。いったいどういうことなんでしょう。ぼくはすっかり途方に暮れて、それでその晩のうちに急いであなたに手紙を書き、助言と助力をお願いしたわけです」

依頼人から出されたのは難問に属するものだった。取るに足りない事柄ではあるが、興味を引かれる点がいくつかあった。私は自ら確立した論理的な思考分析に基づいて、複数の競合する仮説から不可能なものを取り除きにかかった。そうして残った最後のひとつが、たとえどんなにありそうにないことでも、問題の本質を決定づけると考えていたからだ。

「建物の一階にある書籍と地図を扱う店のことなのですが」私はケラー氏に尋ねた。「あなたの知るかぎりで、店主以外に店員はいますか？」

「見かけたことがあるのは年老いた店主兼家主だけで、ほかには誰も。あるじが一人でやっているんだと思います。繁盛はしていないようですが」

「なぜそうお感じになったんですか？」

「店主の健康状態が芳しくないので、そんな気がしました。ひっきりなしに咳をしていて、かなり苦しそうですし、視力もだいぶ衰えています。ぼくが最初にあそこへ行って、マダム・シルマーの住居はどこかと訊いたときも、彼はぼくの顔を見るのに拡大鏡を使いました。先日にいたっては、ぼくが店に入っていっても気づかない様子でした」

「長年、背中を丸めてランプの明かりで細かい文字を読んできたせいでしょう。それにしても、モンタギュー街とその界隈《かいわい》のことはよく知っているつもりですが、その店には覚えがありませんね。売り場には商品がたくさん置かれていますか？」

「はい、ホームズさん。昔は家族で切り盛りしていたんでしょうね、小さな店ですが、大量の本をおさめた棚がいくつも列になって並んでいます。地図はどうやら別の場所にしまってあるようです。入口の看板には、地図をお探しのお客様はポートマンに直接お問い合わせください、と書いてありますし、店では地図を一枚も見たことがないですから」

「あなたはポートマン氏に――それが店主兼家主の名前だと思いますが――奥様が店へ入ってくるのを見たかどうか尋ねましたか？」

「その必要はありませんでした。さっきも申したように、彼は視力がひどく弱っていますし、あそこへ妻が入っていくのはぼくがこの目で見ていますから。ぼくは視力がいいほうです」

「あなたの視力に疑問を差しはさむつもりはありませんよ、ケラーさん。まあ、問題自体は単純ですが、じかに確認すべき事柄が二、三あるので、これからあなたと一緒にモンタギュー街へ行ってみましょう」

「いますぐにですか？」

「木曜日の午後ですからね。ちょうどいい」鎖をたぐって懐中時計を取りだすと、時刻は三時半だった。「ただちに出発すれば、奥様よりも先にポートマン書店に着けそうだ」コートを取ろうと立ちあがりながら、私はつけ加えた。「これから先の行動は慎重さを要します。苦悩する女性の複雑な感情を扱うことになるわけですからね。奥様が私の時計と同様に信頼できる堅実な方であることを願いましょう。もっとも、奥様がまた時間に遅れてくれたほうが、われわれにとっては有利に働くんですがね」

私たちは急いで行動を開始し、ベイカー街を飛びだしてロンドンの雑踏にのみこまれた。ポートマン書店へと往来の激しい街路を進みながら、私はケラー氏が持ちこんだ問題に隅々まで考えをめぐらせ、これは重要ではない些細な事柄だとあらためて感じた。私の相棒の医者が文学的興味をかき立てられるたぐいのものではないし、私にとっても諮問探偵を始めて間もない頃ならいざ知らず、意気盛んな時期を過ぎたいまは別のところへ回すのがふさわしい平凡な案件だ――通常、この手の相談事には、セス・ウィーバーやサザークのトレヴァー、もしくはリズ・ピナーといった、ある程度実績を積んだ探偵業者たちを紹介することにしていた。

にもかかわらず自分で乗りだしたのはなぜか。ここで正直に打ち明けると、ケラー氏の悩みに対する私の関心は、彼の長ったらしくてまわりくどい話から湧いたのではなく、語られなかった二つの事柄に心惹《ひ》かれたことによる。ひとつはグラス・アルモニカが生みだす悪名高い神秘の音楽――あの楽器にじっくり触れてみたいとかねがね思っていた。もうひとつは、写真でちらりと見たケラー夫人の不思議な魅力をたたえた表情だ。もっとも、女性に疎い私がその魅力を語る立場にはないのだが。おそらく、異性との交わりは健康のために良いとジョンにたびたび吹きこまれたせいで、一時的に異性に目が向いたのだろう。そうした私の道理に合わない感情は別として、夫のいる十人並みの器量の女性になぜ気持ちを揺さぶられたのか、写真を見せられてからずっと首を傾げていたのだった。

4

二匹のニホンミツバチが手に入ったいきさつをロジャー少年に尋ねられたホームズは、顎ひげを撫でてから——しばらく思案したあとに——東京の都心で遭遇した養蜂場の話を始めた。「あそこを見つけたのは幸運の賜物だったよ。旅行鞄と一緒に車で移動していたら、見過ごしていただろうからね。船旅のあいだ狭苦しいところに閉じこめられていたせいで、あのときは運動したくなったのだ」

「たくさん歩いたんですか?」

「そうだな——うむ、かなり歩いたと思う。正確にどのくらいの距離だったかは覚えていないが」

二人は図書室で、向かい合って座っていた——ホームズはブランデーの入ったグラスを片手に椅子の背に深くもたれ、ロジャーのほうは蜜蜂の入ったガラス容器を両手でしっかりと持って前に身を乗りだしている。

「ぶらぶら歩くには絶好の日和だったよ。実に気持ちのいい天気でね。街をゆっくり見てまわりたかったから、ちょうどよかった」ホームズはくつろいだ姿勢でロジャーに視線を注ぎ、下船直後に見た東京の朝の情景を語り聞かせた。もちろん、ばつの悪い出来事は省いた――たとえば、鉄道の駅へ行くつもりが新宿の繁華街に迷いこんでしまい、自信を持っていた自分の方向感覚がまるで頼りにならず、狭い路地を延々さまよい歩いたことは。そのせいで港町の神戸へ向かう列車に危うく乗り遅れそうになったことも、少年にわざわざ話す必要はないだろう。ほかにも伏せておきたいことはいろいろあった。あの養蜂場を見つけてほっとした気分を味わう前に、終戦後の日本の悲惨な現状をいくつも目の当たりにした。都市の中心地にひしめく、貨物用木箱かと思うほど粗末な掘っ立て小屋や、波形鉄板を差し掛けただけのあばら屋。そうした家で生活するしかない現地の人々。赤ん坊をおぶった女たちは米やサツマイモを買うために行列を作っていた。通りを走る乗合自動車にはぎゅうぎゅうに人が詰めこまれ、屋根に座っている者やボンネットにしがみついている者もいた。往来を行く飢えた無数の日本人は、方角がわからずとぼとぼ歩いているイギリス人を――長く伸ばした髪と顎ひげの下にまごついた表情を隠し、二本のステッキをついて進む老人を、物欲しげな視線でちらちらと見ていた。

だがそういったことは全部端折《はしょ》られ、ホームズが都会の蜜蜂と出合った場面だけがロジャーに明かされた。それでも少年は聞かされる話にすっかり引きこまれ、青い目をホームズから一瞬たりとも離さなかった。魅入られた表情で、目を大きく見開き、尊敬する老人の思慮深いまなざしをまっすぐ受け止めていた。はるか彼方《かなた》の薄暗い地平線でかすかにゆらめく、手の届かない場所で確かに存在する生き生きとした輝きに見とれているかのように。一方、灰色の目は青い目をひたと見据えていた。射るような鋭さと優しさを併せ持ったその視線は、互いの人生のあいだに橋を架けようとしていた——グラスに入ったブランデーを口に含んでいる者と、柔らかな手でガラスの容器を包みこみ、それが温まっていくにまかせている者とのあいだに。円熟味を感じさせるホームズの渋い声を聞いていると、ロジャーは自分が実際よりもずっと年上で、世慣れた人間になったように感じるのだった。

ホームズの話は続いた。新宿の街を奥へ奥へ歩いていたとき、忙しそうに飛びまわっている何匹かの働き蜂が目に留まった。街路樹のあいだのわずかな空間に植えられた花や、家屋の外に置かれた鉢植えの花のまわりで羽音を響かせ、せっせと蜜を集めている。彼は働き蜂の飛行経路をたどってみた。何度か途中で見失ったが、すぐに別の一匹を見つけることができ、やがて中心街に近いオアシスにたどり着いた。そこにはざっと数えて二十のコロニーがあった。それぞれが毎年相当な量の蜜を産する立派な状態にあった。なんという賢い生き物なのだろう、と彼は感慨にふけった。この新宿の蜂たちは、季節に応じて蜜を集める範囲を変えているにちがいない。おそらく九月になれば、すなわち花の少ない季節には、もっとずっと遠い距離まで飛んでいくはずだが、花の多い春と夏は巣から近いところで活動するのだろう。よって、桜の咲く四月は餌が豊富な環境に恵まれる。蜂にとって嬉しいのはそれだけじゃないんだよ、と彼はロジャーに言った。蜜集めの範囲が狭まるということは巣の生産性が高まるということだ。その結果、花虻《はなあぶ》や蝶、甲虫といった都市部にわずかに生息する授粉者たちとの花蜜や花粉をめぐる競争が少なくなる。これらの事情を考えると、都心で近場に豊かな餌の供給源が存在することの意味は郊外よりもずっと大きいのだ。

話はそうした方向に進んで、ロジャーが初めに尋ねたニホンミツバチに関する質問は置き去りになっていた（行儀の良い少年には返事を催促することなどとてもできなかった）。しかしホームズはその質問を忘れていたわけではなかった。固有名詞が喉まで出かかっているのに思い出せないときのように、答えをまとめるのに手間取っていたのである。ホームズが日本からその蜜蜂を持ち帰ったのは事実。ロジャーへの土産のつもりだったことも事実。しかし、二匹のニホンミツバチをどこで手に入れたのかは記憶が定かでなかった。新宿で偶然見つけた養蜂場だろうか（いや、あのときは駅を探すことで頭がいっぱいだったので、ありそうもないことだ）。それとも、ウメザキとともにした旅の道中だろうか（神戸に到着して以降は、日程のほとんどをその旅が占めていたのだから）。こんなふうに記憶が欠落しているのは、老化によって前頭葉に変化が生じているせいではないかと彼は懸念した――ある記憶は完全に保たれているのに、別の記憶は壊れてしまっている原因を、ほかにどう説明すればいいのだ？　それにしても不思議なのは、懐中時計を取りだして時間を確かめるとき、その日になにをしたのかたまに思い出せないことがあるにもかかわらず、少年時代の体験はいくつか鮮明に覚えているということだ――たとえば、フランスの町ポーで、フェンシングを習いにメートル・アルフォンス・バンサン道場へ行ったときの場面はいまでも頭の奥にくっきりと浮かぶ（師範の痩《や》せて筋張ったフランス人は、軍人風の濃い口ひげを撫でながら、目の前に立っているひょろりと背の高い無口な少年をまじまじと眺めたのだった)。

それでもなお、失われていく知識に抗《あらが》うかのように、膨大な量の思い出がつねに滾々《こんこん》と湧きでてくれると彼は信じていた。ゆえに帰国してからも毎晩、屋根裏部屋で机に向かった――未完の大著『探偵学大全』の執筆を進めるのと並行して、ビーチ&トンプスン社から出ることになっている、三十七年前に刊行された『実用養蜂便覧』の改訂版の準備に取り組んだ。それらの作業を通して自分が昔いた世界に心を向けていたので、回想に浸れば、長い汽車旅を終えて神戸駅のプラットホームに降り立ったときの自分に戻るのは難しくなかった。彼はウメザキを捜して、周囲を流れていく人の群れを眺めていた――日本人の商人や家族連れにまじって、悠然と歩いているアメリカ人の将校や兵士の姿がちらほら見えた。ばらばらの話し声と慌ただしい足音が重なる不協和音がプラットホーム全体に反響し、夜の闇へと吸いこまれていった。

「シャーロックさんですか?」

振り向くと、ほっそりした身体つきの男がすぐ隣に降って湧いたように現われた。白い開襟シャツにショートパンツ、テニスシューズというでたちで、頭にはチロリアン・ハットをかぶっている。連れの男が一人いて、そちらはもう少し若いようだが、服装はまったく同じだった。瓜《うり》二つの男たちは、細いメタルフレームの眼鏡越しに彼をじっと見つめた。やがて年かさのほうが――五十代半ばとホームズは踏んだが、アジア人男性の年齢を正確に言い当てるのは難しい――

真正面に進みでて、ていねいにお辞儀をした。連れの男もすぐにそれにならった。

「ミスター・ウメザキですね？」

「はい、そうです」年かさの男がお辞儀の姿勢のまま答えた。「日本へようこそおいでくださいました。そして、神戸へようこそ。念願かなってお目にかかることができ、大変光栄です。大事なお客様を心から歓迎いたします」

ウメザキが英語に堪能なことは手紙をやりとりしていたので知っていたが、イギリス英語のアクセントまで身につけているとは嬉しい驚きだった。この日出《い》づる国にまで英語教育が広まっているということだろうか。この男がどういう人物か詳しく知っているわけではないが、サンショウ、日本語で〝山椒〟と書く植物に対して互いに情熱を共有していることは確かだ。この共通の関心がきっかけで、長い文通が始まったのだった（ウメザキはホームズが何年も前に発表した『ローヤルゼリーの有用性――〝サンショウ〟の健康上の利点に関する見解を添えて』という論文を読んで、最初の便りを書き送ったそうだ）。その灌木《かんぼく》は原産地である日本には数多く生育しているが、ホームズ自身は実物を見たことがなく、その花や実や葉を使った料理も食べた経験がなかった。若い頃は各地へ旅行した彼だが、日本を訪れる機会には一度も恵まれなかったのである。そんなこともあって、ウメザキから招待の話が舞いこんだとき、これを逃せば、文献でしか知らない数々の名勝を見学する機会は二度とないだろうと思った。また、長年心酔している珍しい植物を自然の状態で観察し、標本を採取する一生に一度の機会でもあった。その植物はローヤルゼリーと同様、長寿につながる特殊な成分を含んだ薬草ではないかと彼は考えていた。

「双方にとって光栄なことですよ。そうでしょう?」ホームズは言った。

「はい」ウメザキはそう答えて、ようやく身体を起こした。「よろしければ、弟を紹介させてください。ヘイシロウです」

紹介された男はまだ頭を下げたままで、目を半ば閉じていた。「先生、初めまして。あなたはとても偉大な探偵だそうですね。とても偉大な――」

「ヘンスイロさん、ですか?」

「ありがとうございます、先生。ありがとう――あなたはとても偉大な――」

ずいぶん変わった取り合わせの兄弟だな、とホームズは思った。兄はすらすらと英語を話すのに対し、弟はかなりたどたどしい。間もなく三人は駅をあとにしたが、ホームズは旅行鞄を運んでくれているヘンスイロが腰を奇妙な具合に振って歩くのに気づいた。荷物が重いせいで、そういう女っぽい歩き方になってしまうのだろうかと考えたが、鞄はたいして重くないはずだ。どうやらそれはもともとの癖で、媚態《びたい》でも気取りでもないようだとわかった。やがて路面電車の停車場にたどり着くと、ヘンスイロは荷物を下ろして、紙巻き煙草をパックごと差しだした。「はい、先生――」

「どうぞ、《please》をつけるといいよ」ホームズはそう教えて煙草を一本抜き取り、口にくわえた。ヘンスイロは街灯の下の明るいところでマッチをすり、丸めたてのひらで炎を囲った。マッチの火に顔を近づけたホームズは、きゃしゃな手に赤い絵の具が点々とついているのに気づいた。肌はきめが細かく、爪はきれいに切りそろえてあるが、先端が汚れている。これは芸術家の手だ、画家の指先だ、とホームズは思った。そのあと煙草をくゆらせながら薄暗い通りの先に目をやると、ずっと向こうに妖《あや》しいネオン街が見え、そこをそぞろ歩くいくつもの人影が浮かびあがっていた。どこかでジャズを演奏していて、軽快なリズムの音がかすかに聞こえる。煙草を吸う合間に、すっと忍び寄ってきた炭火で焼く肉の匂いを嗅ぎ取った。

「おなかが空いていらっしゃるでしょうね」駅を出てからずっと、ホームズの隣で押し黙っていたウメザキが言った。

「ええ、だいぶ」ホームズはそう返した。「かなり疲れてもいます」

「それでしたら、わが家へお連れしてもよろしいですか？　今夜はうちで夕食をご用意しましょう。もしお嫌でなければですが」

「願ってもないお申し出です」

ヘンスイロが口を開いて、日本語でウメザキに話しかけた。あの繊細な両手が派手に振り動かされ、一瞬だけチロリアン・ハットに触れたあと、口のあたりで小さな牙《きば》のような形を繰り返し描いて見せた。そのたびに口にくわえた煙草が危なっかしく上下に揺れる。最後にヘンスイロはにっこりと笑い、ホームズに向かってうなずきながらぺこりと頭を下げた。

「彼はあなたが例の有名な帽子を持ってきたかどうか知りたがっているのです」ウメザキはやや

困惑顔で説明を始めた。「鹿撃《ディアストーカー》ち帽のことです。確かそういう呼び名でしたね。それから、ご愛用の大きな曲がったパイプもお持ちになっていますか？」

ヘンスイロはまだうなずきながら、自分のチロリアン・ハットと煙草を指差した。

「いや、いや」ホームズは否定した。「あいにくディアストーカーはかぶったことがないんですよ。キャラバッシュ・パイプも使ったことはありません。どちらも挿絵画家が私を特徴づけるためにほどこした単なる装飾です。連載誌の売れ行きを増やしたかったんでしょう。私はその件には関知していません」

「そうでしたか」ウメザキの顔に失望の色がありありと表われた。事実を察したヘンスイロもすぐに同じ表情を浮かべ、恥じ入った様子で頭《こうべ》を垂れた。

「どうかお気になさらず」ホームズは言った。こうした質問には馴《な》れっこだったし、真実を伝えて神話を打ち壊すことにちょっとばかりひねくれた満足感をおぼえもした。「弟さんにも心配いらないと伝えてください。なんの問題もないと」

「全然知らなかったものですから」ウメザキは弁解してからヘンスイロを慰めにかかった。

「知らない人がほとんどですよ」ホームズはやんわりと言って、煙を吐きだした。

ほどなくして、ネオンサインが光っているあたりから路面電車が現われ、ガタガタと音をたてて近づいてきた。ヘンスイロが旅行鞄を持ちあげる横で、ホームズはもう一度通りの向こうを眺めた。「音楽が聞こえますか？」とウメザキに尋ねてみた。

「ええ。ここではしょっちゅう耳にしますよ。夜通し鳴っていることもあります。神戸は観光名所はたいして多くないのですが、その分ナイトライフが充実しているのです」

「そうでしたか」ホームズはネオンで明るいクラブやバーのほうに目を凝らしてみたが、やはり細かいところまでは見えなかった。さっきまで聞こえていた音楽は路面電車のやかましい音にかき消されている。彼らを乗せて再び動きだした電車は、ネオン街からますます遠ざかり、閉まった店が建ち並ぶ商業地区を通り抜けた。歩道はがらんとして、交差点も暗い。そのあとは廃墟のような場所へ入っていった。戦争で焼かれ、破壊された一画だ。街灯もない荒れ果てた風景が、空にかかる満月の光でぼろぼろのシルエットをさらけ出している。

神戸のうら寂しい街路を目にしたせいか、疲労感が重くのしかかってきた。ホームズは目をつぶると、座席に深くもたれた。長い一日で体力を使い果たしてしまった。残っていたわずかな分も、それから数分間電車に揺られ、さらに丘の斜面に延びる上り坂を歩いていくうちに底をついた。先頭を行くヘンスイロのあとから、ウメザキに肘を支えてもらってステッキを頼りに登ったのだが、海から潮の香りを運んでくる生温かい不規則な風に押しつぶされそうになった。夜気を吸いこみながら、サセックスの風景を脳裏に描いた。自分で〝ラ・ペジーブル〟（〝安らぎの場所〟という意味で、兄のマイクロフト宛の手紙でその愛称を用いたことがある）と名付けた農場の母屋や、屋根裏の書斎の窓から見える海岸線の白亜の断崖《だんがい》が思い浮かぶ。眠気に誘われるまま、自宅のこぢんまりした寝室と、シーツがきちんと折り返されたベッドも想像した。

「あと少しですから」とウメザキが言った。「正面に見えるのがうちの屋敷です」

前方を振り仰ぐと、道が行き止まりになったあたりに風変わりな二階建ての家が建っていた。ごく普通の民家が並ぶ住宅街でひときわ異彩を放つウメザキ邸は、一目でヴィクトリア朝様式とわかる建築だった——赤いペンキが塗られ、まわりに杭垣《くいがき》をめぐらしてあり、前庭はイギリス庭園風だ。敷地の裏手と左右は闇に沈んでいるが、正面には凝った装飾のカットグラスの照明が設置され、その光が幅の広いポーチ全体を照らしている。夜空を背景に、家はまるでかがり火のようだ。けれどもホームズは疲労困憊《こんぱい》のせいで、屋敷について感想を述べる気力が湧かなかった。ヘンスイロのあとについて、アール・ヌーヴォーとアール・デコのガラス器が飾られた立派な玄関ホールへ入ったときさえも。

「ラリック、ティファニー、ガレといったところを中心に蒐集《しゅうしゅう》しております」ウメザキはそう説明して客人を奥へと促した。

「ほう」ホームズは興味のあるふりをして答えたが、本当はそれどころではなく、いまにも意識が遠のきそうで、単調な夢のなかをさまよっているようなふわふわした気分だった。のちに思い返したとき、神戸での最初の晩のことはこの場面以外なにも思い出せなかった——夕食の料理や食卓で交わした会話、案内された寝室も、まったく記憶に残っていなかった。家にはマヤという名のむっつりした女性がいて、食事と飲み物を出してくれ、おそらく荷解きもしてくれたはずなのだが、彼女のこともほとんど忘れてしまっていた。

その女性は翌朝も現われ、寝室に入ってきてカーテンを開けた。目が覚めたとたん彼女の姿が目に飛びこんできたが、ホームズはべつだん驚かなかった。意識が朦朧《もうろう》としていたとはいえ前の晩に顔を合わせていたし、よく見れば気難しげだがどこか愛敬のある顔立ちだ。ウメザキの妻だろうか、とホームズは考えた。それとも家政婦か？　日本の着物を着ているが、白髪まじりの髪は西洋風にまとめてある。ヘンスイロよりまちがいなく年上だ。ただし洗練されたウメザキとはそうちがわないように見える。美人ではないが、素朴で家庭的な雰囲気を持ち、丸い輪郭に平べったい鼻、二本の細い切れこみのようなつり目という顔は、近眼のもぐらを思わせた。ホームズは本人に訊かずに結論を下した。彼女は家政婦にちがいない、と。

「おはようございます」枕に頭をのせたままマヤを見上げ、彼は英語で挨拶《あいさつ》した。だが相手は振り向きもせず窓を開け、潮風を室内へ呼び入れた。そのあといったん部屋を出ていったが、すぐに湯気の立っている熱いお茶を盆にのせて運んできた。カップの横にウメザキのメモが添えられていた。彼女がベッド脇のテーブルに盆を置いたとき、彼は知っている数少ない日本語を使ってみた。「オハヨウ」だが、彼女はまたもや無視して、今度は寝室に続いている浴室へ行き、客のために浴槽に湯をため始めた。ホームズは落胆した気分でベッドに起きあがると、朝のお茶を飲みながらウメザキのメモを読んだ。

小生は所用のため出かけます。

弟がお相手をします。
夕刻には戻りますのであしからず。　梅崎

「オハヨウ」ホームズは失望感とともに独り言をつぶやいた。自分がここにいると、ウメザキ家の人たちは迷惑なのではないかと心配になってきた。ひょっとしたら、ウメザキの招待は本心ではなく単なる形式的なものだったのかもしれない。でなければ、実際に会ってみたら想像していたような颯爽《さっそう》としたイギリス紳士ではなかったので、がっかりしたのだろう。マヤが部屋から出ていってくれると、ひとまずほっとしたが、ヘンスイロのことを思い出してまた気が重くなった。丸一日、誰ともまともな会話を交わせずに過ごすことになるのだ。食べ物、飲み物、トイレ、昼寝等々、大事なことをいちいち身振り手振りで伝えなければならないとは。神戸の街を一人で見てまわるというわけにはいかないだろう。客がこっそり家を抜けだしたと知ったら、招待主のウメザキは気分を害するにちがいない。そんなことをあれこれ考えながらの入浴だったので、湯に浸かっているあいだも不安の塊は大きくなるばかりだった。世の中ではごく当たり前のことだが、彼も人生を半分過ぎてから隠遁生活に入り、サセックス・ダウンズの田舎でひっそりと暮らしてきた。ゆえにこういう異国に来ると、まともな英語を話すガイド役がいないとなおさら、自分が機能不全に陥ってしまいそうな気がした。

けれども着替えを済ませて階下へ下り、ヘンスイロと顔を合わせると、心細い気持ちは雲散した。「グッド・モア・ニー・イング、先生」ヘンスイロはぎこちなく言って、ほほえんだ。

「オハヨウ」

「オー、イエス、おはよう――すばらしい、大変すばらしいです」

そのあとホームズは食卓につき、緑茶と卵かけご飯という質素な朝食をとったが、食事のあいだヘンスイロは横で何度もうなずいてホームズの箸《はし》の使い方をほめた。昼になる前に二人は連れ立って散策に出かけ、澄み渡った青空の下で美しい朝を満喫した。ヘンスイロはロジャー少年のようにホームズの肘に手を添えて、彼の歩行をさりげなく補助した。ひと晩ぐっすり眠ったせいか、ホームズは元気を取り戻していた。しかも入浴してさっぱりしたので、新鮮な気分で日本を味わえそうだった。昼の光で見ると、神戸はゆうべ路面電車の窓から見た寂しい街とはまるでちがっていた。廃墟の建物などどこにも見あたらない。どの街路も通行人であふれている。中心地の広場には露店が並び、そのあいだを子供たちが駆けまわっている。麵《めん》料理屋がいくつもあって、店内にはにぎやかな話し声と湯気が充満している。街の北側の丘からは、近所のヴィクトリア朝様式とゴシック様式の家々が一望のもとに見渡せた。元は外国から来た貿易商や外交官の住居だったにちがいないとホームズは思った。

「ひとつ教えてもらいたいんだが、きみの兄上はなにをしている人なんだね、ヘンスイロ？」ホームズは訊いた。

「先生――」

「きみのお兄さんは――どんな仕事をしているんだね？　彼の職業は？」

「だめです――わかりません。ぼくはほんの少ししかわからないんです。たくさんは無理です」

「わかった、ありがとう」

「はい、ありがとう――本当にありがとうございます」

「きみはこういう気持ちのいい日を一緒に過ごす相手として申し分ないよ。英語は不自由だがね」

「はい、そう思います」

しかし、道の角を曲がったり混雑した通りを渡ったりしているうち、飢餓の現状が目に入るようになった。公園で見かけた上半身裸の子供たちは、普通の子供のように元気よく走りまわることができず、枯れ木のように痩せ細った両腕であばら骨のくっきりと浮きでた胸を抱え、ぼんやりと突っ立っていた。麵料理屋の入口で大人の男たちが物乞いをしていたし、きちんと食べているように見える者たち――店主や客や二人連れの男女でさえ一様に、あからさまではないが、どことなく飢えた表情をしている。彼らの静かな絶望は毎日の暮らしに押し流されていくのだろう、とホームズは思った。この国の人々の笑顔やお辞儀や会釈や礼儀正しさの裏で、なにか大事なものが栄養失調になりかけているのかもしれない。

5

旅に出ると、ときおりホームズは、人間なる存在に染みついた強烈な欲求を感じ取ることがある。もっとも彼自身、人間の本質を隅々まで知り尽くしているわけではないのだが。これまで、その狂おしいまでの熱望は彼の田舎暮らしをおおかたよけて通ってくれていたが、それでもたまにじわじわと忍び寄ってきた。引きも切らず敷地内に無断で立ち入る見知らぬ人々を通して、それは顕著になる一方だと気づかされた。最初の頃、招かれざる客はいわば雑多な寄せ集めで、ホームズにあこがれる酔っぱらいの大学生、未解決事件を抱えて助言を仰ぎたがっているロンドンの探偵、ザ・ゲイブルズ——ホームズの農場から半マイルばかり離れた土地にある有名な職業訓練所——の青年たち、行楽中の家族連れなど、往年の名探偵を一目見ようと押しかけてくる物見高い連中だった。

「あいにくですが」ホームズが彼らに言い渡す言葉はいつも同じだった。「プライバシーを尊重してもらわねばなりません。私の敷地から速やかに出ていってください」

大戦はホームズにある意味では平和をもたらした。ドアをノックする訪問者の数が大幅に減少したからだ。ヨーロッパ全体に惨禍の嵐が吹き荒れた二度目の大戦の際も同じだった。けれども両大戦にはさまれた時代は不法侵入者たちが怒濤《どとう》の勢いで舞い戻ってきた。ただし顔ぶれは徐々に変わって、今度は肉筆サイン蒐集家やジャーナリスト、ロンドンその他の地域で活動する読書会のメンバーなどが目立つようになった。悩ましいのは、こういう群れをなして行動する輩とは著しく対照をなす面々が加わったことだった。戦争で肢体が不自由になった退役軍人、事故や病気で車椅子生活を一生余儀なくされた者、さらには異形の者といった人々である。誰かが置いていった無慈悲な贈り物のように、玄関の踏み段に手足のない胴体だけの人間がうずくまっていたこともあった。

「あいにくですが――私は――」

会話だの写真だのサインだの、蒐集家やジャーナリストの要求なら拒否するのは簡単だ。しかしもう一方の人々の頼み事は、無意味なものであるにもかかわらず無下に断るわけにはいかない――両手で触れてくれるだけでいいとか、治癒のまじない代わりに二言三言つぶやいてほしいなどとせがまれるのだから（彼らの病や傷の謎もホームズになら解ける、いや、ホームズにしか解けない、とでも信じているかのように）。しかしそういう場合でもホームズは拒絶の態度を崩さなかったし、立入禁止の看板を無視して車椅子を押してきた不心得者の付添人に説教することもいとわなかった。

「立入禁止と書いてあるでしょう。ただちに出ていくように。さもなければサセックス州警察のアンダースンを呼びますぞ！」

自らの規則を曲げるようになったのはごく最近のことである。先日も、見知らぬ若い母親とその幼子のそばでしばらく腰を下ろした。母親を最初に見つけたのはロジャーだった。薬草の植え込みの陰にしゃがんで、クリーム色のショールでくるんだ赤ん坊をはだけた左の乳房に押しつけて、あやすように揺らしていたそうだ。知らせに来たロジャーとそこへ向かう途中、ホームズは小径にステッキの先を勢いよく打ちつけ、他人の庭に勝手に入りこむとはけしからんと女の耳にも届くよう大声でがなった。だが母親と乳飲み子を見たとたん怒りはしぼみ、ためらいがちに近づいていった。女は大きく見開いたうつろな目で彼を見上げた。汚れた顔には喪失感がにじんでいた。ボタンのはずれた黄色いブラウスはあちこち破れ、泥がこびりつき、ホームズに会うために長い道のりを歩いてきたことを物語っていた。彼女は泥だらけの両手を伸ばし、ショールにくるまれたわが子をホームズに向かって差しだした。

「家に入りなさい」ホームズは低い声でロジャーに命じた。「電話でアンダースンを呼ぶんだ。急用だ、私は庭で待っている、と伝えてくれ」

「はい」

ホームズの目にはロジャーが気づいていない事実が映っていた。母親の震える腕に抱かれているのは小さな遺体だった。紫色に変色した頬、青黒い唇、手織りのショールにたかっている無数の蠅《はえ》。ロジャーが立ち去ると、ホームズはステッキを脇に置いて、苦労しながら女のそばに腰を下ろした。彼女が再び赤ん坊を差しだしたので、彼はショールごと受け取って、胸の前で抱えた。

アンダースンが駆けつけたときには、ホームズはすでに赤ん坊を母親の手に戻していた。彼はしばらくのあいだアンダースンと並んで小径に立ち、ショールの包みを抱いた母親を見つめた。自分の乳房をつかんで、赤ん坊のこわばった唇にいくたびも乳首をふくませようとしている姿を。東の方角から救急車のサイレンが聞こえ、次第に近づいてきた。最後は敷地の門のそばでぱたっと止んだ。

「もしや誘拐でしょうか？」アンダースンがゆるくカールした口ひげをいじりながら小声で訊いた。言い終えたあとも口を開けたままで、視線は女の胸にじっと注がれていた。

「いいや」ホームズは答えた。「事件性はまったくないと思うね」

「そうですか」アンダースンの口調はどこか不満げだった。それを耳ざとく察したホームズは、解明すべき謎があれば、子供時代の英雄と組んで犯罪捜査に乗りだせたのにと残念がっているんだろう、と思った。「意見を詳しくうかがえませんか？」

「彼女の両手を見るがいい」ホームズは説明した。「爪のなかにまで泥が入りこんでいる。ブラウスからなにから全身が泥まみれだ。どこかの地面でなにかしていたらしい」土を掘り返していたのだ、とホームズは推理した。「泥のついた彼女の靴を見たまえ。まだ新しく、あまり傷んでいない。かなりの距離を歩いてきたようだが、シーフォードより遠い場所からではないはずだ。それから、彼女の顔。生まれて間もない赤ん坊を亡くした母親の悲しみはきみの目でもわかるだろう？　シーフォードの警察に至急連絡を取りたまえ。夜間に赤ん坊の墓が掘り返されて、遺体が持ち去られていないか問い合わせるんだ――その赤ん坊の母親が行方不明になっていないかどうかも確認してくれ。それともうひとつ、赤ん坊の名前はジェフリーだろう」

アンダースンはひっぱたかれたかのように唖然《あぜん》としてホームズを見た。「どうしてそんなことまでわかるんですか？」

ホームズは残念そうに肩をすくめた。「いや、確証はないのだ」

そのとき母屋の庭先からマンロー夫人の声が聞こえてきた。到着した救急隊員にホームズと警察がどこにいるか伝えている。

制服姿のアンダースンは困惑げに口ひげをひねりながら、片方の眉をつりあげた。「それにしても、彼女はなぜここにいるんでしょうね。あなたのところへやって来た理由がわかりません」

空を流れる雲が太陽をさえぎり、庭に長い影が落ちた。

「希望だろうな」ホームズは答えた。「絶望的と思える状況でも解決法を見いだすことで私は知られているようだからね。それに、当てずっぽうで物を言うのは嫌いだともね」

「赤ん坊の名前がジェフリーだというのは？」

ホームズは理由を明らかにした。赤ん坊を抱きながら母親にこの子の名前はなんだねと訊いたところ、母親が「ジェフリー」と答えたように聞こえたのだ。生後どれくらいかという質問には、なにも言わず悲しげに地面を見つめていた。子供が生まれた場所も尋ねたが、返事はなかった。

遠くから旅をしてきたのかね？

「シーフォード」彼女はそうつぶやいて、額から蝿を追い払った。

「腹は空いていないか？」

返事はない。

「なにか食べたいかね？」

やはり無言のまま。

「あなたは空腹のはずだ。せめて水だけでも飲まなければいけない」

「世の中はくだらない」彼女はそれだけ言うと、ショールに手を伸ばした。

その言葉をどう思ったか本音を明かすならば、ホームズはそのとおりだと答えたかった。

6

神戸での滞在中、及びそれに続く中国地方への旅路で、ウメザキがホームズに尋ねた質問にはときどきイギリスに関する話題がまじった。シャーロックさんはストラトフォード・アポン・エイヴォンにあるシェイクスピアの生家をご覧になったことはありますか？　神秘的な遺跡として知られるストーンヘンジの環状列石の内側を歩いたことはありますか？　何世紀にもわたって数多くの画家にインスピレーションを与えてきたというコーンウォール地方の絶景の海岸線を訪れたことがありますか？

「ありますとも」まずはそう答えてから、ホームズは詳しく語り聞かせた。

こんな質問もあった。イギリスの諸都市は戦禍を免れたのですか？　イギリス人魂はナチスドイツの空爆にもくじけませんでしたか？

「だいたいにおいては、そうです。ご存じのように、われわれは不屈の精神の持ち主ですから」

「その精神は勝利によっていっそう高められるんでしょう？」

「ええ、そうだと思いますよ」

帰国すると、今度はロジャーから日本について質問攻めにあった。ウメザキほど突っこんだ内容ではなかったが。ある日の午後、蜜蜂が出入りする際に邪魔にならないよう二人で巣箱のまわりの草取りをしたときのことだった。作業が終わってから、ホームズはロジャーと連れ立って近くの崖《がけ》へ向かった。そこから長くて急な坂を一歩一歩注意しながら下りていくと、浜辺に出た。左右には小石を敷いた浜が数マイルにわたって続き、ところどころに浅瀬や潮だまりができている。これは波が打ち寄せるたびに新鮮な海水が流れこむので、磯の生物にとって理想的なすみかだろう。晴天の日には、遠くにカックミア・ヘイヴンの村を抱く小さな入り江が見える。

老人と少年は脱いだ衣服を岩の上にたたんで置き、適当な潮だまりにゆっくりと身を浸した。徐々に寝ころんだ姿勢になると、海水は胸へと這いのぼってきた。二人とも水面から肩が少し出るくらいまで身体を傾け、静かにくつろいだ。海に反射した午後の陽光がきらきらとまぶしい。ロジャーは額に片手をかざして、ホームズのほうを向いた。「日本の海はイギリス海峡と似てますか？」

「だいたい似ている。私の目にはそう見えたがね――海水は海水。どこへ行っても同じだろう？」

「船はたくさん浮かんでましたか？」

ホームズも陽射しをさえぎろうと額に手をやり、そこで初めて少年の好奇心に満ちたまなざしに気づいた。「ああ、浮かんでいたよ」そう答えたものの、記憶のなかでさかんに行き交うタンカーやタグボートや艀《はしけ》が日本とオーストラリアどちらの港で見た風景なのか、本当は定かでなかった。「あそこも島国だからな」と理屈をつけ加えた。「日本人もわれわれと同じで、海から離れることはできないのだ」

少年は両足を水面に浮かせ、ぼんやりと爪先《つまさき》を振り動かして白いしぶきを上げた。

「日本人が小さいっていうのは本当ですか？」

「ああ、本当だ」

「こびとみたいに？」

「それよりは大きい。きみくらいの身長が平均だな」

ロジャーは足を沈め、動いていた爪先が見えなくなった。

「日本人はイエロー［訳注：〝yellow〟には〝黄色〟のほかに〝嫉妬《しっと》深い〟の意味がある］ですか？」

「どっちの意味で訊いているんだね？　肌の色？　それとも性質かね？」

「肌です。黄色ですか？　それと、前歯がウサギみたいに大きいんですか？」

「黄色よりも褐色に近い」ホームズはロジャーの浅黒く日焼けした肩に指先を置いた。「ちょうどこれくらいだ」

「歯はどうですか？」

老人は笑って答えた。「さあ、なんとも言えないな。ウサギに似た前歯の人が多かった気もするが、はっきりとはわからない。ここはひとつ無難に、きみや私と同じような歯だったと言っておこう」

「ふうん」ロジャーは小声で言い、しばらく黙りこんだ。

土産に持ち帰った日本の蜜蜂がロジャーの好奇心をかき立てたようだな、とホームズは思った。ガラス容器に入った二匹の昆虫はイギリスの蜜蜂と似て非なるもの、よって並行して存在する別の世界があり、双方の世界ではすべてが似通っていながら決定的に異なるのだと少年は知ったのだ。

狭い急な斜面をのぼってもと来た道を引き返すとき、ロジャーの質問が再び始まった。今度は日本の各都市に連合国軍による爆撃の爪跡がいまも残っているのかどうか知りたがった。「いたるところに残っていたよ」ロジャーの心をとらえているのは空爆と猛火に包まれて死んでいく人々なのだと意識しながら、ホームズは答えた。戦争の悲惨な現実を知れば、父親が背負った早すぎる死という運命を理解できると少年は信じているのだろうか。

「爆弾が落ちた場所を見ましたか？」

二人は休憩のため足を止め、坂道の中間点の目印になっているベンチに腰を下ろした。断崖のへりに向かって長い脚を投げだすと、ホームズはイギリス海峡を眺めながら爆弾について考えた。焼夷弾《しょういだん》や手榴弾《しゅりゅうだん》や地雷ではなく、原子爆弾について。

「例の大きな爆弾は日本で〝ピカドン〟と呼ばれているんだ」とロジャーに教えた。「ピカッと光ってドーンと爆発するという意味だ——ああ、見たよ。そいつが落とされた場所を」

「みんな具合が悪そうでしたか?」

ホームズは海のほうに目を向けたまま、灰色の海原が傾きかけた太陽に赤く染められていくさまを見守った。「いいや、大半の人たちは外から見ただけでは病気とはわからない。だがそうではない人も少しだけいた——どういうふうだったか口で説明するのは難しいんだがね、ロジャー」

「ふうん」少年は当惑気味にホームズを見つめたが、それ以上なにも言わなかった。

ホームズはふと、蜜蜂の巣箱で起こる最悪の事態を思い浮かべた。それは後継者を育てるための蓄えが底をついているときに女王蜂が突如いなくなることだ。しかし、沈黙する廃墟の奥底に潜む病をどう説明すればいいのだろう? ごく一般の日本人が例外なく心に抱えているとおぼしきもやもやした暗い影はいったいなんだ? あの控えめで寡黙な人々からは明確に読み取ることができなかったが、それはつねにまちがいなく存在していた——東京や神戸の街をぶらついたとき、若い帰還兵の張りつめた表情や、痩せ細った親子のうつろなまなざしにかすかによぎるのをこの目で見た。日本の巷《ちまた》で昨年から人々がさかんに口にするようになった〝神風は吹かなかった〟という言葉からも漠然と察せられる。

その言葉を知ったのは、神戸での二日目の晩、世話をしてくれた二人の男たちと狭苦しい大衆酒場で酒を酌み交わしているときだった。ウメザキが英語に訳して、「The Divine Wind didn't blow――基本的にはそのような意味ですよ」と教えてくれた。きっかけは、店にいた酔っぱらいだった。よれよれの軍服を着た復員兵らしき男が、ほかの客のテーブルからテーブルへふらつく足で無遠慮に歩きまわったあげく、店の人に外へ追いだされる際に、「神風は吹かなかった！神風は吹かなかった！　神風は吹かなかった！」と大声で叫んだのだ。

たまたまその酔客が騒ぎだす前、ホームズたち三人は降伏後の日本について議論していた。最初は旅行の計画を話し合っていたのだが、ウメザキが唐突に話題を転じ、連合国軍が占領統治政策に掲げる自由と民主主義の謳《うた》い文句は、日本の詩人や作家や芸術家らの弾圧が現在も続いている実情に矛盾するとは思いませんか、とホームズに尋ねたのだ。「それに、大勢の人間が飢えに苦しんでいるというのに、占領軍をおおっぴらに批判することが許されないとは、ずいぶんおかしな状況でしょう？　さらに言えば、われわれ日本人は戦争で失った人命や財産を国という単位で悲しむことが許されません。戦没者に対して国民全体で慰霊をおこなうことさえ、軍国主義につながる国威発揚と見なされ、禁じられているのです」

「率直に申しましょう」ホームズは酒を口に運びながら答えた。「そのへんの事情はさっぱりわかりません。申しわけないが」

「いえいえ、こちらこそ失敬しました」酒でほてったウメザキの顔はますます赤くなり、そのあと疲労の色が広がった。悪酔いの兆しかもしれない。「ところで、どこを旅行しましょうか？」

「広島へ行きたいのですが」

「それはいい。あなたが広島に興味をお持ち――」

「神風は吹かなかった！」あの酔っぱらいが怒声をあげ始めたのはちょうどこのときで、ウメザキを除いて皆ぎょっとした。「神風は吹かなかった！」

べつだん困った顔もせず、ウメザキはヘンスイロと自分に酒のお代わりを注いだ。ヘンスイロはさっきから何度もひと息に飲み干している。酔漢のどら声が遠ざかった直後、われ知らずウメザキをじっと観察していたホームズは、杯を重ねるごとに彼の顔つきが陰鬱さを増していくのに気づいた。叱られた子供のように口をとがらせ、物思いに沈んだ様子でテーブルを見つめている。いつもは朗らかなヘンスイロも、にこりともせずふさいだ表情だった。やがてウメザキはホームズのほうをちらりと見やった。「ええと、どこまで話しましたっけ？　ああ、そうだ、西への旅行だ。広島がご希望でしたね。だいじょうぶですよ、ちょうど途中で寄れますので」

「現地をぜひとも見てみたいのです。あなたさえよろしければ」

「いいですとも。わたしも見たいと思っていました。実は、戦前に行ったきりなんですよ。それ以外は汽車で通過しただけでして」

ウメザキはそう答えたが、彼の口調にホームズは倦《う》んだ心を感じ取った。うがちすぎだと言われればそれまでだが、数時間前にどこかで所用とやらを済ませて戻ってきたときからウメザキはげっそりしていた。前日に駅で初めて会ったときの親切でおっとりした男とはまるで別人のようだった。一方、ホームズはヘンスイロと街を散策したあとたっぷり昼寝をしたので、頭がすっきりしていた。前夜とは立場が逆転して、今夜は目が冴《さ》えているのはホームズのほうだった。ウメザキは抜きがたい深刻な疲労困憊に見舞われていた。アルコールとニコチンの助けを借りて、倦《けん》怠《たい》感の重みになんとか耐えているようだったが。

こうなる予感はもとからあった。その日の夕方、ホームズはウメザキの書斎へ行った。ドアを開けたとたん視界に飛びこんできたのは、机のかたわらに立って親指と人差し指で両目のまぶたを押さえ、考え事にふけっているウメザキの姿だった。綴《と》じていない原稿らしきものを力なく小脇に抱えていた。まだ帽子も上着も脱いでいなかったので、帰宅したばかりだとわかった。

「これは失敬」ホームズは突然の非礼を詫びた。実はさっきから静まりかえった家のなかをうろうろしていたのだった。ドアはすべて閉まっていて、人の声も足音も聞こえなかったので、てっきり主人はまだ外出中かと思っていた。そうするつもりはなかったのだが、今回ホームズは自分の掟《おきて》を破った。生まれてこのかた、書斎は男の聖域だと考えていた。重要な仕事のため、もしくは他者が書いた文章との私的な交流のため、世間から一時的に避難して思索にふける隠れ家だと。彼自身にとっても、サセックスの家の屋根裏にある書斎は最も大切な部屋だった。はっきりと伝えたことはないが、書斎のドアが閉まっているときは入るなという意味だとマンロー夫人もロジャーも心得ている。「お邪魔するつもりはなかったのです。長年にわたる職業上の習慣で、さしたる理由もないのについ部屋をのぞきたくなってしまいましてね」

ウメザキは顔を上げ、軽い驚きを浮かべて言った。「ああ、いえ、かまいませんよ。来ていただいてちょうどよかった。どうぞお入りください」

「しかし、ご迷惑ではないでしょうか？」

「とんでもない。部屋でお休みになっていると思っていたんですよ。そうでないと知っていれば、こちらからお招きしていました。ですから、どうぞご遠慮なく。わたしの蔵書をご覧になって、感想をお聞かせいただきましょう」

「そうですか、そこまでおっしゃるなら」ホームズは部屋に入り、壁面全体を覆っているチーク材の書棚に歩み寄った。前へ進みながらウメザキの動きを注意深く観察していると、小脇に抱えていた文書を整然と片付いた机の中央に置き、その上から脱いだ帽子を慎重にかぶせた。

「仕事の都合で朝から外出していてすみませんでした。わたしの同志はうまくお相手をして差しあげられたでしょうか」

「もちろんです。おかげさまで彼と一緒に楽しい一日を過ごしましたよ――言葉の壁はさておいて」

ちょうどそのとき、玄関ホールからマヤの呼ぶ声が聞こえた。いらだたしげな響きを含んだ声だった。

「ちょっと失礼します」とウメザキ。

「ごゆっくり」ホームズは大量の本が並ぶ書棚の前に立って答えた。

再びマヤの呼ぶ声がした。ウメザキは慌てて出ていったので、部屋のドアが開いたままになった。ウメザキがいなくなってからもしばらく、ホームズは書物を眺め続けた。棚から棚へ、視線をあてもなくさまよわせた。大半は立派なハードカバーだ。日本語が書かれた背表紙が多数を占めるが、一部の棚はすべて欧米の著作で、きちんとわかりやく分類されている——アメリカ文学、イギリス文学、戯曲、詩集。詩にはかなり傾倒しているらしく、ホイットマン、パウンド、イエーツ、さらにはロマン派詩人に関するオクスフォード大学出版の書籍などがそろい、かなりの充実ぶりである。棚の下のほうはカール・マルクス関係書が幅を利かせ、ジグムント・フロイトの著作は片隅に窮屈そうに押しこまれている。

振り返って室内をぐるりと見渡すと、ウメザキの書斎は小さいながらも機能的な配置で、使い勝手が良さそうだった。読書用の椅子、フロアランプ、写真をおさめたフレーム数個。机の後方には額縁入りの大学の卒業証書とおぼしきものが壁に高々と掲げられている。そこへ、ウメザキとマヤがなにやら言い合う声が聞こえてきた。しばらく激しい調子のやりとりが続いたあと、話し声はぱたりと止み、突然の沈黙に吸いこまれた。ホームズがドアへ行って廊下をのぞいてみようとしたとき、ウメザキが戻ってきた。「献立のことでちょっと手違いがありましてね。夕食の時刻がいつもより遅くなると思います」

「いっこうにかまいません」

「待っているあいだ、外で一杯やりませんか？　そう遠くないところに気楽に飲める店があるんですよ。旅行計画を話し合うのにちょうどいいので、ご案内しましょう――もしよろしければ」

「ええ、ぜひとも」

　そういったわけで、ヘンスイロも誘って出かけることになったのだった。家からぶらぶら歩いて、客で混み合った小さな酒場に着いた。すでに空は暗くなっていた。思った以上に長居してしまい、店がさらに混雑して一段と騒がしくなったところで三人はようやく席を立った。家に戻ると、ご飯に味噌汁、おかずは魚と野菜少々という簡素な食事が待っていた。マヤは一緒に食卓を囲もうと言われても断り、ややぶっきらぼうな態度で料理を運んだり並べたりした。食事が終わる頃には、ホームズは箸を使ったせいで指の関節が痛くなっていた。彼が箸を置くと、それを待ちかまえていたようにウメザキが言った。「よろしかったら書斎へどうぞ。お見せしたいものがあるのです」二人はすぐに立ちあがり、まだ料理の残っているテーブルにヘンスイロを一人置いて食堂を出た。

　酒と食事で眠気に誘われていたにもかかわらず、その晩の書斎での出来事はホームズの記憶に鮮明に焼きつけられていた。さきほどまでとは打って変わって、ウメザキはやけに上機嫌だった。陽気な笑顔でホームズに読書用の書見台付きの椅子を勧め、ホームズがジャマイカ葉巻を取りだすが早いか、マッチを擦って差しだした。ホームズが椅子に腰を落ち着けると――ステッキは膝に置き、火のついた葉巻をくわえた直後、ウメザキが机の抽斗を開けて、なかから薄いハードカバーの本を取りだした。

「ご覧ください。これをどう思われますか?」ウメザキは近づいてきてホームズに本を渡した。

「ロシア版ですね」ホームズは言った。受け取ってすぐ、華麗な帝国の紋章に気づいた。それがおされていなければ表紙と背はかなり地味だったろう。少しのあいださらに詳しく調べ、赤茶けた綴じ部分や紋章のまわりの金色の象眼細工を指でなぞったり、文字を目で追いながらページをぱらぱらめくったりしたあと、これは非常に有名な小説の稀少《きしょう》このうえない翻訳版だと結論を下した。『バスカヴィル家の犬』ですね――世界で一冊きりの」

「そのとおりです」と答えたウメザキの声には嬉しそうな響きがこもっていた。「皇帝の個人コレクションのために特別に作られたものです。皇帝はあなたの物語の熱烈な愛読者だったのです」

「本当に?」ホームズは本を返した。

「ええ、大変な気に入りようでした」ウメザキはそう答え、机のほうへ戻っていった。稀覯《きこう》本を抽斗にしまってから、こうつけ加えた。「もちろん、これはわたしの蔵書のなかで最も貴重な本です――このために大枚をはたきましたが、それだけの価値があると思っています」

「そうでしょうね」

「あなたはご自身の冒険が書かれた本をきっとたくさんお持ちでしょう――装幀《そうてい》や判型の異なるもの、世界各国の翻訳版などを」

「それが、一冊も持っていないのですよ――廉価版のペーパーバックさえ。実を言うと、あまり読んだこともありません。せいぜい四話か五話をずいぶん昔に読んだきりです。ジョンに帰納法と演繹《えんえき》法の根本的なちがいを教えこもうと努力しましたが、なかなか理解してくれないので、とうとう匙《さじ》を投げましてね。それを境に、真実をゆがめて飾り立てたまがい物は読まないことにしたわけです。不正確な箇所ばかりで、腹が立ちますから。ご承知のように、私は彼をワトスンと呼んだことは一度もありません――普通にジョンです。いつもそうでした。しかし断っておきますが、彼が才能のある作家だったことは事実です。想像力がとびきり豊かだったせいで、事実どおりに記録することよりも作り話をこしらえることのほうが得意だったんでしょう」

ウメザキはホームズをまっすぐ見つめた。そのまなざしに小さなとまどいが浮かぶ。「またご冗談を」ウメザキは机の椅子に深々と身を沈めた。

ホームズは肩をすくめ、紫煙を吐きだしながら言った。「あいにく本当のことでしてね」いまもなおホームズの脳裏にくっきりとよみがえるのは、そのあとのやりとりである。ウメザキは――まだ酒で赤らんだ顔のまま、煙草の煙を吐きだすように長いため息をつくと、つかの間じっと考えこんでから意を決した顔つきになった。そして薄笑いを浮かべ、ホームズの冒険譚《たん》がすべて真実だったわけではないと知らされてもあまり驚かなかった理由を明かした。「あなたは

――いや、シャーロック・ホームズという登場人物は、ちょっとした観察で真相を的確にえぐり出すという特殊な能力をそなえていて、その見事な離れわざにわたしはつねづね驚嘆させられていました。しかし、誤解を恐れずに申せば、実物のあなたはわたしが本で読んだ人物らしくは見えません。どう表現したらいいんでしょうね、つまり、その、小説で描かれているほど突飛でも派手でもないと感じたのです」

ホームズは不機嫌そうにため息をつき、顔の前から煙を払うように手をさっと振った。「要するに、あなたがイメージしているのは若気の至りともいうべき私の傲慢さですよ。いまはこのとおり年老いて、とうに引退しています。あなたがまだ子供だったときに。あとになって考えれば、あれはすべて若かりし頃の私の虚像でしかありません。それが偽らざる事実です。ジョンと私が重大な事件でしくじった経験は数えきれないほどあります――嘆かわしいことですが。しかし失敗談など誰が読みたがります？　私は読みたくありませんね。確信を持って言えるのは、成功は大げさに語られがちである、ということです。あなたのおっしゃったような離れわざは存在しませんよ」

「本当ですか？」ウメザキは再び考えこみ、またしても長い吐息を漏らした。そのあと、こう切りだした。「あなたはわたしがどんな人間か推理できますか？　それとも、鋭い観察眼もすでに引退なさったのでしょうか？」

振り返ってみて、それはウメザキの使った表現とそっくり同じではないかもしれないとホームズは思った。とにかく、あの場面で自分が頭を軽くのけぞらせて天井に視線を貼りつけたことは覚えている。そのあと煙の出ている葉巻を片手に、初めはゆっくりとこう答えたのだった。「わかりました、あなたについて知っていることを挙げてみましょう。そうですね、まず、英語を巧みに使いこなしているところから、あなたが外国で正式な英語教育を受けたことがわかります――本棚に並んでいる古いオクスフォード大学の教科書から推察するに、外国とはイギリスでしょう。壁にかかっている卒業証書は私の結論が正しいことを証明しています。それから、お父上は西洋の事柄全般に強い関心を寄せる外交官だった。そうでなかったら、こういう日本では珍しい西洋風の住まいを選ぶでしょうか？　私の記憶が確かならば、お父上はあなたにこの家を遺したばかりか、イギリスへ留学させもした。イギリスはお父上が仕事のうえで関わりのあった国ですね？」ホームズは目を閉じた。「ウメザキさん、あなたご自身については、教養の豊かな読書家であることは容易に察しがつきます。蔵書というのは、所有者のことを驚くほど能弁に語ってくれるものでしてね。あなたは詩に興味がおありのようだ――とりわけ好んでおられるのはホイットマンとイエーツ。普段から詩歌に親しまれているのは明らかです。読み手としてのみならず、作り手としても。詩作はもはや日課になっているんでしょう。ご自分では無意識かもしれないが、今朝の私に宛てた書き置きは五七五の定型詩、すなわち俳句に近いものでした。それから、中身を拝見していないので、これはあくまで想像ですが、机の上にのっている原稿はあなたの未刊の作品ではないでしょうか。なぜ未刊だと思ったかというと、さきほどあなたが上から帽子をかぶせて、原稿をさりげなく隠したからです。そのことから、どういった用向きで外出されたか推理できます。ご自身の原稿を携えて――ひとつつけ加えると、どことなく気落ちした様子で――帰宅したとなれば、今朝その原稿を持って出かけたと考えるのが自然でしょう。では、文筆家が未刊作品の原稿を携えていく用事とはどんなものか？　また、その原稿を持ったまま、しょげて帰ってきたのはなぜなのか？　これらを考え合わせると、おそらく出版社を訪問したものの、話し合いが思うようにいかなかったと推察できます。思うに、刊行の運びにならなかったのは、作品の内容が問題視されたせいであって、質のせいではないはずです。酒場であなたは、連合国軍の検閲によって日本では詩人や作家や芸術家が現在もなお弾圧されている実情に義憤をあらわにされた。その理由と結びつくものがほかにあるでしょうか？　蔵書の大部分をマルクス関係書が占めているような詩人は、天皇制軍国主義の擁護者ではありえません。あなたにふさわしい呼び名を選ぶとすれば、書斎の共産主義者といったところですね。実行よりも理論や批評が先行するタイプです。となると現在のあなたは、天皇崇拝国粋主義者と占領軍の双方からにらまれることになります。さきほど、あなたはヘンスイロを同志と呼びましたね。弟をそんなふうに呼ぶとはずいぶん変わっているなと思い、ああ、なるほど、あなたの理想とイデオロギーをうかがわせる言葉なのだと気づいたわけです。むろん、ヘンスイロはあなたの弟ではありませんね？　あなた方が兄弟なら、お父上はあなたと同じようにヘンスイロもイギリスへ留学させたでしょうから、彼と私のあいだにもっと実り多い会話が成り立ったはずです。しかし兄弟でないとすると、おかしな具合になりますね。あなたとヘンスイロは同じ家で暮らし、似たような服装をし、話すときに普通なら〝わたし〟を使うところで〝わたしたち〟を使う――まるで結婚している夫婦のようだ。まあ、これは私がくちばしをはさむ問題ではありませんが、あなたが一人っ子として育ったことは確信していますよ」マントルピースの上の時計が鳴りだすと、ホームズは目を開いて天井をじっと見た。「結論を申しましょう――気を悪くされないといいのですが、私は不思議でならなかったんですよ。日本全体が苦境にあえいでいる時期に、あなたはなぜこういう快適な生活を続けていられるのだろうと。窮乏しているどころか家政婦を雇う余裕まである。そのうえアール・デコの高価なガラス工芸を自慢のコレクションにしておられる――どこから見ても中産階級《ブルジョワ》よりもさらに上の階層に属する人の暮らしぶりです。その一方で、闇市で商売する共産主義者という顔もお持ちだ。そういう形なら偽善に対する罪悪感が軽くて済むかもしれませんね。自分の収穫物を適正価格で市民に提供し、なおかつ国を牛耳っている資本主義者どもの利益を薄めているのだと考えればいいわけですから」大きなため息をついて、ホームズは口をつぐんだ。短い沈黙をはさんで、こう続けた。「ほかにも気づいた点がいくつかあったのですが、ど忘れしてしまいました。いまの私は昔ほどの記憶力は持ち合わせていませんのでね」天井を仰いでいた姿勢から正面に向き直って、葉巻を口にくわえ、ウメザキにくたびれた顔で一瞥をくれた。

「いまうかがった分だけでも驚異的ですよ」ウメザキは感銘を受けた様子だった。「想像を超えています」

「たいしたことではありません」

ウメザキは平静をよそおうとしてポケットから煙草を出し、指のあいだにはさんだが、火はつけなかった。「あなたはわたしを丸裸にしたも同然ですよ。若干のまちがいはありますが。おっしゃるとおり、わたしは闇市に少しばかり関わっています。ただしそれは、たまに買い手として足を運ぶだけです。それから、父は非常に裕福で、家族が生活に困らないだけの財産を遺してくれましたが、だからといってわたしがマルクス主義を信奉できないことにはならないでしょう。わたしが家政婦を雇っているという点も事実とずれがあります」

「精密科学のようにはいきませんのでね」

「それでもあなたのお手並みには感服いたしました。ただ、わたしとヘイシロウの関係を看破なさったことにはあまり驚いていません。少々ぶしつけな言い方かもしれませんが、あなたも長年にわたって二人の独身男性が同居するという生活を送っておられたのですから」

「純粋にプラトニックな関係です」

「はあ、そうですか。それはそれは」ウメザキは畏敬《いけい》の念にうたれた表情でホームズを見つめた。

「とにかくあなたの推理はすばらしい」

ホームズの表情が困惑げに曇った。「待ってください——あなた方のために食事を作り、家事を切り盛りしているマヤという女性を私はこの家の家政婦だと思っていたが——そうではなかったのですね？」そう言えば、マヤのふるまいは雇われたお手伝いさんというより、こき使われている配偶者のようだったが、ウメザキが好んで独身でいるのは明らかだ。はて、どういうことだろう。

「実情は家政婦のようなものかもしれません――あなたの目にはそう映ったでしょうね。しかし、わたしは自分の母をそのようには考えてはいません」

「なるほど、ごもっともです」

ホームズは両手をこすり合わせ、青い煙を続けて吐きだしながら、自分のぶざまな勘違いをなにかで塗りつぶしてしまいたくなった。マヤがウメザキの血縁者である可能性を見落とすとはなんたる不覚。最初に紹介された際にそう教えられたはずだ。知っていながら失念していたわけか。いや、もしかすると、失念したのはこの家の主人のほうかもしれないぞ。彼女が母親だということを私に言わなかったのでは？　まあ、いい。いじいじと悩むほどの失策ではない。あの女性はウメザキの母親にしては若く見えるから、見誤るのも無理はないのだ。

「さて、ではそろそろ失礼して休ませてもらうとしましょう」ホームズはくわえていた葉巻をつまみ、口から少し離した。「だいぶ疲れが出てきたようだ――それに、明日は朝早く出発することになっていますからね」

「そうでした。わたしもあと少ししたら休みます。シャーロックさん、このたびはわが家へお越しくださって、ありがとうございました。あらためて感謝いたします」

「とんでもない」ホームズは葉巻を口の端にくわえ、両手のステッキで立ちあがった。「感謝するのはこちらのほうですよ。では、また明朝に。ゆっくりお休みください」

「ええ、あなたも」

「ありがとう。今夜はよく眠れそうだ。おやすみなさい」

「おやすみなさい」

挨拶を交わしたあと、ホームズは薄暗い廊下に出た。玄関ホールの照明はすべて消されており、行く手には影が立ちはだかっていた。前方の少し開いたドアから漏れるかすかな明かりを頼りにのろのろと進み、その部屋の前まで来た。ドアの隙間から室内をのぞきこむと、ヘンスイロが一人そこにいた。わずかな家具しかない殺風景な部屋で、上半身裸になって描きかけのカンバスの前で身をかがめている。ホームズが立っている場所からはちょうどカンバスの絵がよく見えた。血のような真っ赤な背景に、黒い直線、青い円、四角い黄色など、さまざまな形の幾何学模様が散乱している。ドアに近寄って眺めると、室内の壁に完成した絵がずらりと並んでいるのが見えた。大きさのまちまちな作品を無造作に重ねて立てかけてある。真っ先に目についたのは、全体が赤く塗られた陰惨な絵だった——ぼろぼろに崩れたビル群、どぎつい赤を切り裂いて川のように連なる大量の青白い死体。ただの死体ではない。ねじれた腕、折れた脚、苦しげに指を曲げた手、顔のない首が、積みあがった臓物の山に似せて描きだされていた。イーゼルの周囲の床板には絵の具のしみが点々と無数に落ちていて、まるで飛び散った血しぶきのようだった。

自分の寝室でベッドに入ってから、ホームズはこの家に住む詩人と画家の禁じられた関係について思いをめぐらせた。二人は兄弟のふりをしているが、実は同じ屋根の下で暮らす他人の男同士だった。ベッドもともにしているかもしれない。マヤの律儀だがいつも不機嫌そうな態度や非難がましい目つきはそれが原因なのだろう。これはまさに人目を忍ぶ暮らし、繊細さと慎重さを要する生き方だ。しかしホームズは、この家にはまだほかにも秘密がありそうだと感じていた。ひとつかふたつ、きわめて敏感な問題が。それは間もなく明かされるだろう。なぜなら、ウメザキがよこした手紙には文面とは別の目的が隠されているように思えてならないからだ。彼の招待に応じる気になったのは、その秘められた真意を知りたいがゆえでもあった。明日からウメザキとの旅が始まる。ヘンスイロとマヤをこの大きな館に残して。ウメザキさん、あなたはうまいこと私を誘いだしましたね。ホームズは眠りに落ちていきながら、そう独りごちた。やがてまぶたが閉じ、夢の世界をふわふわとさまよい始めたとき、突然、聞き覚えのある蜜蜂の低い羽音に包まれた。

第二部

7

ホームズははっと目を覚まし、息をあえがせた。なにがあったんだ？

机の前に座ったまま、屋根裏部屋の窓に目をやった。戸外で吹きすさぶ風が、単調なリズムで激しく窓を叩《たた》き、雨樋《あまどい》のなかで渦巻き、庭の松の枝を大きく揺らしている。いまごろ花壇は大波にもまれたようにかき乱されているにちがいない。閉まった窓の向こうの荒天と、開いたカーテンに縁取られていた移ろいゆく黄昏《たそがれ》の色合いが漆黒の闇に取って代わられていることを除けば、書斎の様子は彼がうたた寝する前とどこも変わっていなかった。卓上ランプは相変わらず机の上を煌々《こうこう》と照らし、執筆中の『探偵学大全』第三巻の手書きメモがそこに散乱していた——さまざまな思索と熟考の経緯を何枚にもわたって記してきたもので、文字は手当たり次第に撃った弾のごとく行間をはみ出して無秩序に入り乱れ、あふれでた言葉はしばしば余白にまで書きつけられている。十五年にわたって同時並行で執筆作業を進めた第一巻と第二巻は、さしたる苦労もなくできあがったというのに、現在手がけている三巻目は集中できないせいで遅々としてはかどらない。机の前に座ったとたんペンを握りしめたまま眠りに落ちてしまったり、気づかないうちに何時間も窓の外を眺めていたりすることがしばしばだった。書き始めるところまで行き着いたとしても、脈絡のない文章や関連のない事柄を思いつくままに書き連ねてしまう。混沌《こんとん》とした考えからなにか明白なものが現われでてくることを期待しているかのように。

なにがあったんだ？

ふと首に触れて、喉《のど》のあたりを軽くさすってみた。ただの風だ、とつぶやいた。窓の隙間でひゅっとうなる風が眠りに切りこんできて、その音で目が覚めたのだろう。

ただの風だ。

腹が不平がましく鳴った。それでまたしても夕食を忘れていたことに気づいた。マンロー夫人の金曜日のメニューはローストビーフとヨークシャー・プディング、それと付け合わせが少々。部屋の前の廊下には、料理をのせたトレイが置いてあるとわかっている。鍵《かぎ》のかかったドアの脇に、冷めてしまってはいるだろうが、じっくり焼いた肉やらジャガイモやらが。ロジャーが気を利かして運んできてくれるのだ。いい子だな、としみじみ思った。この一週間というもの、彼は夕食や養蜂場《ようほう》のことはそっちのけで、ずっと屋根裏部屋にこもっていたのだが、料理のトレイは毎日少年の手で階下から運ばれ、老人が部屋から出て見つけてくれるのを待っていたのだった。

その日の朝、ホームズは蜜蜂《みつばち》の世話をおろそかにしていたことがさすがに後ろめたくなって、朝食のあとに養蜂場へと向かった。すると、近くまで行かないうちに、巣箱の空気を入れ換えようとしているロジャーの姿が目に留まった。気温の上昇にともなって花蜜の生産がさかんになるのを見越したのだろう、少年はそれぞれの巣箱の上部に継ぎ箱をのせているところだった。そうすることで入口と出口のあいだに空気の流れができ、巣を冷やすため、さらには継ぎ箱に蓄えられた花蜜を適度に蒸発させるため、羽ばたきであおぐ蜂たちの仕事を助けてやれるのだ。少年のおかげで、ホームズが感じていた後ろめたさは完全に拭《ぬぐ》われた。蜜蜂はきちんと世話をしてもらっていたうえ、ホームズが日頃ロジャーに思いつくまま気まぐれに教えてきたことが立派に実を結んでいたのだから。これなら養蜂場をあの子にまかせられそうだ。有能な少年が器用に細やかな手つきで取り組む姿は眺めていて実に心地よかった。

そう遠くない時期に、ロジャーは独力で採蜜ができるようになるだろう——巣箱内の複数の木枠を手早く慎重にはずし、燻煙《くんえん》で蜂をおとなしくさせ、櫛形《くしがた》の専用フォークで蜜蓋《みつぶた》をはがし取るという作業だ。あと数日で、蜂蜜が二重漉《こ》し器を通過してタンクにしたたり落ちる流蜜が始まり、その量は日を追うごとに多くなるだろう。ホームズは庭園の小径に立ったまま、養蜂場で少年と一緒に作業したときのことを思い起こした。初心者でも簡単に巣蜜《コムハニー》が作れる方法をロジャーに指導した場面を。

継ぎ箱をのせてからの手順は、こう教えてある。採蜜する巣枠は十枚ではなく八枚のほうが望ましい、それからこの作業は花蜜の量が増えている時期にだけおこなうんだよ、と。残り二枚の巣枠は継ぎ箱の中央部に取り付け、蜂がワイヤー張りをしていない基板を使うようにしなければならない。やるべきことを適切にやっておけば、蜂のコロニーは必ずそこを基板に選び、二枚の巣枠をせっせと蜜で満たしてくれるはずだ。巣枠が蜂でいっぱいにふさがったら、速やかに取りはずして新たな基板を補充するのだが、それは当然ながら、流蜜の量が期待どおり増えている場合にかぎられる。もしも思ったような量に達しない場合は、ワイヤー張りをしていない基板と取り替えてみるといいだろう。いずれにしろ、最適な採蜜方法を見きわめるため、巣箱の状態はまめに観察することがなにより大切なのだ、とホームズは最後に指摘したのだった。

ロジャーには養蜂作業をひととおり学ばせた。それぞれの段階ごとに手順を現場で細かく指導してきた。そして収穫を目前に控えた最近のある午後のこと、ホームズは教えた内容を書面にしてロジャーに渡した。「きみにまかせるから、このとおりにやってみなさい。ロジャー、きみなら必ずうまくやれると信じているよ」

「ありがとうございます」

「なにか質問はあるかな？」

「いいえ、ありません」少年は静かな意気込みのこもった声で答えた。その表情は真剣そのもので、緊張感を帯びていたが、あふれる熱意のせいで口もとが笑っているように見えた。

「大変けっこう」そう言ったあと、ホームズは視線を少年の顔から周囲に置かれている巣箱へと移したので気づかなかったが、ロジャーは老人をじっと見つめたままだった。そのまなざしには、ホームズが養蜂場にだけ特別に注ぐのと同じ穏やかな崇敬の念が宿っていた。だがそうとは知らないホームズは、養蜂場の住人が忙《せわ》しげに出入りする光景を眺めながら、巣箱で営まれる勤勉で活発な共同生活について思索にふけり、「大変けっこう」と独り言のように再びつぶやいた。

今朝、庭園の小径をゆっくりと引き返して母屋に戻るとき、ホームズは採蜜後の段取りを頭に描いた。余った蜂蜜は、マンロー夫人がいくつもの壺《つぼ》に分けて詰めることになっている。用事で町へ出かけるついでに、それらを牧師館や慈善団体、救世軍などへ配ってまわるのがマンロー夫人に割り当てられた仕事だ。蜂蜜を贈り物として寄付することで、ホームズも自らの務めを果たしていると思うことができた——養蜂における彼の真の関心は、あくまで蜜蜂が持つ独自の文化とローヤルゼリーの効能にあり、蜂蜜は栄養豊富な副産物と考えていたのである。よって、自分が飼育している蜜蜂の巣箱から収穫した自然の恵みによる滋養物は、しかるべき団体や施設を通して（壺には贈り主の名前をいっさい添えないという条件で）恵まれない人々に届け、イーストボーンや、できればそれ以外のさまざまな地域でも、甘くて栄養のある食品を味わってもらいたいと願っていた。

「旦那《だんな》様のなさっていることはとても立派です」と、以前マンロー夫人に言われたことがある。

「神の祝福がありますように。まさに神の意志に従ったおこないですから」

「大げさなことを」ホームズはさもくだらないとばかりに打ち消した。「きみが私の意志に従ってなにかをすることはあるだろうが、神はこの件に関係ない。いちいち神をたとえに持ちこむのはやめてもらえないかね」

「はいはい、わかりました。おおせのとおりに」マンロー夫人はおどけた調子で答えた。「でもわたしの意見では、これはめぐりめぐって神の意志だと思いますよ」

「きみの意見など誰も訊《き》いていないんだが」

彼女に神のいったいなにがわかるというのだ？　ホームズは内心でそう言い返した。彼女が想像する神は、陳腐に擬人化された通俗的な姿をしているにちがいない。ふわふわした雲の上で、黄金の王座にもったいぶって腰かけ、おっとりしているが有無を言わせぬ口調で命令を下すしわくちゃの老人といったあたりか。きっと長い顎《あご》ひげを生やしているのだろう。ホームズはマンロー夫人の思い描く創造主が自分に似ているかもしれないと考えて愉快な気分になった。つまるところ、彼女にとって神はしょせん空想の産物でしかなく、それ以外の形、少なくとも確固たる形では存在しないのだろう。

もっとも、マンロー夫人は聖なる神を気まぐれに話に持ちだしはするが、教会や宗教との関わりにはむしろ消極的で、自分の息子にも神の教えをすり込もうとはしていない。そのおかげか、ロジャー少年は明らかに世俗的な物事に興味を抱いていて、実を言えば、あの少年の現実的な考え方をホームズはつねづね頼もしく感じていたのだった。そんなわけで、風の強い晩にこうして机に向かっているうち、ホームズは少年宛にメッセージを送りたくなった。いずれ本人が読んでくれることを期待して、数行したためておくとしよう。
目の前に真新しい紙を一枚置くと、ホームズは机の上にかがみこんで次のように書き綴《つづ》った。

キリスト教の古めかしい教義をいくら学んでも、重要な知識を得ることはできないよ。賢くなりたければ、進化し続ける科学を学び、窓の外に広がっている自然への鋭い観察力を養いなさい。自分自身を正しく理解することは、世界を正しく理解することにつながり、それを達成するためにはきみの周囲に満ちあふれている生命だけを見ればよいのだ——花が咲き乱れる草原や、誰も足を踏み入れることのない森林を。人間がそうしたものとの結びつきを失ってしまったら、本当の意味での啓蒙《けいもう》の時代は決して訪れないだろう。

ホームズはペンを置いた。書いた内容を声に出して二度熟読し、どこも書き直さないことにした。それから紙をきちんと折りたたんで、どこにしまっておこうかと思案した。——忘れずに覚えていて、いつでも簡単に取りだせる場所がいい。机の抽斗《ひきだし》は絶対にだめだ。ほかの原稿とごっちゃになって見つからなくなる。抽斗と同様、いろいろな書類が乱雑に詰めこんであるファイル・キャビネットも却下。いっそ服のポケットにでも入れておこうかと思ったが、考えてみればそこも不思議な迷宮なのである――普段からなんの気なしにちょっとした物を突っこむ癖があって、紙切れや折れたマッチや葉巻、それから散歩中に見つけた草の茎や、浜辺で拾ったおもしろい形の小石や貝殻などがちょくちょくポケット行きになるが、それらはなぜかいつの間にか消えたり、あとになって魔法のように突然出現したりするのだった。そういうあてにならない場所ではなく、どこかほかに覚えやすい適当なところはないだろうか。

「どこがいい？　さあ、考えろ……」ホームズは自分に向かって言った。

一方の壁を占領している積みあげられた本の山を眺めてみる。

「ここもだめだ」

今度は座ったまま椅子をくるりと回転させ、ドアの脇の本棚を見やった。既刊の自著だけをおさめてある棚に目が留まった。

「うむ、あそこなら……」

すぐにその本棚の前へ行き、ずいぶん昔に執筆した多種多様なテーマの研究論文を間近で眺めた。人差し指を水平に動かしながら、埃《ほこり》をかぶった背表紙を順になぞっていく。『タトゥーの模様について』『足跡の鑑定について』『百四十種の煙草の灰の鑑別法』『手の形に見る職業の影響に関する考察』『詐病について』『タイプライターと犯罪との関係』『秘密文と暗号』『ラッススの多声モテット論』『古代コーンウォール語におけるカルデア語の語源の研究』『探偵業での犬の使用法』――それら若かりし頃の著書に続いて、隠遁《いんとん》生活を始めてから出た初めての大著、『実用

養蜂便覧　付：女王蜂の分封に関する諸観察』。そこで指がはたと止まった。棚から取りだしてみて、その分厚さにあらためて驚いた。両手で持っても、ずっしりと重い。

第四章「蜂に適した草地」と第五章「プロポリス」とのあいだに、ロジャー宛のメッセージの紙を栞《しおり》のようにはさんだ。この稀少《きしよう》な本はロジャーの次の誕生日プレゼントにぴったりだと考えたからである。もっとも、ホームズはこれまでいかなる記念日も気に留めたことのない男だから、ロジャーがこの世にめでたく生をうけた日をマンロー夫人から聞きださねばならない。もう過ぎただろうか？　あるいは、もうじきか？　そのどちらでもないことを願いながら、ホームズは本を贈られた瞬間のロジャーが嬉《うれ》しい驚きに顔をぱっと輝かせる場面を想像した。そのあと少年は、コテージの寝室で一人きりになってから本を読み始める。ゆっくりとページをめくっていく指は、やがて折りたたまれた紙片と出合うだろう。大事なメッセージを渡すには、こういう用心深くて形式張らない方法が一番だ。

メッセージの紙がしかるべき箇所にしっかりとはさまっているのを確かめてから、ホームズは本を棚に戻した。そこに背を向けて机のほうへ歩きながら、これで再び仕事に集中できそうだと思い、ほっとした気分になった。椅子に腰を下ろすとすぐ、机いっぱいに広げている原稿を丹念に確認していった。それぞれがおびただしい数の言葉で埋めつくされている。思いつくまま走り書きしたので、子供のつたない文字のようにふらふらしている。じっと見つめるうち、それらのページがどこにどうつながっていくのかは判然としないまま、記憶の糸が徐々にほどけ始めた。

じきに糸はふわふわと流れて向こうへ遠ざかり、排水溝から掃きだされる落ち葉のように夜の闇に消えていった。しばらくのあいだ、なにも問いかけず、なにも思い起こさず、そしてなにも考えず、何枚もの原稿をただ眺めていた。

しかし頭では途方に暮れていても、両手はせわしなく動き続けていた。机のあちこちを指がさまよい、目の前に散乱している原稿の上を這いまわり、でたらめに選んだ文章にアンダーラインを引いた。しまいにはこれといって理由もないのに、積み重なった原稿の山を崩してばらばらにかきまわした。まるで十本の指が意志を持って勝手に動き、最近忘れられてしまったなにかを探しているようだった。これでもない、あれでもないと、一枚一枚脇に押しやられ、それらが積みあがって机の真ん中に新たな山が築かれていった。やがて指はようやく望みのものを探しあて、輪ゴム一本で束ねられた書きかけの原稿をつかんで持ちあげた。『グラス・アルモニカの事件』と題されていた。初めのうち彼はその原稿をぼんやりと見つめ、再発見したことになんの感慨も湧かないようだった。実はロジャーがそれを繰り返し手に取って読んでいたことも、早く結末が知りたくて続きがどうなったか確かめるため、ときおりこの屋根裏部屋に忍びこんでいたことも、作者当人は気づいていなかった。

呆然《ぼうぜん》としていた彼がはっと我に返り、顎ひげの奥で意味ありげな微笑を浮かべたのは、ほかでもない原稿のタイトルのおかげだった。その文字は一番上の表紙にはっきりと記されていたが、もしそうでなかったら、束ねられたまま新しい書類の山に重ねられていたかもしれない。そうなっていたら、さらにあとから積まれる無関係なメモに埋もれてしまっていただろう。ホームズは輪ゴムに指をかけ、紙の束からはずした。自由になった原稿が机の上に投げだされる。それを手に取った彼は椅子にゆったりともたれ、誰か別の人間が書いた作品を読むつもりで未完の物語に目を通し始めた。けれどもすぐにケラー夫人の面影が明瞭《めいりょう》によみがえり、目の前に執拗《しつよう》に立ちはだかった。まるで彼女の写真を間近で見ているようだった。ベイカー街の部屋で向かい合って座ったときの、彼女の動揺した夫の姿も思い浮かぶ。ほんの数秒間、天井を見つめただけで、当時の記憶が次々に呼び覚まされていく。あのあとケラー氏とともにベイカー街を勇ましく飛びだしていった自分が脳裏にくっきりと描きだされた。二人はロンドンの混雑した通りと喧噪《けんそう》に吸いこまれ、ポートマン書店へと向かったのだった。こういう嵐の晩は、現在よりも過去に浸るほうがたやすい。窓に絶えず吹きつける風の低いうなり声を聞きながら、ホームズは追想に身をまかせた。

モンタギュー街の騒動

　午後四時きっかりに、依頼人と私は道をはさんでポートマン書店と向かい合った街灯の陰で待機した。ケラー夫人はまだ来ていないはずだった。たまたま私たちのいる場所からは、一八七七年に私がロンドンへ来て最初に借りたモンタギュー街の部屋が見え、どの窓にも鎧戸《よろいど》が下りているのがわかった。もちろん、そのような個人的な事柄をわざわざ依頼人に教える必要はないので、黙っていたが。開業したての、まだ青年だった私が住んでいた当時、問題のポートマン書店が入っている建物は評判の芳しからぬいかがわしい女たちの下宿屋だったことも明かさずにおいた。これはともかく、界隈《かいわい》の様子は私が暮らしていた頃と比べてたいして変わっていなかった。これといって特徴のない画一的な住居が建ち並び、建物の一階だけは白い石材で外装されているが、それより上の三つの階は煉瓦《れんが》がむきだしになっている。

　街灯の後ろに立って、過去の家並みを思い浮かべたあとに目の前にある現在の光景を眺めると、長いあいだ忘れていた記憶がかすかな感傷を呼び覚ました。諮問探偵になるため修業を積んでいた時代の自分は、まだ無名だったおかげで誰の目も気にせず、誰の注意を引くこともなく、いつでも自由に活動できた。だから通りの風景は以前とさして変わっていなくとも、年齢と経験を重ね、名声を得たいまの自分は、ここに住んでいた頃の自分とはちがうのだとあらためて感じた。思い返せば、変装は潜入や見張りといった特殊な任務遂行にのみ用いる手段だった。あらかじめ変装しておけばロンドンのどんな場所にもやすやすと紛れこんで、必要な情報を怪しまれずに収集することができた。私は実にさまざまな人間に扮《ふん》した。通りをうろつく浮浪者、エスコットと名乗るしゃれ者の若い配管工、威厳のある高齢のイタリア人司祭、フランス人労働者、老婆。しかし探偵としての地位を確立してからは、どこへ行くにも付け髭《ひげ》や眼鏡を持ち歩かねばならなくなった。ジョンが発表した作品のせいで、私のあとをしつこく追いかけまわす輩《やから》が増えたからである。もはや職業上の身分を秘して行動することはできなくなり、店で食事をしていると必ずと言っていいほど見知らぬ人がなれなれしく声をかけてきて、会話を強いられたり、握手を求められたり、探偵業に関するぶしつけな質問を投げかけられたりした。そんなわけで、ケラー氏とともにベイカー街を慌ただしく出発した直後から、素顔を隠すものをなにも用意せずに調査に乗りだしたのは軽率だったのではないかと懸念していた。現にここへ来る途中、単純で人なつこそうな職人風の男にまとわりつかれ、思わず悪態をつきそうになったのだから。

「シャーロック・ホームズさんかい？」ポートマン書店を目指してトッテナムコート・ロードを急ぐ私たちに、その男はいきなり近づいてきた。「そうだろう、旦那？　本人なんだろう？　おれはあんたの物語を全部読んだよ」私は身振りで返事をした。相手を追い払うように、手をさっとひと振りして。だが男は引き下がらなかった。今度は私の連れのケラー氏に無遠慮な目を向けた。「そんじゃ、こちらがワトスン博士ってわけか。え？」

予期せぬ男の出現に、依頼人は不安げな面持ちで私のほうをちらりと見た。

「ばかばかしい。見当はずれもいいところだ」私は澄まして言った。「もし私がシャーロック・ホームズなら、隣にいるワトスン博士がなぜこんなに若いのか説明してもらいたいものだね」

「知らんよ、そんなことは。だけど旦那、あんたは絶対にシャーロック・ホームズだ。まちがいない。ごまかそうったってそうはいかないぜ」

「酔っぱらってるのか？」

「ちがうよ、旦那。全然酔っちゃいない」職人風の男は自信なさそうなあやふやな口調で言い、足を止めた。私たちはかまわず進み続けた。「事件なのかい？」背後から男の声が追いすがってきた。

私は再び手をひらりと振って、それ以上相手をするつもりはないことを示した。見知らぬ人間にしつこくつきまとわれたときは、いつもそうやってあしらうことにしていた。そもそも、本当にジョンの書いた物語の愛読者ならば、事件を抱えているときの私は決して余計な口をきかず、自分の考えを誰にも明かさないということくらい心得ているはずだ。ケラー氏はなにも言わなかったが、私のぶっきらぼうな態度にとまどっているようだった。それきり私たちはモンタギュー街に着くまで黙々と歩き続けた。ポートマン書店から目と鼻の先の場所で位置につくと、私は来る途中で頭によぎったことを依頼人に訊いてみた。「料金の支払いに関してですが――」

するとケラー氏は私の言葉をさえぎり、白くて細い指で上着の襟をいじりながら性急な口ぶりで話しだした。

「ホームズさん、実を申しますと、ぼくの給料は決して多いとは言えません。しかしあなたのお骨折りに対しては、それに見合うだけの謝礼をきちんとお支払いするつもりです」

「いいですか、ケラーさん、私の報酬は決まっています」私はそう言ってほほえんだ。「必要経費も加算しなければなりません。今回はそれがどのくらいになるかまだ予測できませんが。いずれにしろ、ご自分の収入と相談して、一回ごとに無理のない金額を支払ってくだされればけっこうです。さて、では少しのあいだご辛抱願って、私の質問を最後まで聞いていただきましょう。奥様は内緒で通っているレッスンの料金をどうやって工面しているのですか？」

「さあ、知りません」ケラー氏は答えた。「しかし、方法はあるはずですから」

「遺産のことですか？」

「そうです」

「よくわかりました」私は道の反対側の人通りに目を光らせながらそう答えたが、行き交う四輪馬車や二輪の辻《つじ》馬車にしばしば視界をさえぎられた。その頃にはすでに、新型の乗り物を目にすることもさほど珍しいことではなくなっていた。上流階級の者たちが使うあの騒々しい自動車という代物が、少なくとも二台は通りかかった。

問題はもう解決したも同然と考えていた私は、ケラー夫人がやって来るのをいまかいまかと待ちかまえていた。ところが、彼女はいっこうに現われなかった。もしや今日は予定の時刻よりも早く来て、とっくにポートマン書店の建物に入っているのではないかと思い始めた。あるいは、夫に疑念を持たれているのに気づいて、もうここへ来るのはやめようと決心したのかもしれない。その可能性について依頼人に尋ねてみようとしたとき、当のケラー氏が目を凝らして道の向こうを確認し、こくりとうなずいた。「来ました、妻です」彼は低い声で言ってから、飛びだしていきそうな素振りを見せた。

「動かないでください」私は肩に手を置いてケラー氏を引き止めた。「いまは距離を置かなければ」

そのあと私の視界にもケラー夫人の姿が入った。ポートマン書店に向かって気だるげな足取りで歩いてくる。雑踏の速い流れにさからうようにゆっくりと。彼女が差している黄色い日傘が人込みの上にぷかぷかと浮かんでいるが、明るい色調といい、おおらかな曲線といい、その下にいる人物とちぐはぐに感じられた。ケラー夫人は小柄なほっそりとした身体を地味な灰色のドレスに包んでいたからだ——コルセットの輪郭に沿って、鳩のように小さくふくらんだ胸と腰がS字の曲線を描いている。両手に白い手袋をはめていて、片方の手に小ぶりな茶色い表紙の本を持っている。彼女はポートマン書店の入口まで来ると、日傘をたたんで小脇に抱え、店のなかへ入っていった。

依頼人は肩から私の手を払いのけようとしたが、その勢いを私は次のような質問で鈍らせた。

「奥様は普段、香水をつけておいでですか?」

「はい、つけています」

「それは好都合だ」私はそうつぶやいて依頼人から手を離し、彼の先に立って通りへ出ていった。「さあ、どういう事情か確かめましょう」

友人のジョンが明確に記述していたように、私は神経を研ぎ澄ますことで五官を驚異的なほど鋭く働かせることができる。長年の経験から、香水を瞬時に嗅《か》ぎ分ける技能は、事件に迅速な解決をもたらす可能性が高い重要な秘訣《ひけつ》だと確信していた。よって、皮肉を言えば、犯罪をくわだてようとする悪党どもは香りや匂いを消す方法を会得しておくべきだろう。ケラー夫人の選んだ香りは、かすかにスパイスの利いた、優雅な薔薇《ばら》のブレンドだった。その残り香がポートマン書店の入口にほのかに漂っていた。

「奥様の香水は〈カメオ・ローズ〉ですね?」私は依頼人に小声で訊いたが、彼は私を追い抜いて先に店の奥へと急ぎ、答えは返ってこなかった。

進んでいくにつれ、香水の匂いはさらに強くなった。ケラー夫人のたどった経路を確かめるため、私は少しのあいだ立ち止まった。彼女はどこかすぐ近くにいる気がした。狭苦しい埃まみれの店内をすばやく見渡すと、ばらばらの角度に傾いだ、いつ倒れてもおかしくないような本棚が壁の幅いっぱいにずらりと連なっていた。どの棚にも本がぎっしり詰まっているが、そこだけにはおさまりきらず、棚と棚のあいだの薄暗い通路にまで乱雑に積みあげてある。だがケラー夫人は見あたらなかった。入口の脇にあるカウンターも空っぽで、私が想像していた、そこに座って手もとの本を見づらそうに凝視している老店主の姿もない。店員も客もいないので、ポートマン書店はとうの昔に廃屋になってしまったような薄気味悪い雰囲気を醸していた。そんな考えが私の頭をよぎった直後、店内の異様な気配をますます強調するかのように、階上から音楽がかすかに聞こえてきた。

「あれはアンです、ホームズさん。妻が演奏しているんです！」

音楽というのは霊妙で抽象的なうえ、とらえどころのない曖昧《あいまい》なものだと私はあらためて感じた。なぜなら、そのとき耳に入ってきた繊細な音は輪郭を持たないだけでなく、リズムや旋律といったものすらかけらも含んでいなかったからである。しかし、その楽器の響きには人を引きつける力が確かにあった。多様に変化する音色はただひたすら調和を保とうとするが、その調和はとても不安定で乱れやすく、それゆえにうっとりするような魅力を放っていた。依頼人と私がその音色に招き寄せられたのも自然なことだろう。ケラー氏が先導役となり、私たちは本棚のあいだを通り抜けて店の奥へと向かった。すると突きあたりに近いところに階段が現われた。

しかし二階へ上がっていく途中、階下で嗅いだ〈カメオ・ローズ〉の香りが階段には漂っていないことに気づいた。私は後ろを振り返って、書店の内部を眺め渡した。やはり誰もいないようだ。もっとよく見ようと身をかがめ、なんとか本棚越しに奥までのぞきこんだが、結果は同じだった。マダム・シルマーの部屋の前まで来ると、私が押しとどめようかどうか一瞬迷った隙にケラー氏はドアを勢いよく叩き始めた。拳骨《げんこつ》で連打するノックの音が廊下じゅうに響き渡り、楽器はぱたりと鳴り止んだ。しかし事件はその時点ですでにほぼ解決していた。ケラー夫人の行き先はその部屋ではなくどこか別の場所だと私は確信していたからである。ドアの向こうでグラス・アルモニカを奏でているのが誰なのかはわからなかったが、ケラー夫人でないことは明らかだった。それにしても、自分自身で事件の顚末《てんまつ》を語ろうとすると、ずいぶん多くのことをさらけ出すはめになるようだ。私はジョンとはちがって事実を隠しておくことができない。ジョンのように、結末をうわべだけ飾り立てるために関連性のある事柄を小出しにしていく才能など持ち合わせていないのだ。

「落ち着いてください」私は同行者を諭した。「そのような態度は断じて慎むべきです」

ケラー氏はつらそうに顔をしかめ、ドアをにらみつけた。そのあと私に向かってこう言った。

「すみませんでした。どうかお許しを」

「謝る必要はありませんよ。ただ、感情的になって騒ぎを起こしたら、うまく行くものも行かなくなってしまいます。ここからは私にまかせてください。私があなたの代わりに話しますので」

ケラー氏の怒りに駆られた乱暴なノックのあと、あたりは静寂に包まれたが、じきにそれはノックと同じくらい憤然と響くマダム・シルマーの足音に打ち破られた。ドアが勢いよく開き、彼女が現われた。怒りと興奮で顔を真っ赤にして、喧嘩《けんか》腰の態度だった。しかも私がそれまで見たこともないほどいかつい体格の女性だった。マダム・シルマーがののしり言葉を浴びせてくる前に、私は一歩進みでて名刺を手渡した。「こんにちは、マダム・シルマー。恐縮ですが、少々お時間をいただけないでしょうか？」

彼女はいぶかしげな目で私を一瞥《いちべつ》したあと、隣に立っているケラー氏をぎろりとにらんだ。

「お手間はとらせません。ほんの数分で済みますから」私は彼女が持っている名刺を指で軽く叩きながら続けた。「私の名前はご存じでしょう?」

私の存在など目に入らぬ様子で、マダム・シルマーは憤然とまくしたてた。「ケラーさん、もうここには来ないでと言ったでしょう! 迷惑です! わざわざ乗りこんできては騒動を起こすなんて、いったいどういうつもりなんです? いいかげんにしていただきたいわ。それから、そちらの方」今度は私を見据えてつけ加えた。「あなたも同じよ。どうせ仲間なんでしょう? さっさと彼を連れ帰ってちょうだい。こんなふうに押しかけてくるのは二度とごめんですからね!」

「待ってください」私は彼女の手から名刺を取り返すと、それを相手の顔の前に掲げた。しかし驚いたことに、彼女は名刺の名前を見てきっぱりと首を振った。「まさか。その人があなたのはずありません」

「それが、私なんですよ、マダム・シルマー。本人なんです」

「いいえ、ちがいます、別人です。彼のことはしょっちゅう見ていますから、わたしにはわかるんです」

「ほう、私たちは知り合いでしたか。どこでお会いしたか教えていただけるとありがたいですね」

「雑誌に決まってるじゃないの！　その探偵さんはもっと背が高いんです。髪は黒っぽくて、いつもパイプをくわえていますから、あなたのわけないですよ。鼻の感じもちがいますし」

「ああ、雑誌ね！　あの種のものは読者の好奇心をあおろうとして、平気で事実をねじ曲げるんですよ。あなたもそれには同意なさるはずだ。遺憾ながら、私の外見は誤った描かれ方をしていましてね。実際に顔を合わせても、多くの人々はきっとあなたのように私が本人だと気づかないでしょう。裏を返せば、そのぶん私は身元を知られずに自由に動きまわれるわけです」

「そんな口からでまかせを！」そう言い放つと、マダム・シルマーは名刺をひったくってくしゃくしゃに丸め、私の足もとに投げ捨てた。「さっさとお引き取りください。でないと警官を呼びますよ！」

「なんと言われようと、ここから一歩も動かないぞ」ケラー氏が断固とした調子で切り返した。「この目でアンを見るまではな」

するとと手強い大柄な敵は突然いらだたしげに足を踏み鳴らした。それを何度も繰り返すので、振動音が床板をつたって私たちの足もとにまで響いてきた。

「ポートマンさん！」彼女は床にさんざん憤懣《ふんまん》をぶつけたあとで家主を呼んだ。語気を荒らげた大声が、私たち二人の壁を突き抜けて廊下じゅうに響き渡った。「もめごとが起きているので、すぐに警官を呼んでください！　不審者が二人、無理やり押し入ろうとしています！　ポートマンさん――」

「無駄ですよ、マダム・シルマー」私は言った。「ポートマンさんはどこかへお出かけのようですから」そのあとで闘志をむきだしにしている依頼人のほうを向いた。「ケラーさん、あなたも冷静にならなければいけません。マダム・シルマーの言い分はもっともで、われわれには彼女の住居へ踏みこむ権利は法的に認められていないのです。しかし、あなたがこういう行動に出られたのも奥様の身を案じればこそだということはマダム・シルマーも理解してくださるでしょう。ほんの一、二分、ご本人の立ち会いのもとでなら、室内を確認させていただけると思いますよ。そうすれば事はただちに片付くわけですから」

「奥様はここにはいらっしゃいません」音楽教師は不機嫌そうに言った。「ケラーさん、先日もはっきりとそう申しあげたはずですよ。なのにどうして何度も押しかけてくるんですか？　お宅の問題を勝手に押しつけないでください。警察を呼んで、逮捕してもらいますよ！」

「そこまでなさる必要はありません」私は二人のあいだに割って入った。「ケラーさんがあなたを不当に非難していることは私も充分承知しています、マダム・シルマー。しかし、警察を介入させると事態はややこしくなるだけですし、実を言うとこれには悲しい事情がありましてね」私は彼女のほうへ身を寄せて二言三言耳打ちした。「そういうことですので」後ろへ引いて続けた。「協力していただけると大変ありがたいのですが」

「そんなこととはつゆ知りませんでした」マダム・シルマーは息をのみ、不快の表情がみるみるうちに後悔の表情に変わった。

「無理もありませんよ」私は同情をこめて言った。「はなはだ遺憾ながら、私の仕事はときとしてこういう痛ましい問題を扱うこともあるのです」

依頼人はきょとんとした顔で私を見つめていたが、マダム・シルマーは頑丈そうな両手を腰に当てたまましばらく思案したのち、脇へのいて、私たちになかへ入るよう合図した。「ケラーさん、お気の毒に。あまりご自分をお責めにならないほうがいいですよ。さあ、どうぞ。ご自分の目でお確かめください」

私たちが通されたのは、質素な感じの明るい客間だった。天井は低く、窓は半分開いていた。部屋の隅にアップライト・ピアノが置いてあり、別の隅にはハープシコードが一台とたくさんの打楽器が集められている。そして窓際には、ぴかぴかに磨かれた美しいグラス・アルモニカが二台並んでいた。それぞれの前に小さな枝編み細工の椅子が置かれ、同じ椅子がまわりにも丸く取り囲むように配されている。楽器のにぎわいがなかったら、部屋はさぞかし殺風景に見えただろう。床は中央に敷いてある四角いウィルトン・カーペットを除けば、色あせて茶色がかった板材がむきだしになっている。白く塗られただけの壁も絵画などはひとつもかかっておらず、飾り気がないが、それは室内で演奏される楽器の音響効果に配慮してのことだろう。

しかし私の注意を真っ先に引きつけたのは、その客間にほどこされた工夫でもなければ、開いた窓からふわりと漂ってくる春の花の香りでもなく、グラス・アルモニカの前で居心地悪そうに座っている小柄な人物だった。まだ十歳かそこらの赤い髪の少年で、頰にそばかすの散った顔を上げて、部屋に入ってきた私たちをおどおどした目で見つめていた。その子に気づくなり依頼人は立ち止まり、室内を急いで見渡した。マダム・シルマーは腕組みをして立ったまま戸口からケラー氏の様子を眺めていたが、私のほうは少年に歩み寄って、できるだけ優しい声で話しかけた。

「やあ、こんにちは」

「こんにちは」少年は恥ずかしそうに挨拶《あいさつ》を返した。

依頼人を振り返って、私は笑顔で言った。「こちらの若い紳士はあなたの奥様ではないようですね」

「当たり前でしょう」依頼人はとげとげしい口調で答えた。「それより、いったいどういうことなんです？　アンはどこにいるんですか？」

「急《せ》いてはなりません、ケラーさん。落ち着いて」

私は椅子を一脚グラス・アルモニカのそばに引き寄せ、少年の隣に腰を下ろした。そうしているあいだも、その楽器の隅々まで視線を走らせて構造を細かく頭に入れようとした。

「きみの名前を教えてもらえるかな？」

「グレアム」

「よし、ではグレアムくん」私はそう話しかけながら、椀《わん》型のグラスを横向きに重ねた古めかしい楽器を観察し、高音域へ行くにしたがってガラスの厚みが薄くなっていることに目を留めた。こうして音階が構成されているおかげで、自由に曲を奏でることができるのだ。「マダム・シルマーは上手に教えてくれるかい？」

「はい、とても」

「ふむ」私は考えこみ、楽器のガラスの縁に指先を軽く滑らせた。

グラス・アルモニカをつぶさに調べる機会はそうそうあるものではない。私にとってもそれが生まれて初めての体験で、しかも目の前にあるのは昔ながらの形をした珍しいものだった。横に並んだグラス一式の前に座って、それらをペダルで回転させながら演奏するということは以前から知っていた。ときおり濡《ぬ》れたスポンジでグラスを湿らせなければならないことや、ピアノのように両手でそれぞれ別のパートを演奏することも。しかし実物を間近で観察できたおかげで、それまで知らなかったこともいろいろとわかった。たとえば、グラスはすべて半球形に造られ、それぞれの真ん中に軸棒を通すための穴が開いていること。さらに、一番高い音はドレミファソのソであること。音階をわかりやすくするためグラスの縁に音ごとの色がつけてあり――ただし半音はすべて白――虹と同じ七色に塗り分けられていること。ドは赤、レはオレンジ色、ミは黄色、ファは緑、ソは青、ラは濃紺、シは紫という具合に。全部で三十個ほどのグラスが使われているが、大きさは音程によってまちまちで、大きいものは直径九インチくらい、一番小さいのは直径三インチほどしかない。それらが一本の軸棒に通されて円錐《えんすい》状に連なり、それに合わせて先細の形をした長さ約三フィートの箱枠に並んでいる。その箱枠は四本脚の台座にしっかりと固定され、それぞれの脚にはなかほどの高さに補強材がわたしてある。グラスの軸棒は鋳鉄製で、両端にはめこまれた真鍮《しんちゅう》の軸頭ごと回転し、箱枠の内側に水平に設置されている。片方の軸頭の先に取りつけられたマホガニー製の車輪は、回転運動を安定させるはずみ車の働きをするのだろう。ペダル操作と連動する仕組みだ。すなわち、ペダルを踏んで軸棒に並んだグラスを回転させ、その動きをなめらかに保つようはずみ車で調節するわけだ。車輪の直径は十八インチほどか。円形の外周部分に鉛がかぶせてある。そして軸の中心から四インチほどの位置に象牙《ぞうげ》のピンが突きでており、そこからのびたシャフトが可動式のペダルにつながって動力を伝える仕組みになっている。

「大変すばらしい装置ですね」と私は言った。「回転するグラスの縁を、指先で触れるか触れないかの絶妙な加減でこするのが、いい音を出すコツと考えてよろしいのでしょうか？」

「ええ、そのとおりです」背後にいるマダム・シルマーから答えが返った。

すでに陽は傾いていた。地平線のすぐ上から放たれる残照がグラスに反射している。目を大きく見開いてこちらを見つめていたグレアムもまぶしそうにまぶたを半ば閉じた。室内で聞こえる物音といえば、依頼人が絶え間なく漏らすため息ぐらいのものだった。窓の外から運ばれてくる水仙の香りに鼻孔がむずむずした。ほのかに土臭くて、タマネギの匂いに似ている。水仙に含まれるそのかすかな刺激臭が苦手なのは私だけではない。鹿もそれを嗅ぐと逃げていってしまう。

最後に一度だけグラスに触れ、私は言った。「またの機会にでも、あなたにこの楽器の演奏をお願いできればと思います、マダム・シルマー」

「いつでも応じますよ。頼まれれば、個人のお客様のために演奏することもたまにありますので。

それも仕事のうちですから。おわかりでしょう？」

「もちろんです」私は椅子から立ちあがった。少年の肩を軽く叩いて続けた。「レッスン中に邪魔して悪かったね、グレアムくん。そろそろ退散して、きみと先生に平和な時間をお返しすることにしよう」

「ホームズさん！」依頼人がすかさず抗議の声をあげた。

「いいですか、ケラーさん、われわれはここにはもう用はありません。マダム・シルマーに音楽を習いたいとでもおっしゃるなら話は別ですが」

そう言って私は踵《きびす》を返し、あっけに取られたマダム・シルマーが見つめるなか、客間をつかつかと横切って出口へ向かった。ケラー氏も慌ててあとに続き、ドアの前で私に追いついた。去り際に私はドアを閉めながらマダム・シルマーに言った。「お手数をおかけしました、マダム・シルマー。もう二度とお手を煩わせることはないでしょう。ひょっとすると後日、一回か二回、個人レッスンをお願いするかもしれませんが。では、ごきげんよう」

だが廊下を歩き始めたとたんドアが勢いよく開いて、マダム・シルマーの声が追いかけてきた。

「さっきおっしゃったことは本当ですか？　雑誌に出ている探偵はあなたなんですか？」

「いいえ、ちがいますよ。私ではありません」

「やっぱり！」彼女は鼻で笑ってドアをばたんと閉めた。

依頼人をなだめるため、階段を下りきったところで私はいったん立ち止まった。ケラー氏は怒りで顔を真っ赤にしていたが、てっきり妻だと思っていた人物が見知らぬ少年だったので、かなり動揺してもいた。額に深いしわを刻んで眉《まゆ》をひそめ、その下からのぞく目は理性を放棄しかけた暗い輝きを帯びていた。ふくらんだ鼻孔に行き場のないいらだちが表われている。妻はいったいどこへ消えたのかという不可解な謎に頭が混乱しているのだろう、顔全体に疑問符がくっきりと描かれていた。

「ケラーさん、事態はあなたが想像なさっているほど深刻ではないと請け合います。確かに奥様はなにかを隠そうとしているふしがありますが、彼女なりにあなたに精一杯誠意を尽くそうとしてこられたのだと思います」

ケラー氏の渋面がいくぶん和らいだように見えた。「マダム・シルマーの部屋で、ぼくの目に映ったこと以上の事実をホームズさんはつかんでおられるんですね？」彼は言った。

「ええ、おそらくは。しかし、私が見たものはあなたもしっかりとご覧になったはずだと思いますがね。認識する能力が私のほうが上回っているというだけのことで。それはともかく、この件について満足の行く結論に達するにはあと一週間はかかりますが、よろしいですね？」

「はい、あなたにおまかせします」

「大変けっこう。さてと、それでは、あなたはただちにフォーティス・グローヴのご自宅へお戻りください。奥様がお帰りになっても、今日ここであったことは決して口になさらないように。きわめて重大なことですので、私を全面的に信頼して指示をきちんと守っていただかねばなりません」

「わかりました、そのように努めます」

「けっこう」

「ホームズさん、その前にどうしても知りたいことがあります。さっき部屋の入口で、マダム・シルマーになにか耳打ちなさいましたね。なんとおっしゃったのですか？」

「ああ、あれですか」私は手を軽く振って答えた。「単純ながら効果的な作り話ですよ。以前にも同じような状況で用いたことのある手段でしてね。マダム・シルマーに、あなたは余命幾ばくもない身で、よりによってそんなときに奥様に見捨てられてしまったのだと伝えました。いずれ真っ赤な嘘だと露呈するでしょうが、どんな分厚い扉もたいがいは開けてしまう万能鍵なんですよ」

　ケラー氏はいささか気分を害した顔で私を見つめた。

「まあ、いいじゃありませんか」そう言って私は前へ向き直った。

　書店の出口のほうへ進んでいくと、ようやく家主の老人にお目もじがかなった。しわだらけの小男で、店のあるじらしい風情でカウンターの前に陣取っていた。泥のついた庭作業用のスモックを着て、本の上に覆いかぶさるようにして座っている。ぶるぶる震える手に拡大鏡を握りしめ、それを使って読書中のようだ。かたわらに置いてある茶色の手袋は、たったいま無造作に脱いで放りだしたばかりという感じだった。そのポートマン氏がひどく耳障りな音をたてて二度大きな咳払《せきばら》いをした。思わずぎょっとさせられたが、私が唇に指を当てて注意を促すと、ケラー氏はおとなしく沈黙を守った。もっとも、ケラー氏が前に話していたとおり、店内に人がいてもポートマン氏は気づかないようだった。私が二フィートくらいまで近寄ったときも、彼は相変わらずうつむいたまま大型の書物に注意を奪われていた。樹木を刈りこんで造る庭園芸術、トピアリーに関する本だった。開いているページに、象や大砲や猿、それから古代エジプト風の壺らしきものをかたどったさまざまなトピアリーが精密な挿絵で描かれているのが見える。

私たちはなるべく静かに歩いて店を出た。外は弱まりつつある午後遅い陽射しに包まれていた。依頼人にもうひとつ頼んでおくべきことがあったので、私は別れ際にそれを彼に告げた。「ケラーさん、あなたは当面私にとって役立ちそうなものをお持ちです。拝借できればありがたいのですが」

「なんでしょう？　どうぞおっしゃってください」

「奥様の写真です」

依頼人はあまり気が進まない様子でうなずいた。

「いいですよ、あなたが必要となさるのなら」

彼は上着の内ポケットから写真を取りだして、まだ迷っているような態度で私に差しだした。

私は躊躇《ちゅうちょ》なくそれを受け取ると、自分のポケットへすばやくしまった。「ご協力に感謝します、ケラーさん。今日はもうやるべきことはなにもありませんので、どうぞ楽しい夕べをお過ごしください。では失礼」
そう言い残して私は依頼人と別れた。彼の妻の顔写真が手に入ったとなれば、一刻も無駄にするつもりはなかった。すぐに家路につき、往来の激しい通りを進んだ。目の前をひっきりなしに行き交う馬車は、乗合馬車も二輪の軽馬車も辻馬車も四輪馬車も、自宅やほかの行き先へと急ぐ人々を大勢乗せていた。舗装された歩道も通行人で混雑している。彼らのあいだを縫うようにして悠然と歩きながら、私はベイカー街の自宅へと向かった。夜明けにこの大都会へ野菜をどっさり運んできた田舎の荷馬車が、売れ残りを積んで数台通り過ぎていった。わずかな時間で、私はあることを悟った。モンタギュー街のまわりの街路はどこも、夜の帳《とばり》がおりたあとは、片田舎の農村と同じくらいひっそりと静まりかえるにちがいない。もちろんその時刻を迎える頃には、私もいつもの自分の椅子でくつろぎ、煙草をふかしながら天井へ立ちのぼる青い煙を見つめているだろうが。

9

翌朝、陽が昇る頃には、ロジャー宛のメッセージのことはホームズの頭から完全に消え去っていた。だが本にはさんだメッセージのほうは同じ場所にとどまっていたので、数週間後、調べものをしていてその本を書棚から取りだしたとき、ページのあいだから折りたたまれた紙片を偶然見つけることになる。ただしそれを手に取っても、なんだろうと興味を引かれはしたが、自分がそれを書いた記憶ははっきりと呼び戻すことができなかった。似たような運命をたどる紙片はほかにもあった。屋根裏部屋の書斎にある蔵書には、はさんだまま忘れてしまった覚え書きやメッセージがあちこちに隠れていた――送られることのなかった緊急を要する書状、雑多なメモ、氏名や住所のリスト、ふと思い浮かんで書き留めた詩などだ。ヴィクトリア女王から賜《たまわ》った個人的な手紙さえ、どこにしまったのかはすでに忘却の彼方《かなた》だった。それから、ササノッフ・シェイクスピア劇団と契約を結んで短い期間だが俳優をやっていた頃の（一八七九年に『ハムレット』ロンドン公演でホレイショーを演じた）プログラムも見あたらなかった。モーゼズ・クインビーの名著『養蜂の謎を解明する』のページに、ロジャーが十二歳のときに描いた、つたないながらも細密な女王蜂の絵を大事に保管するつもりではさんでおいたのだが、そのことも記憶から消え失《う》せていた。ロジャー本人が二年前の夏に屋根裏部屋のドアの下にそっと滑りこませてくれたものだというのに。

記憶力が怪しくなって物忘れが多くなるばかりだということは、ホームズ自身も気にしていないわけではなかった。過去に経験した出来事について、自分の理解の及ばないことであればなおさら、記憶があやふやになっていることを自覚していた。彼は内心でこう自問するのだった。どれが変形させられた記憶で、どれが真実なのだ？　どんなことなら正確に認識できているのだ？　そしてもっと大事な問いがこれだ。いったいなにを忘れてしまっているのだ？　むろん、いずれの答えも彼にはわからなかった。

だからこそ、はっきりと目に見える有形資産にしがみつこうとした——自分の土地、自分の家、自分の庭、自分の養蜂場、自分の著作。葉巻と蔵書をこよなく愛し、たまにグラス一杯のブランデーを楽しんだ。夕方のそよ風と、真夜中の時間を気に入っていた。おしゃべりな家政婦のマンロー夫人にはいつも辟易《へきえき》させられたが、もの柔らかな話し方をする彼女の息子は大切な仲間として喜んで迎え入れた。しかしそういう日常生活においても、彼の心もとない記憶力によって事実をゆがませてしまっているというのが現実だった。ロジャー少年には最初から好感を抱いていたわけではなかった——初めて会ったときのロジャーは人なつこさなどみじんもない臆病《おくびょう》そうな子で、母親の陰に隠れてすねたような顔つきでホームズを盗み見ていた。それまでのホームズは子連れの家政婦は雇わないと決めていて、それをずっと守り続けていた。マンロー夫人が初めての例外となったのは、夫を亡くしたばかりで定職をどうしても必要としていたうえ、ぜひとも彼女をと強く推薦する人がいたからだった。信頼できる使用人がなかなか見つからない時代になったという事情も重なった——人里離れた田舎ではなおさら困難であることは言うまでもない。そんなわけで、マンロー夫人を住み込みの家政婦として雇い入れるにあたって、子供が出入りする場を離れの客用コテージだけにかぎること、雇い主の仕事の邪魔になるような厄介事を子供に起こさせないこと、という条件を彼女に率直に伝えたのだった。

「ご心配には及びません、旦那様。お約束します。うちのロジャーがご迷惑になるようなことは決してないよう気をつけますので」

「本当にだいじょうぶだろうね？　私は一応隠居の身だが、まだまだやることが多くて忙しいのだ。どんなものであれ、よけいな騒ぎで気を散らされてはかなわない」

「はい、わかっております。肝に銘じておきます。あの子のことはどうか気になさらないでください」

「ああ、もちろんだ。それはきみの役目だからね」

「はい、おっしゃるとおりです」

　ホームズがロジャーの姿を二度目に見たのは、初対面のあと約一年が経過してからだった。ある日の午後、所有地の西側のはずれをぶらぶら歩いていて、ちょうどマンロー親子が住んでいるコテージのそばにさしかかったとき、捕虫網を手にコテージへ入っていく少年を偶然ちらりと目にしたのだ。それからというもの、一人きりでいるロジャーをしばしば見かけるようになった。あるときは草地を横切っているところを、またあるときは庭先で学校の宿題をしているところを。海岸で小石を熱心に眺めている姿も遠目に見たことがあった。だがホームズが少年とじかに接するようになったのは、養蜂場でばったり会ってからだった。少年は巣箱のほうを向いて立っていた。右手で左手の手首をつかんで掲げ持ち、てのひらの真ん中に針を突き立てている一匹の蜜蜂をじっと見つめていた。それが、ホームズとロジャーが初めて言葉を交わす機会となった。少年の手をつかんで、てのひらから爪で蜜蜂をはじき飛ばしてやったあと、ホームズはこう話しかけた。「蜂をつまんだりしなかったのは賢明だった。もしそうしていたら、蜂の体内にある毒嚢《どくのう》から毒液が残らず傷口へ送りこまれてしまっていただろう。こういうときは私がやったみたいに指の爪ではじき飛ばすんだ。それなら毒嚢を押しつぶさずに済む。わかったね？　とにかくきみは間一髪で助かった。ごらん、刺されたところはほとんど腫《は》れていないだろう？　私は前にもっとひどい状態になったことがあるよ。本当だ」

「あまり痛くありません」ロジャーはそう言って、まぶしい陽射しに顔を向けるときのように目を細めてホームズを見上げた。

「もうじき痛くなってくるぞ。少しだけだろうがね。もし痛みがひどくなったら、塩水かタマネギの汁に傷口を浸しなさい。その方法でたいがいはすぐに治るはずだ」

「はい」

ホームズはてっきり少年が泣きべそをかくだろうと思っていたが、涙をこぼすどころか、養蜂場にいるところを見つかったにもかかわらず、ばつの悪そうな素振りひとつ示さなかった。あっぱれにも蜜蜂に刺されたことなどもう忘れた顔で、巣箱のほうへ関心を向けていた。蜜蜂の生態に興味津々らしく、蜜の採集に飛び立つ前の、あるいは飛行から戻ってきたばかりの蜜蜂が、巣箱の出入り口で群れをなして活発に動きまわっている姿に魅せられている様子だった。もしもロジャーが泣くとかしょげるとかして意気地のないところを見せていたら、ホームズは少年を巣箱のそばへ招き寄せて上蓋を取りはずしてやったりはしなかったろう。巣箱の内部の世界をのぞかせ、蜜を貯蔵しておく白い蜜蠟《みつろう》にふさがれた巣房や、雄蜂の幼虫が入っている大きめの巣房、その薄暗い下方にある働き蜂の幼虫が住む巣房などをたっぷり観察させてやったりはしなかったろう。このことがきっかけで、彼はロジャー少年に対する見方をあらため、うまの合う相手だと認めたのである（平凡な両親から特別な子供が生まれるというのはよくあることらしい、と彼は心に刻んだ）。そして、明日の午後にまたここへ来るようロジャーを誘った。三月の恒例行事である作業をじかに見せてやるためだった。養蜂場では三月になると毎週、巣箱の重さを量り、女王蜂が役目を終えているコロニーは別のコロニーと合体させ、幼虫のいる巣に餌となる蜜が充分に行き渡るようにしなければならない。

そうした体験を経て、好奇心の強い見物人から有能な助手へと成長したロジャー少年は、やがてホームズからお下がりの養蜂着をもらい受けた——薄い色の手袋と、防護用ネットがついた帽子を。どちらも蜜蜂を巧みに扱えるようになった者には不要なのである。もともと筋がいいロジャーは苦もなく作業をこなし、助手として立派に役立った。学校から帰るとほぼ毎日、午後をホームズとともに養蜂場で過ごした。夏のあいだは毎朝早起きしてホームズより先に養蜂場へ行き、まめまめしく働いた。二人が巣箱の世話をしていると——あるいは牧草地に腰を下ろしてひと休みしていると、マンロー夫人がサンドイッチと紅茶を届けにきた。彼女がその日の朝に焼いた甘い菓子が添えられていることもあった。

暑さの厳しい日には、養蜂場での仕事を終えたあと、浜辺で潮だまりの冷たい海水に浸かるため崖《がけ》沿いの曲がりくねった道を二人でてくてく歩いていった。ロジャーはつねにホームズの横に付き添って、険しい坂道でつまずきそうな小石を取り除いたり、眼下に広がる海原を眺めたり、道端で見つけたものを興味深げに観察したりした——貝殻のかけら、けなげによちよちと歩いている甲虫、崖の断面に埋もれている化石などを。海へ向かって下りていくにしたがい、温かい潮の香りが強まるとともに、好奇心旺盛《おうせい》な少年に対するホームズの喜びもますますふくらんでいった。ロジャーのように聡明《そうめい》な少年はなにかに目を留めて存在に気づくだけでなく、それをつぶさに観察し、手に取って調べるところまでやるのだ。ホームズから見れば道の上にはたいして珍しいものはなかったが、ロジャーが興味を引かれたものについてゆっくり考える時間を持てるよう、ちょくちょく立ち止まった。

その細い道を初めて一緒に歩いたとき、頭上に重畳《ちょうじょう》としてそびえるごつごつした断崖《だんがい》を振り仰いで、ロジャーはこう尋ねた。「ここは全部、白亜でできているんですか？」

「いや、白亜のほかに砂岩もまざっている」

下り坂を進みながら、ホームズは詳しく説明してやった。白亜の下の地層は年代順に粘土質と緑砂とウィールド階で形成されているのだ。つまり、粘土層の土台に緑砂層が薄く敷かれ、さらにその上に、気の遠くなるような長い歳月のあいだ無数の嵐によって運ばれた白亜と粘土と燧石《すいせき》が堆積している。

「へえ」ロジャーはぼんやりと道のへりのほうへ近寄っていった。

ホームズはとっさにステッキを放りだして少年を引き戻した。「気をつけるんだ。足もとをよく見ないと危ないよ。さあ、私の腕につかまって」

その道は大柄な大人だと一人が通れるくらいの幅しかなかったので、老人と少年とはいえ並んで歩くのはかなり窮屈だった——道幅は広いところでも三フィート、地表が侵食されている場所ではそれよりも狭かった。そこを二人はたいした苦労もなく進んでいたが、ホームズは断崖の際を歩いているロジャーに腕をしっかりとつかませてから、念のため横に少しずれて内側に寄った。しばらくすると道幅が広くなって、ベンチの置いてある見晴台に出た。ホームズは海辺まで休まず下りていくつもりだったが（夕方になると満ち潮が浜全体をのみこんでしまうので、潮だまりで水浴できるのは日中の明るい時間帯だけだからだ）、ベンチを目にしたら、休憩がてら少し話でもしようかという気になった。二人はベンチに腰かけた。ホームズはポケットを手探りしてジャマイカ葉巻を取りだしたが、マッチを持っていないことに気づいて、しかたなく火のついていない葉巻をくわえたまま潮風の香りを吸いこんだ。ふとロジャーの様子をうかがうと、空中で円を描いたり急降下したりしながら鳴き騒ぐカモメたちを見つめていた。

「ヨタカの鳴き声を聞きました。ホームズさんにも聞こえましたか？　ぼくはゆうべ聞いたんです」カモメの鋭い声で思い出したのか、ロジャーは言った。

「ほう、そうか。運が良かったな」

「ヨタカは、〝山羊を吸う者《goatsucker》〟って呼ばれているでしょう？　でも、ヨタカは山羊《やぎ》なんて餌にしないと思います」

「うむ、ヨタカが主食にしているのは昆虫だ。飛行中に獲物をつかまえるんだ」

「へえ」

「ここにはほかにも鳥がいる。たとえばフクロウだ」

ロジャーは顔を輝かせた。「フクロウはまだ見たことありません。飼ってみたいな。でも母さんは鳥はペットには向いてないと言うんです。ぼくはいつも鳥がそばにいてくれたら嬉しいんだけど」

「そうか、よし、ではそのうちフクロウをつかまえに行こう。夜にな。私の土地にはいくらでもいるから、一羽ぐらい連れてきてもかまわんだろう」

「わあ、嬉しいな」

「それまでにフクロウを飼う場所を用意しておかないといけない。きみの母さんに見つからない場所をな。そうだ、私の書斎がいい」

「母さんはあの部屋へ入らないんですか？」

「ああ、だいじょうぶだ。まず入らないだろう。もし見つかったら、私のフクロウだと言えばいい」

少年の顔でいたずらっぽい笑みがはじけた。「母さんはホームズさんの言うことを信じると思います。そうに決まってます」

フクロウのことはまじめに言っているのではないと伝えるため、ホームズは少年にウインクして見せた。それでもやはり、少年が信頼を寄せてくれていることはありがたく思った——秘密を分かち合い、ひそかに結託することは、友情につきものの要素なのだから。ホームズは嬉しさのあまり心が浮き立って、結局は忘れてしまうに決まっていることをつい口にした。「まあ、とりあえず、きみの母さんに話をしてみるよ、ロジャー。小型のインコくらいなら飼ってもいいと言うかもしれない」そのあと互いの仲間意識を強めるため、明日の午後は早めに散歩に出て、夕暮れよりずっと前に潮だまりへ着けるようにしようと約束した。

「迎えに行きましょうか？」ロジャーは訊いた。

「ああ、頼む。養蜂場にいるだろう」

「何時にしますか？」

「三時でどうかな？　それくらいの時刻に出発すれば、ハイキングをして水浴びをして、のんびり戻ってくる余裕があるだろう。今日は出遅れたせいで、その旅を最後まで終えられるかどうか、わからなくなってきたぞ」

すでに陽射しは弱まり始め、海から吹いてくる風が二人を包みこんでいた。ホームズは沈もうとする太陽のまぶしい光線に目を細め、深く息を吸いこんだ。視界がぼやけているせいで、はるか向こうの水平線が赫奕《かくやく》たる噴火の炎に縁取られた黒ずんだ弧形に見えた。そろそろ崖の上へ引き返したほうがよさそうだな、とホームズは思った。だがロジャーに急ぐ様子はなかった。横目でさりげなく様子をうかがうと、少年は若々しい顔で空を仰ぎ見ていた。青い目は一羽のカモメが頭上を旋回している光景に据えられて動かない。もう少しここにいよう、とホームズは笑みを浮かべて内心で言った。ロジャーは不思議な高揚感にとらわれているらしく、唇をわずかに開き、うっとりとした面持ちだった。強烈な日光にも絶え間なく吹きつける突風にも決してひるまない、不屈の闘志がそこに表われていた。

10

それから何カ月も経ったある日、ホームズはロジャーの狭苦しい寝室に一人きりでいた。そこへ足を踏み入れて、ロジャーのわずかばかりの持ち物に囲まれたのは、それが最初で最後となった。どんよりとした曇り空の朝のことだった。マンロー夫人が住む陰気なコテージの鍵を開け、分厚いカーテンが下りたままの暗い室内へ入っていった。明かりはつけないでおいた。森林の樹皮の香りに似た防虫剤のせいで、ほかの匂いを嗅ぎ分けることができない。三、四歩進むごとに立ち止まって、前方の暗がりに目を凝らし、ステッキをきつく握り直した。影のなかから、正体のわからないものが突然飛びだしてくると予感しているかのように。それでも彼は前進を続けた。ステッキの先が床を打ち鳴らす音はコツコツと小気味よく響いたが、足音のほうは鈍く重たげだった。ようやくロジャーの部屋の前にたどり着くと、開いたままのドアを通り抜け、コテージ内で唯一、朝の光が完全にはさえぎられていない空間へと足を踏み入れた。

室内は隅々まで整頓《せいとん》が行き届いていた。男の子らしい活気に満ちた生活を思わせる、物が乱雑に散らばっている状態を想像していたホームズにとっては、意外な光景だった。概して家政婦の息子は普通の子に比べて、自分の部屋をつねにきれいに保ちたいという願望が強いのかもしれない。母親に掃除してもらったりベッドを整えてもらったりしているのなら、話は別だが。まあ、几帳面《きちょうめん》なロジャーのことだから、自分で普段まめに片付けていたのだろう。それに、防虫剤の匂いがまだこの寝室まで侵入していないのは、マンロー夫人がずっとここに来られずにいる証拠だ。室内に漂っているのは、うっすらかび臭いが不快ではない、大地の芳香だった。たっぷり雨が降ったときの泥の匂いだ、とホームズは思った。両手に新鮮な土をすくい取る情景が頭の奥に浮かんだ。

彼はしばらくのあいだ、ロジャーのきちんと整えられたベッドの端に腰かけ、まわりにある物をひとつひとつ目におさめていった――明るい水色に塗られた壁と、透けたレースのカーテンがかかった窓を。ベッド脇のテーブルや、本棚や、抽斗つきのたんすなど、形も大きさもいろいろなオーク材の家具を。勉強机の真上にある窓には、すぐ外で樹木の細い枝が何本も交差しているのが見えた。それらはカーテンのレース模様を透かして神秘的な雰囲気を醸しながら、音もなく揺れて窓ガラスをときおり撫《な》でている。次に目に留まったのは、ロジャーが遺した愛用の品々だった。机の上に積み重ねられた六冊の教科書、クローゼットの取っ手にぶら下がっている使いこまれた通学鞄《かばん》、部屋の片隅に立てかけてある捕虫網。ようやく立ちあがったホームズは、部屋のなかを壁づたいにゆっくりと歩き始めた。博物館で陳列品を鑑賞するように、何度も立ち止まっては顔を近づけ、少年が使っていた物に手を触れたくなる衝動を押しこめながら、愛《いと》おしげに眺めるのだった。

ロジャーの愛用品をひととおり確認し終えたが、はっとさせられるような物や、あの子の新しい一面に気づかされるような物は特に見あたらなかった。バードウォッチングや蜜蜂や戦争に関する本と、ぼろぼろになったＳＦのペーパーバックが数冊、それから本棚を二段占領して刊行年月順に居並んでいる大量の『ナショナルジオグラフィック』誌。浜辺で拾った小石や貝殻は大きさや形状で分類し、たんすの上に同じ数ずつ整列させてあった。机の上には六冊の教科書の横に、芯《しん》を削ってとがらせた鉛筆五本、先端が鳥のくちばしに似ている製図用ペン、まっさらな紙、例のニホンミツバチが入ったガラス容器が、展示品よろしくきちんとそろえられている。すべてがあるべき場所にきちんとおさまり、列を崩さずまっすぐ並んでいるのだ。ベッド脇のナイトテーブルも然《しか》り。はさみとゴム糊《のり》の瓶、飾り気のない黒い表紙の大きなスクラップブックが整然と置かれていた。

一番目を引いたのは、壁にかけてある、もしくはテープで貼りつけてあるロジャーの絵だった。どれもが色彩豊かな作品で、どれもが戦場を描いたものだった。褐色のライフル銃で撃ち合う特徴のない兵士たち。爆発する緑色の戦車。胸や額から破裂した西瓜《すいか》のごとく赤い毒々しいものが噴きだしている白目をむいた者たち。編隊を組んだ濃紺の爆撃機に向かって浴びせられる黄色い対空砲火。ピンクを帯びた地平線に浮かぶ日の出か日没かわからないオレンジ色の太陽と、それが照らしだす、棒線画で表わされた遺体が無数に転がっている流血の戦場。壁には絵のほかに写真もあった。フレームにおさめられたセピア色の肖像写真が三枚、ベッドの脇と机のそば、そして本棚の横にかかっている。幼い息子を抱いてほほえむマンロー夫人と、そのかたわらに立つ誇らしげな様子の若い父親。駅のプラットホームで軍服姿の父親と並んでポーズをとるロジャー少年。両手を広げた父親のもとへ駆け寄るよちよち歩きのロジャー。在りし日の父親はたくましい精悍《せいかん》な男で、顔は角張って血色が良く、砂色の髪は後ろへきっちり撫でつけ、正直そうな目の持ち主だ。帰らぬ人となった彼を慕い、寂しさを一人噛《か》みしめていた者が、この寝室にいたのである。

結果的に、ホームズがほかのどれよりも長い時間を割いたのはスクラップブックだった。室内を歩きまわったあとベッドに戻って腰を下ろした彼は、ナイトテーブルの上の黒いスクラップブックとはさみとゴム糊を見つめて考えこんだ。だめだ、と自分をたしなめた。スクラップブックのなかまで探るのはやめておこう。すでに見たもので充分ではないか。これ以上穿鑿《せんさく》しないほうがいい。スクラップブックにまで手を触れてはいけない。ホームズは懸命に自分を押しとどめようとしたが、結局、理性的な判断は振り払われてしまった。

とうとうスクラップブックを手に取り、なにげなくぱらぱらとページをめくっていった。しばらくのあいだ、いくつもの複雑なコラージュにじっくりと見入った。さまざまな雑誌から切り取った写真や文章が、少年の鋭い感性で巧みに貼りまぜられていた。最初の三分の一ほどは、野生生物や森林といった自然の風景に対するロジャーの興味が如実に表われていた。森のなかをうろつく数頭の灰色熊と、樹上で休んでいる斑点《はんてん》のある豹《ひょう》。ヴァン・ゴッホが描いたひまわりの群生に隠れている、漫画のヤドカリと牙をむくピューマ。降り積もった落ち葉の下にいるフクロウと狐と鯖《さば》。しかしそのあとのページは作風が一変し、図柄は似ていても、自然のおおらかな風景は影を潜めていく。野生動物はイギリス兵やアメリカ兵になり、森林は爆撃を受けて荒廃した都市に変わった。そして落ち葉の後釜《あとがま》にすわるのは、人間の死体や、ページ一面にばらまかれた〝壊滅〟〝軍隊〟〝退却〟といった切り抜き文字。

自然は完結した存在で、完全に釣り合っているが、人間は永久に人間との不和を抱え、争い合う——これがあの少年が持っていた世界観の陰と陽なのだとホームズは悟った。ロジャーがコラージュを始めて間もない頃の、スクラップブックの前のほうのページにある作品は、まだ父親が存命だったときのものだろう。切り抜かれた紙の端が黄色く変色して反り返っているので、何年も前に貼られたのは明らかだ。ゴム糊の匂いがしないことも同じ事実を示している。残りの作品は、三つか四つのコラージュについて台紙と切り抜きの継ぎ目を調べてみた結果、最近数カ月以内のものだと確信した。初期の頃に比べて構図はいっそう複雑さを増し、手法も緻密《ちみつ》で技巧的になっている。

だが最後の作品は未完成に終わっていた。ページの中央に素材が一枚貼りつけてあるだけで、まだ着手したばかりだったようだ。でなければ、作り手が意図的にそう見えるようにしたのだろう。空虚な感じの黒い背景に、陰気なモノクロ写真が心細げに浮かんでいる。それまでの作品すべてを締めくくる、不可解だが厳然とした、実に象徴的な結末だ——手つかずの大自然と動物たちが織りなす躍動感あふれる色鮮やかなイメージが、戦争にとりつかれた残忍な人間に取って代わられるのである。写真そのものは謎でもなんでもない。そこに写っている場所をホームズはよく知っていた。広島でウメザキと一緒に見たからだ——もともとは県の物産陳列館として建設され、原爆の爆風で一瞬にして鉄の骨組みと壁の一部だけになってしまった建物である。ウメザキはそれを〝原爆ドーム〟と呼んでいた。

しかし最後のページに一枚だけ貼られた写真は、現地で実際に目にした光景よりもはるかにむごたらしく感じられた。殲滅《せんめつ》という言葉のまがまがしさが胸に迫ってくる。写真は原爆投下からまだ間もない時期に撮影されたものだろう。数週間後、あるいは数日後かもしれない。そこに写っているのは果てしない瓦礫《がれき》の荒野と化した街であり、人の姿はなく、路面電車も走っておらず、原形をとどめているものはほかにひとつもない。県の関連施設だったその建物だけが、すべてが押しつぶされた焼け野原にぽつねんとたたずんでいるのである。その作品と初期の作品にはさまれたページは使われずに残り、めくってもめくっても真っ黒な台紙が続くだけ。最後の写真から放たれる不穏きわまりない衝撃的なイメージへの助走のごとく。スクラップブックを閉じようとしたとき、ホームズは自らがこのコテージに持ちこんだ無力感に突如打ちのめされた。世界がゆがんでしまった、と無意識のうちに考えていた。なにかが根底からくつがえされ、自分はそれをどうしていいのかわからず途方に暮れているのだと感じた。

「どんな真相なんでしょうね?」ウメザキの問いが耳の奥によみがえる。「あなたはどうやって真実をたぐり寄せるつもりですか? 明るみに出るのを望まれていない出来事の秘密を、いったいどうしたら探りだせるのですか?」

「わかるものか」ホームズはロジャーの寝室で声に出して言った。「私にわかるわけがないだろう」再び言うと、ベッドに仰向《あおむ》けに横たわり、少年の枕に頭をのせた。それから目を閉じ、スクラップブックを胸にきつく抱きしめた。「手がかりなど、ひとつもないのだから……」

そのあと意識は遠くへ押し流され、ふわふわと漂ったが、ホームズが行き着いたのは疲労の果ての深い眠りでもなければ、夢と現実がもつれ合う夢うつつのまどろみでもなかった。昏睡《こんすい》状態にも似た、茫洋《ぼうよう》たる無限の静寂へと落ちていく感覚だった。ゆったりと包みこまれ、静かに沈降しながら、ホームズは肉体を離れてここではないどこかへ運ばれていった。

11

その日の朝、小旅行用に簡単な荷物を二人分、ひとつのスーツケースに詰めこんで、ホームズとウメザキは列車で旅立った。ヘンスイロが駅まで見送りに来た。彼はウメザキの手を固く握って、耳もとで何事か真剣にささやいた。そのあと、列車に乗りこもうとするホームズの前に進みでて、深々とお辞儀をした。「お会いしましょう——もう一度——きっと再び。はい？」

「はい」ホームズは愉快になって、笑いながら答えた。「もう一度、きっと再び」

列車が動きだしてからも、ヘンスイロはプラットホームに立ったまま、まわりを通り過ぎるオーストラリア人兵士の集団に押し流されそうになりながら両腕を大きく振っていた。だが川から突きだした岩のようなその姿もたちまち遠ざかって、最後は小さな点になった。列車は西の方角に向かって速度を上げた。ホームズとウメザキは二等車の隣り合った座席にしゃちほこばって座り、横にある窓のほうへ顔を向けた。ビルが建ち並ぶ神戸の中心街から次第に緑の田園へと移り変わっていく景色は、ときおりちかちか輝きながら大きくうねったり細かく揺れたりした。

「気持ちのいい朝ですね」ウメザキが口を開いた。旅の初日となったこの日、彼は同じ感想を何度も口にした。気持ちのいい朝は気持ちのいい午後となり、最後は気持ちのいい晩で締めくくられた。

「ええ、本当に」ホームズは実感のこもった口調で答えた。

だが旅行が始まって間もない頃は、二人ともほとんど言葉を交わさなかった。黙って座ったまま、おのおの自分の用事に没頭するか物思いにふけるかして、よそよそしさが漂っていた。ウメザキは小ぶりな赤い日記帳のようなものになにやら熱心に書きこみ（俳句だろうか、とホームズは思った）、ホームズのほうはジャマイカ葉巻をくゆらせながら、窓の外のかすんだ景色を眺めていた。明石の駅を発車した直後、動きだす列車の揺れでホームズの指から葉巻が落ち、床の上を転がっていったときに初めて、二人のあいだにようやく会話らしい会話が生まれた。まずウメザキが常日頃の関心事にまつわる質問を出してきっかけを作ると、それから先は広島に到着するまでさまざまな話題について語り合ったのだった。

「ああ、わたしが」ウメザキはそう言って席を立ち、ホームズが落とした葉巻を拾いにいった。

「ありがとう」立ちあがりかけていたホームズは礼を言って腰を下ろし、膝《ひざ》の上に二本のステッキをまっすぐ置き直して、それらがウメザキの膝にぶつからないよう角度を調節した。

列車は速度を上げ、窓の向こうで田園風景が飛ぶように過ぎていく。二人とも再び座席におさまったあと、ウメザキはホームズの使いこまれて変色したステッキに軽く手を触れて言った。

「すばらしい細工ですね。熟練の技を感じさせます」

「ああ、どうも」ホームズは答えた。「かれこれ二十年は世話になっていますよ。いや、もっと長いな。丈夫で長持ちする実に頼りがいのある相棒です」

「ずっと二本使っていらっしゃるのですか？」

「いえ、最近になってからです。まあ、私にとっての最近ですがね。記憶が正しければ、五年くらいでしょうか」

ホームズは詳しく話したい気持ちに駆られ、細かい説明を始めた。実際には、歩くときに必要なのは右側のステッキだけなんですよ。ただ、左のステッキにも別の重要な役割がありましてね。右のステッキをうっかり取り落とした場合、それを拾いあげるためにしゃがまないといけないので、支えが必要ですから。また、右のステッキが急に壊れるか手の届かないところへ転がってしまうかしたときは、代役として働いてもらう必要もある。もちろん、ローヤルゼリーを欠かさず摂取し滋養強壮に努めているからこそ、ステッキの助けを借りて歩きまわれるのであって、そうでなかったらいま頃は車椅子の生活でしょうね。

「そんなに効果があるのですか？」

「てきめんですよ」

それが呼び水となって、活発なやりとりが始まった。ローヤルゼリーの効能、わけても老化防止の作用について熱心に論じ合った。ローヤルゼリーは女王蜂の餌にするため働き蜂が分泌する乳白色のどろりとした液体なのだが、議論を通じて、ウメザキが戦前その物質の効用に詳しい中国の薬草学者からじかに話を聞いたことがあるとわかった。「その薬草学者は自信たっぷりに力説していましたよ。ローヤルゼリーは男性、女性それぞれの更年期障害を和らげるだけでなく、肝臓病や関節リウマチ、貧血にも効き目があると」

「静脈炎、胃潰瘍《いかいよう》、さまざまな部位の変性疾患にもです」ホームズは言葉をはさんだ。「それから、精神的疲労や虚弱体質にも効きますし、皮膚を丈夫にして吹き出物や皺《しわ》を防いでもくれます。さらには通常の加齢のみならず、早発性の老化にまで働きかけて症状を軽減します」そしてホームズはこうつけ加えた。それほどまでに効能豊かな物質が、いまだ化学的性質は完全に解明されておらず、現在も働き蜂の咽頭腺《いんとうせん》からのみ生産されうるとは、非常に感慨深いものがありますよ。ともかく普通の幼虫から女王蜂を作りだす驚異のローヤルゼリーは、人類の多種多様な病を治癒へ導くことができる万能薬なのです。

「わたしも実際に摂取してみましたが」ウメザキは言った。「何度試しても、効果の裏付けになる証拠は得られませんでした」

「いやいや、れっきとした証拠がありますよ」ホームズはほほえんで言った。「ローヤルゼリーの研究は最近始まったわけではないでしょう？　長年にわたる研究の成果により、ローヤルゼリーがタンパク質、脂質、脂肪酸、炭水化物から組織されていることがわかっています。しかしながら、含有成分を残らず明らかにできた者はまだ誰もいないので、私にとっては自分で手に入れた明白な事実が唯一の証拠なわけです。それはなにかというと、私自身の良好な健康状態です。あなたの場合は常用しているのではないと理解していますが」

「はい、ご指摘のとおりです。ローヤルゼリーについては雑誌にいくつか記事を書いたことがあるくらいで、それを常備して継続的に研究に取り組んでいるわけではありません。申しあげにくいことなのですが、あの物質に対して懐疑的な考えに傾きつつあります」

「それはなんとも残念なこと」ホームズは言った。「帰国の途に就く際、土産にひと瓶持たせてもらえないかあなたにお願いするつもりだったものですから。この旅のあいだ摂取できずにいましてね、日本を発《た》つ前に手に入れればと期待していたんですよ。まあ、イギリスへ戻りさえすれば問題ないのですが、荷物にひと瓶かふた瓶、いや、せめて一日分でもいいから入れておけばよかったと後悔しています。幸いにして、ジャマイカ葉巻はふんだんに持ってきたので、必要なものすべてに事欠いているわけではありませんが」

「わかりました、そういうことでしたら、この旅のあいだにひと瓶調達しましょう」

「ご面倒をおかけすることになりませんか？」

「いいえ、ちっとも」

「ならば安心です。荷物にうっかり入れ忘れるとどうなるのか、いい勉強になりましたよ。やれやれ、ローヤルゼリーといえども、記憶力の低下を抑止することはできないらしい」

このやりとりで、会話に一段とはずみがついた。ウメザキはホームズのほうへ身を乗りだすと、なにか重大な秘密でも伝えようとするかのように声をひそめ、ホームズの誉れ高い才能について質問した。とりわけ、ほかの人々が見逃している事柄をやすやすと看破する能力はいかにして養ったのか、詳しく知りたがった。「純然たる観察こそが明確な答えを得るための手段とお考えなのは存じていますが、その場ごとに異なる状況を具体的にどう観察なさるのか、どうしても想像がつかないのです。本で読んだ内容や、こうして直接お目にかかった印象からすると、あなたは観察力だけではなく、写真のように精密な想起力も自在に使いこなしていらっしゃる——それが真実に行き着くための秘訣ではないのですか？」

「〝真理とはなにか、とピラトは訊いた〟［訳注：ヨハネによる福音書十八章三十八節］」ホームズは聖書を引用して、ため息まじりにつぶやいた。「正直言って、真実だの真理だのという概念には食傷気味なんですよ。物事は——真実という言葉に置き換えてもらってもかまいませんが——単純にあるがままに存在する、と私は考えています。よって、もっとわかりやすく言えば、物事を理解していくうえで大量の後知恵が必要になるはずです。つまり私は、最初にまずはっきりと目に見えるもの、すなわち外面からできるかぎり情報を集め、次にそれらを総合してそのときどきで直接の価値があるものを導きだす、という姿勢を支持します。万能で神秘に包まれた普遍的な意味——そうしたところに真実が宿っているという考えにはこれっぽっちも興味がないですね」

「では、想起力はどうですか？　それはどのように用いられるのですか？」ウメザキは食い下がった。

「仮説を組み立てる、もしくは結論を導きだす過程で？」

「はい、そうです」

ホームズは求めに応じて、若い頃に戻った気分で説明を始めた。「視覚上の想起は自分にとって、問題や事件を解決する能力の基本であり必須《ひっす》要素でした。犯罪現場を観察したり調べたりする際は、すべてを即座に正確な言葉や数字に変換しましたからね。実際に自分が目にしたものとぴったり符合する言葉や数字に。その変換によって頭のなかにパターンが描きだされると、言語化と視覚化、双方の作業を容易にしてくれる鮮明で生き生きとした文章や数式が形成されます。

それらは記憶の奥に厳重にしまわれ、ほかの物事について考えているあいだは休眠状態になりますが、関連する問題に意識を向ければいつでも、突然息を吹き返したように浮上してくるんですよ」

ホームズはさらに続けた。「しかし歳月を重ねるにつれ、自分の頭脳がもはやそういう柔軟な方式をうまく操れなくなっていることに気づいたのです。その変化はゆるやかなものでしたが、現在では顕著に感じ取れます。想起のための独自の方法──言うなれば、言葉と数字による多様な分類作業──は、以前ほど簡単ではなくなってきたのです。たとえば、インドを旅行していたときのことですが、その国の中央部にあるどこかの駅で、短い停車時間に汽車を降りました。初めて訪れる土地でした。すると、半裸の物乞いが踊りながら嬉しそうに近寄ってきました。それまでの私ならば、周囲の状況をつぶさに細かく観察できたでしょう──駅舎の建築、そばを通り過ぎる人々の顔、物売りの商人たちの様子などを。ところが、それがもうできなくなっていました。駅がどんな建物だったのかまったく覚えていませんし、そばに乗客や物売りがいたのかどうかさえ思い出せません。記憶に残っているのは、すぐ目の前で踊っていた歯のない褐色の肌をした物乞いだけです。その男が小銭を恵んでくれと片手を差しだしている姿だけなのです。早い話が、いまの私にとって頭に刻まれた浮かれ調子の物乞いは意味があっても、あれがどこで起こった出来事かということはどうでもいいのです。もし六十年前の出来事だったならば、正確な場所やその他の特徴を思い出せないことに動揺し、打ちひしがれたでしょう。しかしいまは必要なことだけを記憶に残して、細かい部分は切り捨てています――近頃は些末《さまつ》な問題、取るに足りない添え物に思えるんですよ。しかも、それに感謝しているのです」

　ウメザキはしばらくのあいだ押し黙って、情報を処理するので忙しいのか、うわの空の表情で考えこんだ。やがてうなずくと、顔に柔らかみが戻ったが、再び話しだしたときの声にはためらいがちな響きがこもっていた。「すっかり聞き惚《ほ》れましたよ。すばらしいお話でした」

　だがホームズの心はすでに会話から離れていた。通路の先で客車のドアが開き、サングラスをかけた若い細身の婦人が入ってきたからだ。彼女はねずみ色の着物姿で、日傘を小脇に抱えていた。揺れる車内を少しよろけながら、二、三歩進んでは体勢を立て直して、ホームズとウメザキのいるほうへ歩いてきた。が、途中で急に足を止めたかと思うと、その場にたたずんだまま、飛び去っていく風景に心を奪われたかのように近くの窓を見つめた。彼女がこちらに横顔を向けた拍子に、右側の皮膚を覆っている醜いケロイドがあらわになった。その瘢痕《はんこん》は生き物の触手のごとく襟元から首と顎へと這い、さらには頬全体にまで広がって、つややかな黒髪の生え際の下にもぐりこんでいた。間もなく彼女は再び歩きだし、二人には見向きもせず通り過ぎていった。かつてのあなたは美しく魅力的な娘だったことだろう、とホームズはわれ知らず心のなかでつぶやいていた。さほど昔のことではないはずだ、あなたが誰かの心にこの世のものとは思えないほど流麗たる絵姿を刻みこんだのは。

12

午後早く、広島駅に到着した。列車をあとにしたホームズとウメザキは、闇市の屋台が並ぶ一画の騒々しい雑踏にのみこまれていった。値切ろうとする客の大声、野放しになった禁制品の売買、ときおりけたたましく響く、疲れてかんしゃくを起こした子供のわめき声——けれども、汽車旅のあいだ単調で規則正しい車輪の音と振動につきあわされていた二人にとっては、人間らしい喧噪はかえってありがたく思え、安堵《あんど》感すらおぼえた。ウメザキの先導で、彼らは民主主義のもとで新しく生まれ変わった都市の中心地へと分け入った。広島市では少し前に戦後初めての普通選挙がおこなわれ、新しい市長が選出されたばかりだった。

とはいえ、列車が広島市の郊外にさしかかったときに車窓から見えた風景は、この先ににぎやかな街が待っていることを予感させるものではまったくなかった。活気とは正反対の、粗末なバラックの小屋が密集するごみごみした地域がホームズの目をとらえたのである。背の高い草が生い茂る原っぱにくっつき合うようにへばりついて、郊外住宅地どころか貧困の村そのものだった。荒れ果てた駅の構内が近づいて列車が速度をゆるめると、その原っぱの様子が次第にはっきりと見えてきた——ヒメムカシヨモギが密生している地面は、でこぼこの黒い焼け焦げた土や、散乱するコンクリートやなにかの瓦礫だった。戦前はオフィスビルや住宅や商店が建ち並んでいたが、いまは焼け野原と化した場所に、草だけが威勢よく繁茂しているのだ。

　予想もしなかったことに、どちらかというと嫌われ者だったヒメムカシヨモギが戦後は大いにありがたがられているのだと、ホームズはウメザキに教えられた。広島ではその植物が急激に生長していて、再生復興の希望を人々に抱かせているそうだ。この都市は少なくとも七十年は不毛のままだろうとの見方が広く行き渡っていたなか、ヒメムカシヨモギがその強靭《きょうじん》な芽吹きで世間の憂慮をなぎ払ったのだった。しかも、いたるところにわんさと茂るので、大量の餓死者が出るという事態を食い止めてくれる。「茎と葉は団子を作る材料になります」とウメザキは言った。「はっきり言って、あまりおいしいものではありませんが、ひもじい思いをしている人たちにとっては飢えしのぎになります」

　そのあともホームズは、広島市内の現状をもっと明確に示すしるしはないかと窓を眺め続けた。しかし列車が駅の操車場へと進入していく間際に見えたのも、やはりみすぼらしい木造のバラック群だった。それは次第に数を増し、周囲の狭い空き地には残らず菜園が作られていた。線路と並行して流れている川は猿猴川《えんこうがわ》というそうだ。「ちょうど腹が減ってきたので、その団子とやらを味わってみたい気がしますね。お話からすると、かなり変わった食品のようですから」

　ウメザキはうなずいた。「ええ、確かに変わっています。珍味と呼んでいいでしょう。決して美味ではありませんが」

「それでも興味をそそられますよ」

そんなわけで遅めの昼食にヒメムカシヨモギ団子をと心積もりしていたホームズだったが、別の郷土料理を目にしたとたん考えが変わった。それは甘いソースをかけた日本式のパンケーキで、生地のなかにメニューから客が好みで選んだ材料をいろいろ混ぜて焼くようになっていた。街路のあちこちにある露店で買えるほか、広島駅周辺の仮店舗で営業する麵《めん》料理屋でも注文することができた。

「これは〝お好み焼き〟と呼ばれるものです」とウメザキは説明した。二人は店のカウンター席に座り、料理人が大きな鉄板の上でそれを焼きあげていく見事な手並みを鑑賞した。その最中に漂ってくるうまそうな香りが、二人の食欲をますますそそった。自分がこれを初めて食べたのは、少年時代に父親と一緒に広島へ遊びにきたときだった、とウメザキは語り始めた。あの家族旅行以来、広島には数えるほどしか足を運んでいないそうだ。それも、列車の乗り換えでほんのわずかな時間滞在するだけなのだが、たまに駅の構内にお好み焼きの屋台が出ていることがあった。

「そういうときはお好み焼きの誘惑に抗《あらが》うことはまず無理でしたね。匂いを嗅いだだけで、父と広島で過ごした週末の記憶がよみがえります。父はわたしたち家族に縮景園《しゅっけいえん》を見せたかったんですよ。あの広島旅行を、父と一緒にいられた時間を、お好み焼きの匂いを嗅ぐたびまざまざと思い出すんです」

ホームズはときおりその日本風パンケーキを箸《はし》でつついて、中身を調べてみた。肉、そば、キャベツといった具材が混ざり合っている状態をとくと観察してから言った。「複雑な調理法ではないのに、絶妙な味ですね。そう思いませんか？」

ウメザキは箸でお好み焼きの切れ端をつまんだまま振り向いた。口のなかのものを嚙んでのみこむまで少し時間を要した。「はい」彼はようやく答えた。「そう思います」

二人は店を出たあと、忙しい料理人から慌ただしく教えてもらったおおざっぱな道順に従って、十七世紀に造られた庭園、縮景園へと向かった。きっとホームズのお気に召すだろうということで、ウメザキが旅行の予定に組みこんだ場所だった。スーツケースを片手に提げ、ウメザキは混雑した歩道を先に立って歩いた。人通りが多いうえ、あちこちにねじ曲がった電柱や傾いた松の木が突きだしているので、のろのろとしか進めなかった。ウメザキは少年時代の思い出を頼りに、前回訪れたときの縮景園の様子を細かいところまで鮮明に描写してみせた。その名のとおり風景の縮図のような庭でしてね、と彼は語った。中国の有名な西湖《せいこ》を摸した池や、小川、小島、橋などが実際よりも大きく見えるように配されているんですよ、と。それを聞いてホームズは、砂漠のなかのオアシスのような場所だろうかと思い、憩いの場に似つかわしい情景を思い浮かべようとした。だが甚大な被害を受けた都市が再建に向けて苦闘を続けている状況で、安らぎの場所を想像するのは難しかった。市街地ではいたるところでハンマーの音が響き、重機がうなりをあげ、大勢の作業員たちが木材を肩に担いで働いていた。荷車を引く馬の蹄《ひづめ》の音や車のエンジン音もひっきりなしに聞こえてくる。

いずれにしろ、自分が少年時代に見た広島はもう戻らないのだとウメザキはあきらめ口調で言った。だが、縮景園が原爆で著しい損傷を被《こうむ》っているのではないかと懸念しながらも、もとの魅力はたとえ一部であれ無傷だと信じたがっていた。澄んだ池に架け渡された小さな石橋や、楊貴《ようき》妃《ひ》型の石燈籠《いしどうろう》はそのままの形を保っていると。

「どういう状態になっているか、じきに確かめられますね」ホームズはウメザキにそう言いながら、歩道に照りつける強い陽射しをなんとか避けられないものだろうかと考えていた。涼しい木陰かどこか、静かな場所でひと休みして、額に噴きでた汗をぬぐいたかった。

ところが市内の爆心地に近い元安川《もとやすがわ》の橋まで来て、ウメザキは道に迷ってしまったことに気づいた。どこかで角をまちがえて曲がったか、麵料理屋の店主が早口で説明した道順を聞きまちがえたかのどちらかだろう。だが二人とも止まらずに、前方にぬっと現われた建物に向かって進み続けた。「あれが原爆ドームです」ウメザキは爆風で無残にも鉄筋がむきだしになったドーム屋根を指差した。彼の人差し指の先には、その建物の上方に広がる真っ青な空も見えた。彼は説明を続けた。「原爆投下によって、日本人が〝ピカドン〟と呼ぶ強烈な閃光《せんこう》をともなう巨大な衝撃波が空を走り、街全体がすさまじい熱線と爆風にのみこまれました。その後何日間も、広島では黒い雨が降り続きました。熱線で一瞬のうちに跡形なく燃えた家屋や樹木、死体の灰が、大気中に巻きあげられたあと放射能と混じり合って大地に降り注いだのです」

原爆ドームのすぐそばまで来ると、川のほうから気持ちのいい風が吹き始め、午後の熱気がたちまち冷やされるように感じられた。工事の騒音も涼風のおかげで弱まって、不快感はだいぶ和らいだ。ちょっと一服しようということになり、ウメザキはスーツケースを足もとに置いてからホームズの葉巻に火をつけた。それから二人は倒壊したコンクリートの柱に腰を下ろした。そこは雑草の生えた地面に囲まれ、廃墟の空気を漂わせていたが、広場のように開けていて休憩するにはもってこいの場所だった。もっとも、雑草のほかには植樹されたばかりらしい木々がまばらに立っているだけなので、日陰はない。二人の若い女性に付き添われた年配の婦人を除いて人の姿もなく、ハリケーンが通過したあとの荒れてがらんとした浜辺を思わせた。その三人連れの女性たちは、数ヤード離れた場所にある、原爆ドームの敷地にめぐらされた柵《さく》の前にいた。何千羽もの折り鶴が供えられている場所でひざまずき、そこに新たな折り鶴の輪をうやうやしく置いた。ホームズとウメザキはそれぞれ葉巻と紙巻き煙草をくわえて唇のあいだから煙を吐きだしながら、催眠術にでもかかったように原爆ドームをじっと見つめていた。ゼロ地点、すなわち爆心地から近い距離にそびえるその鉄筋コンクリートの建物は、爆発のすさまじさを伝える象徴であると同時に、犠牲者に捧《ささ》げられた慰霊碑でもある。被爆後に溶けて倒壊することなく残ったわずかな建築物のひとつだ。鉄の骨組みだけになったドームが空を背景にそそり立っているが、それより下はほとんどの部分が粉砕され、焼け落ちてしまっている。ドームの内部には床面がない。衝撃波が縦方向に地下室まで突き抜け、建物内は垂直の壁面しか残らなかったのである。

しかし、理由は判然としないのだが、ホームズの目には原爆ドームが希望をしまってある容《い》れ物のようにも映った。錆《さ》びついた梁《はり》に並んでとまっている雀の群れや、ドームの骨組みを透かして見える青空の断片が、希望というイメージにつながったのだろうか。それとも、壊滅的被害にも屈しなかった堅忍不抜のたたずまいそれ自体が希望を予感させるのだろうか。とはいえ、ほんの数分前は——その建物を初めて垣間見《かいまみ》たとき——目の前に迫るドームが、非業の死を遂げた膨大な数の人々を背負っているようにも感じられたのだった。現代科学が人類にもたらした惨禍を思うと、ホームズの胸は底知れぬ悲嘆と後悔の念にふさがれた。現代は原子力という錬金術を生んだ不確かな時代である。ふと、事件でかかわったロンドンのある医師の言葉を思い出した。彼は聡明で思慮深い人間だったにもかかわらず、ストリキニーネを使って自分の妻と三人の子供を毒殺し、そのうえ自宅に火を放ったのだった。しかも、犯行の動機となりうるものはひとつも見つからなかった。ホームズが動機を繰り返し尋ねても、相手は固く口を閉ざしたままだった。しかし、その男は最後になって一枚の紙に次のような文章をしたためた。〝強大な重みが地球にのしかかって、ぺしゃんこに押しつぶそうとしている。よって、われわれは自分たちの手でそれを阻止しなければならない。なんとしても。さもないと、地球は自転をやめて、われわれに押さえつけられたままぴたりと静止してしまうだろう〟。あれから長い年月を経てようやく、ホームズはその暗号めいた説明から、わずかながら意味をすくい取れそうな気がした。もっとも、結局はかぎりなく薄い、不明瞭なものでしかないのだろうが。

「そろそろ行きましょうか」ウメザキは煙草の吸いさしを地面に放り、靴で踏みつぶした。それから腕時計を見た。「しまった、もうこんな時間か。縮景園を見物したあと宮島《みやじま》行きの船に乗るのであれば、急いだほうがよさそうです。暗くなる前に防府《ほうふ》の先の温泉に着きたいですし」
「わかりました、出発しましょう」とホームズは答え、二本のステッキで倒れた柱から立ちあがった。ウメザキのほうはちょっと失礼と断って、さっきの女性たちのもとへ近寄っていった。彼の親しみのこもった挨拶と人なつこい話し声がそよ風に運ばれてきて、縮景園への正確な行き方を尋ねているのだとわかった。ホームズは葉巻を口にくわえたまま、陰気な建物の下で午後の陽を浴びながら笑顔で話すウメザキと三人の女性たちを眺めた。ちょうどこちらを向いている顔にしわの寄った年配の婦人は、さも嬉しそうにこぼれんばかりの笑みを浮かべている。人は老いると、子供のように無邪気になれることがあるものだ。やがて、三人の女性は合図でもあったかのように同時にお辞儀をした。ウメザキもお辞儀を返してくるりとこちらを向き、足早にその場を離れた。戻ってくる彼の顔からすっと笑みが消え、代わりに生真面目そうだがどこかぞっとする感じのいかめしい表情が浮かんでいた。

13

原爆ドームと同様、縮景園もまわりを高い柵で囲まれており、なかへ入れないようになっていた。だがウメザキはあきらめなかった。明らかに誰かのしわざとわかる裂け目を探しだした。ホームズが見たところでは、ペンチかなにかの工具を使ってワイヤーを切断したあと、手袋をはめた手で隙間を広げたものと思われた。身体をねじれば、なんとかくぐれるくらいの穴ができていた。二人はたいした苦労もなくそこを通り抜け、園内に細かくめぐらされた遊歩道をぶらぶら歩いた。道の上に灰色の煤《すす》のようなものが降り積もっていた。枝道をたどっていくと、黒ずんでどんよりした池や、黒焦げになったスモモや桜の木に迎えられた。彼らはゆっくり歩を進めながら散策を続け、ときおり立ち止まってはあたりを見渡し、古式ゆかしい庭園を見舞った火災の爪跡を、いまにもぼろぼろと崩れてしまいそうな樹木や建物を眺めた——茶室は全焼して真っ黒な炭と化し、かつては数百、数千の花を咲かせたであろうツツジの茂みも枯れ落ちてしまっていた。

そうした光景を順に目におさめていくあいだ、ウメザキは一言も口をきかなかった。ホームズが以前はこの庭園がどんなに美しかったか尋ねても、黙りこくったままでなにも答えなかった。ホームズは無視された気がしてとまどったが、無視どころではなく、ウメザキの顔には連れがいることを疎ましく感じているようないらだちの表情すら浮かんでいた。歩調も気まぐれで、さっさと先を歩いていったかと思うと、道端の物陰で急に立ち止まったりするので、気づかずにホームズが追い越してしまうことが何度かあった。どうやら原爆ドームで女性たちに道を尋ねたとき、知りたくなかったことを聞かされたらしい。あれ以来、ウメザキは不機嫌そうにむっつりしている。懐かしい思い出の詰まった庭園が変わり果てた姿になったうえ、現在は一般の立ち入りが禁止されていると知って、気を落としているのだろう、とホームズは推察した。

ただし、立入禁止の縮景園に勝手に入りこんでいるのはホームズとウメザキだけではないとじきにわかった。しゃれた身なりの男性が遊歩道を向こうから歩いてきたのだ。年齢は四十代後半から五十代初めで、シャツの袖《そで》を肘《ひじ》までまくりあげ、青い半ズボンと白いシャツを着た元気そうな幼い男の子の手を引いている。互いの距離が縮まったところで、彼はウメザキに礼儀正しく会釈し、日本語で話しかけた。ウメザキがそれに答えると、男はもう一度ていねいに頭を下げた。もっとなにか話したそうにしたが、男の子が早く行こうと手を引っ張ったので、うなずいて再び歩きだした。

さっきの人はなんと言ったのかとホームズは尋ねたが、ウメザキは首を振って肩をすくめただけだった。ごく短いやりとりだったが、見知らぬ男との出会いはウメザキを動揺させたらしかった。去っていく男の後ろ姿をちらちらと振り返りながら、しばらくホームズにくっつくようにして歩いた。こぶしが白くなるほどスーツケースの持ち手をきつく握りしめていた。幽霊にでも会ったみたいな顔だな、とホームズは思った。やがてウメザキは再び速い足取りで先に立って歩いたが、その前にホームズにこう言った。「なんとも不思議な気分ですよ……さっきすれちがったのは、幼い頃の父と自分なのだと思わずにはいられません。弟の姿はありませんでしたがね。弟というのは、ヘイシロウではなく本当の弟のことです。あなたはわたしを一人っ子だと思いこんでおられたし、確かに人生の大半は兄弟のいない暮らしでしたから、つい言いそびれてしまったのですが、実は弟がいたのです。結核で死にました。それも、この遊歩道を家族そろってのんびり歩いた日のわずか一、二カ月後に」ウメザキは歩調を速めながら、後ろを振り返った。「妙なものですね、シャーロックさん。遠い過去の出来事なのに、つい最近のことのように思えますよ」

「それが真実なのです」ホームズは言った。「私も、忘れていたつもりの過去がときどき鮮やかによみがえって、はっとさせられることがあります。その瞬間まではほとんど思い出すことすらなかった出来事が、突然強烈な印象で迫ってくるんですからね」

遊歩道を進んでいくと、ひときわ大きな池に出た。そこから道はカーブを描いて、池にかかるアーチ型の石橋へと続いている。水面には点在する小島が浮かび、それぞれに茶室や東屋《あずまや》、さらには別の橋へつながる小道がもうけてある。眺めているうちに不思議とその庭園が果てしなく広大で、そして街中から遠く離れているように感じられた。ずっと前を歩いていたウメザキが、立ち止まってホームズが追いつくのを待った。ちょうど横に並んだところで、二人の視線は池の小島のひとつに引き寄せられた。そこには僧侶《そうりょ》が一人、あぐらをかいて座っていた。僧衣に包まれた身体は背筋がぴんと伸びて微動だにせず、彫像と見紛うほどで、祈りを捧げているのだろう、剃《そ》りあげた頭を低く垂れている。

ホームズはその場にしゃがんでウメザキの足もとから明るい青緑色の小石を拾いあげ、ポケットに滑りこませた。

「日本がこのような運命をたどるとは思ってもみませんでした」ウメザキは僧侶をひたと見据えたまま重々しく口を開いた。「弟が亡くなったあと、わたしが父と顔を合わせたことはほんの数えるほどしかありません。その頃、父は出張がちで、行き先はだいたいロンドンかベルリンでした。弟――名前はケンジです――がいなくなったせいで母は悲しみにくれ、家全体が暗く沈みこんでいたので、わたしは父の出張について行けたらどんなにいいだろうと思いました。けれども当時はまだ学校に通う子供でしたし、母はそれまで以上にわたしをそばに置いておきたがりました。背中を押してくれたのは父でした。英語を習得して、学業で優秀な成績をおさめたら、いつか海外へ一緒に連れていってやろうと約束してくれました。目標ができてやる気を出した子供がどんなふうかは、ご想像がおつきでしょう。わたしは英語の読み書きを必死になって勉強しました。あのときの努力が、物書きになるために必要な不屈の精神を多少は養ってくれたのだろうと思っています」

二人が再び歩きだしたとき、僧侶が顔を上げて空を仰ぎ見た。念仏を唱えている僧侶の、蜜蜂の羽音に似た低くしゃがれた声が、池の水面を渡ってさざなみのごとく伝わってきた。

「それから一年ほど経ったときでした」ウメザキの話は続く。「ロンドンにいる父がわたしに一冊の本を送ってくれました。美しい装幀《そうてい》の『緋色《ひいろ》の研究』でした。わたしにとってそれは、最初から最後まで読み通した初めての英語の本となり、同時にあなたの冒険を描いたワトスン博士の小説との初めての出会いともなりました。悔やまれるのは、ほかの冒険譚《たん》をすぐに読めなかったことです。ようやくそれがかなったのは、日本を離れてイギリスへ留学してからでした。精神状態が不安定だった母に、あなたやイギリスにかかわる本は家で読むなと禁じられていたせいです。

それだけではありません、母は父がロンドンからわざわざ送ってくれた『緋色の研究』を無断で捨ててしまったのです——わたしが隠しておいた場所から探しだして。ちょうど前の晩に最終章を読み終えていたことは不幸中の幸いでした」

「いくら母親とはいえ、ひどい。いささか度を超していますね」ホームズは言った。

「同感です」ウメザキはうなずいた。「わたしはどうしても腹が立って、何週間も怒りがおさまりませんでした。母といっさい口をきかなくなり、食事にも手をつけませんでした。いま振り返ると、家族の誰にとってもつらい日々でした」

池の北側にある、岸辺に突きだした岩の築山《つきやま》までやって来た。そこに登ると、庭園の外まで見晴らすことができ、近くを流れる川や遠くの丘陵地帯が見事な借景になった。すぐそばにどうぞとばかりに置かれた大きな石は天然のベンチで、上部が平らになって、表面もつるつるとなめらかだった。ホームズもウメザキもありがたくそこに腰かけ、眺望の開けた高い場所から庭園全体の景色を心ゆくまで味わった。

そこに座っていると、ホームズは自分自身がその年季の入った石と同じで、使い古されてすり減ったように感じた。人々の記憶に残っていたものがことごとく消滅していくなか、ひとつだけ存在し続けている過去の遺物なのだと思った。池の向こう岸に並んでいる、変わった形の枯れ木が目に留まった。もはや葉も花も実もつけることのないねじ曲がった枝は、庭園を民家や混雑した街路と隔てるついたての役割さえ果たせない。ホームズとウメザキはしばらくのあいだ押し黙り、自分が目にしている風景について思いにふけっていたが、やがてホームズが口を開き、これまでのウメザキの話を思い起こしながら言った。「穿鑿《せんさく》するつもりはないのですが、お父上はもうこの世にいらっしゃらないのでしょう？」

「両親が結婚したとき、父は母の倍ほどの年齢でした」ウメザキは答えた。「ですから、父はすでに死んでいるはずです。ただ、どこでどのように最期を迎えたかはわかっていません。本当のことを言ってしまいましょう。あなたならそれを教えてくださるのではないかと期待しているのです」

「私が？　どこからそんな考えが湧いたのですか？」

ウメザキは身を乗りだし、両手の指先をくっつけ合うと、意味ありげな目でホームズの顔を見た。「わたしと手紙のやりとりをしていて、ウメザキという名に見覚えがあるとお感じになったのでは？」

「いいえ、まったく。見覚えがあるはずなのですか？」

「ええ。父の名前をご存じでしょうから。ウメザキ・マツダ、もしくはマツダ・ウメザキという名前を」

「あいにく心当たりはありませんね」

「父はイギリスに滞在していたあいだ、あなたに会いに行ったと思われるのです。なんらかのつきあいがあったようなのです。この件をどう切りだしたらいいのか、ずっと悩んでいました。日本へお招きした理由はそれだったのかと誤解されるかもしれませんから。こんなことになるなら、わたしではなく別のつてを頼ればよかった、そのほうが気が楽だったと思われたくなかったのです」

「お父上と私のつきあいというのはどういう意味ですか？　いつの話なんです？　思いあたるふしはまったくないんだが」

厳粛な面持ちでうなずいたウメザキは、足もとに置いてあるスーツケースの掛け金をはずし、蓋が開いた状態で地面に寝かせた。それから自分の衣類を慎重な手つきでかき分け、一通の手紙を取りだすと、広げてホームズに手渡した。『緋色の研究』に同封されて父から送られてきました。母に宛てた手紙です」

ホームズは細かいところまでじっくり調べようと、日本語の手紙を顔に近づけた。

此処《ここ》倫敦《ロンドン》に於《おい》て著名なる探偵
シャーロック・ホームズ氏に相談為《な》したる
結果相応の期間吾《われ》英国に留《とど》まる事を
もって最も吾らの利を得るものと確信致し候
貴殿此の本を読まばお分かりになるが如《ごと》く
ホームズ氏は真実勝《すぐ》れた頭脳と知性の

持主にて候　依《よっ》て斯《かか》る重大事件に関し
彼の言　必ずや軽々に扱わるるべからずと
心得候　吾既に吾が資産と財務を民樹《たみき》
成人し責任を負得る時に至る迄《まで》貴殿に
委託すべく諸手続を終了致し候

「これが書かれたのは約四十年前、正確に言うと四十四年前ではありませんか？　紙のへりの部分の黄ばみ具合や、黒いインクの青みを帯びた加減から、そう判断するのですが」ホームズは言い終えてから手紙をウメザキに返した。「なにが書いてあるのかは、残念ながら私にはわかりません。お手数ですが――」

「ええ、やってみましょう」ウメザキはやや気取った真剣な顔つきで翻訳を始めた。「この地ロンドンで偉大なる探偵シャーロック・ホームズ氏に相談した結果、わたしが期限を定めず必要なだけイギリスにとどまることが、皆にとって最大限の利益になるのだと確信した。同封した書物から察せられるとおり、ホームズ氏は図抜けた知性を持つ聡明な人物であるから、この重大な件に関する彼の意見は軽々しく扱うべきではないと考える次第だ。わたしの土地と財産についてはすでに手続きを済ませ、民樹が成年に達して相続できるようになるまで妻のおまえに管理をゆだねることにした」訳し終えたところで、ウメザキは手紙を折りたたみながら言い添えた。「手紙の日付は三月二十三日になっています。これが届いたのは一九〇三年ですから、わたしはまだ十一歳で、父は五十九歳でした。それきり父とは音信不通になってしまいました。ほかになんの情報もないので、父がイギリスにあくまでとどまろうとした理由もわからずじまいです。すなわち、この手紙がわたしたち家族の知るすべてなのです」

「それはお気の毒に」ホームズはウメザキが手紙をもとどおりスーツケースにしまうのを見守った。こんなときに、そこに書いてあることは嘘っぱちだなどとウメザキに言えるはずがなかった。ウメザキ・マツダ氏と実際に会ったかどうか記憶が定かでないと告げて、やり過ごすことに決めた。「私がお父上とじかにお目にかかったというのは起こりえないことではありませんが――やはり記憶にないですね。当時はあなたの想像も及ばないほど大勢の人々が私を訪ねてきました。十や百どころではない、千の単位です。それでもロンドンにいた日本人なら印象に残っているはずなのですが、あいにく一人も思い浮かびません。忘れてしまったのか、それとも実際に会っていないのか。いずれにせよ、あなたにお教えできることはなにもありません。お役に立てなくて申しわけないのですが」

ホームズが詫《わ》びると、ウメザキは片手をひらりと振って見せ、それと同時に彼の思いつめたような態度も一瞬にして払いのけられた。「たいしたことではありませんので、気になさらないでください」口調も気さくな感じに戻った。「わたしにとって父という人間はあまり現実味がないんですよ。ずっと前にいなくなったきりですから、子供時代の記憶に埋もれた遠い思い出にすぎません。弟についてもそうです。あなたに父のことをうかがったのは、ひとえに母のためです。母は父の消息をずっと気にかけて、今日まで苦しみ続けてきましたから。この件はもっと早くあなたにお話しすべきでしたが、母のいる前ではどうしても言いだしにくくて、それでこうやって旅行中に」

「母親思いなんですね」ホームズは優しく言った。「彼女へのあなたの気遣いは実に立派です。感心しました」

「恐れ入ります」ウメザキは言った。「こういう些細な問題で、あなたが日本へいらした本来の目的に水を差すことにならないといいのですが。誤解のないようはっきり申しあげておきますが、あなたをお招きしたのは純粋にお会いしたかったからで、ほかにはなんの魂胆もありません。あなたと一緒に日本を見てまわって、いろいろなことを語り合いたい、ただそれだけなのです」

「わかっていますよ」ホームズは答えた。

そのやりとりのあとは、しばらくのあいだこれといってなにも語り合わず、もっぱらウメザキがときおり必要最小限の言葉を短くはさむ程度だった。そろそろ行きましょうか。フェリーに乗り遅れてしまいますので、などと。そうして、両者とも進んで会話を交わそうとする素振りのないまま縮景園をあとにし、宮島行きのフェリーに乗りこんだ。海上に堂々たる大きな赤い鳥居が現われたときも、互いに無言でそれを眺めていた。二人を隔てる気まずい沈黙は緊張を増すばかりで、防府方面行きのバスに乗っているときも、そして日が暮れる頃に紅葉荘という温泉旅館

——言い伝えによると、むかし白い狐が足の傷を癒やした霊験あらたかな温泉で、そこの湯船に浸かると白い湯気を透かして狐の顔が見えるとか見えないとか——に到着してひと息ついたあとも、彼らのあいだに居座り続けた。重苦しい沈黙がようやく破られたのは、夕食の直前になってからだった。ウメザキはホームズの顔をまっすぐ見て、屈託のない笑顔でこう話しかけた。「気持ちのいい夕暮れですね」

ホームズはうわべだけの微笑を返して、「ええ、まったくです」とそっけなく答えた。

14

ウメザキが話題に持ちだした父親失踪《しっそう》の件は、当人は些細な問題と呼んだけれども、ホームズにとっては簡単に頭から追い払える事柄ではなく、ウメザキ・マツダという人物はいったいどんな窮地に立たされたのだろうと無性に気にかかった。というのも、あとになってその名前にうっすら聞き覚えがあるように思えてきたからである。ウメザキ・タミキと知り合ったせいで、同じ苗字《みょうじ》になんとなく引っかかっているだけかもしれないが、曖昧模糊《もこ》とした記憶が確信めいたものに変わっていく気がしてならなかった。そんなわけで、二泊目の晩、山口の小さな宿屋で魚料理をあてに一献傾けているとき、ホームズはウメザキに父親のことを詳しく尋ねてみたくなった。ところが話を切りだしたとたん、ウメザキに困惑まじりの不愉快そうな視線を返された。「なぜいまさらそんなことをお訊きになるんですか？」

「不謹慎な言い方かもしれないが、好奇心を抑えきれなくなりましてね」

「そんなに興味が？」

「はい、興味津々です」

それからはウメザキはホームズの質問にひとつひとつていねいに答えたが、次第に気持ちが高ぶってきたらしく、あふれでる感情をすくい取るかのように杯を重ねた。二人ともほろ酔いかげんになる頃には、ウメザキの話は要領を得なくなり、何度か尻切《しりき》れトンボになった。そのたびに彼は、言おうとしていることが伝わらないもどかしさをあらわにして、盃《さかずき》を強く握ったままホームズを力なく見つめた。間もなくウメザキのほうから話を打ち切ると、これ一度きりだろうがホームズの手を借りて立ちあがり、よろよろした足取りで座卓を離れた。お開きのあとはそれぞれ部屋に引き取って休んだ。翌日、近くの三つの村と神社を見てまわったが、観光のあいだ、昨夜の話題は一度も出なかった。

三日目の出来事は、ホームズにとって旅行全体で一番強く印象に残った。深酒の翌日で二日酔い気味だったにもかかわらず、ホームズもウメザキも意気軒昂《けんこう》としていたうえ、天気にも恵まれ、よく晴れたうららかな春の一日だった。田舎道をバスに揺られながら、二人とも屈託のない明朗な調子で話に花を咲かせた。イギリスのこと、養蜂のこと、戦争のこと、おのおのが若い頃に経験した旅のことなど、話題は尽きなかった。ウメザキがロサンゼルスへ行ったときにチャールズ・チャップリンと握手をした体験談でホームズを驚かせば、ホームズのほうはチベットのラサを訪れてダライ・ラマと数日間をともにした冒険談でウメザキを感服させた。

二人のあいだのなごやかな空気は午前中ずっと保たれ、さらに午後に入ってからも続いた。気さくな会話を交わしながら連れ立って村の商店をのぞいたり（ホームズはレター・オープナーとして使うのにちょうどいい〝九寸五分〟の短刀を買った）、別の村に足を延ばして春の豊穣祭を見物したりした。それは一風変わった祭りで、祭司や祭囃子《まつりばやし》にまじって、悪魔のようなおどろおどろしい装束をつけた村人たちが列になって通りを練り歩くものだった。男たちはそそり立つ木製の男根像を担ぎあげ、女たちはそれよりも小ぶりの、赤い紙に包まれた曲がった男根像を抱えて行進した。見物人たちはそれらの像が自分の前を通りかかると、子供の健康を祈願してありがたそうに手でさすっていた。

「ほう、これは珍しい祭りだ」ホームズの口から驚きの言葉が漏れた。

「あなたならきっと興味を持たれるだろうと思っていましたよ」とウメザキは言った。

ホームズはいたずらっぽく笑って返した。「おやおや、むしろあなたの好みではないかと拝察しますが？」

「まいりましたね。おっしゃるとおりです」ウメザキはにこやかに答え、近づいてくる男根像に触れようと手を伸ばした。

けれども、夕方からは前の晩と似たり寄ったりの過ごし方になった。宿は昨夜とは別のところだったが、一緒に夕食の席を囲んで酒を酌み交わし、めいめい紙巻き煙草と葉巻をくゆらせるなか、ウメザキの父マツダにまつわる質疑応答が再び始まった。だがウメザキ自身も父親については知らないことが多いので、とりわけ具体的な事柄に質問が及ぶと、しばしば返事が曖昧になったり肩をすくめるだけになった。「わかりません」とそっけなく答える場面もあった。といっても、その話題にしぶしぶ応じているというふうではなく、ホームズに子供時代の不幸な思い出や母親の苦悩を掘り返すようなことを尋ねられたときも態度はさして変わらなかった。「母は家のなかのものを片っ端から壊してしまいましてね」とウメザキは淡々と語った。「父の痕跡を感じさせるものはことごとく。家に火を放ったことも二度ありますし、わたしに一緒に死のうと言ったこともあります。海に入って、心中する気だったようです。そうすることが家族を裏切った父への復讐《ふくしゅう》になると考えたんでしょう」

「そうでしたか。それであなたの母上は私にあからさまな反感を示しておられたわけですね。嫌悪感を抑えきれずにいるのがはっきりと伝わってきましたよ。会ってすぐわかりました」

「いえ、相手があなただからということではないんです。母はもともと人嫌いで、誰のことも好きになれないのです。あなた個人の問題として受け止めていただく必要はありません。母はヘイシロウのことも毛嫌いしていますし、わたしの生き方そのものが気に食わないんでしょう。結婚せずに同性の友人と同居しているわけですからね。それもこれも全部父が悪い、父が家族を見捨てたせいだと恨んでいるわけです。男の子は手本となる男親がいないと一人前にはなれない、そう思いこんでいまして」

「察するところ、お父上が家族を見捨てることになった決定的な原因はこの私なんでしょうね」

「母はそう考えています」

「では、やはりこれは私個人の問題として気に留めるべきですね。あなたが母上と同じ悪感情をお持ちでないといいのですが」

「そんなものはひとかけらも持っていません。母とわたしは考え方がまったくちがいます。正反対と言ってもいい。ですからあなたに対して含むところはいっさいありません。それどころか――言ってみれば、あなたはわたしのヒーローなのです。ヒーローであり、新たに出会った大切な友人でもあります」

「それは光栄です」とホームズは言って、乾杯のしるしに盃を持ちあげた。「新たに出会った友に――」

その晩はしばらくウメザキの顔から安心しきった穏やかな色が消えることはなかった。忠誠心にも似た信頼感あふれる表情だとホームズは感じた。ウメザキが自分の父親について知っていることを話すときは、目の前の引退した探偵が父親の失踪に光を投じてくれるだろう、少なくとも質問の答えを手がかりに洞察力を働かせ、なんらかの解釈を授けてくれるだろうと大いに期待しているふうだった。だが、ホームズが明確な見解めいたものをいっこうに口にしないでいると、ウメザキの顔は打って変わって、むっつりとした陰鬱《いんうつ》な表情になった。座卓に酒をうっかりこぼした仲居をきつく叱りとばすウメザキの態度に、潰瘍からくるふさぎこみだろうか、とホームズは思った。

こうしたいきさつのせいで、旅の終盤にさしかかると二人とも黙って物思いにふける時間が増え、煙草の煙を吐きだすとき以外はほとんど口さえ開かなくなった。下関行きの列車に乗りこんでからは、ウメザキは例の赤い日記帳になにやらせっせと書き留め、ホームズのほうは頭のなかをウメザキの父親に関する情報でいっぱいにしたまま窓の外を見つめ、険しい山々を這う細い川の流れを目で追った。ときおり鉄道は田舎の住宅地をかすめるようにして縫い、川岸に二十ガロンは入りそうな樽《たる》を一個ずつ備えた住居がはっきりと見えた。樽の腹には文字が記されていて、前にウメザキが説明してくれたところによると、〝防火用水〟と書いてあるのだそうだ。線路に沿って変化に富んだ小さな村の景色が広がり、その奥には威容を誇る山脈がそびえていた。あそこの頂上に立ったならば、一帯を一望のもとに見渡せるだろうとホームズは空想した。きっと息をのむような光景にちがいない。谷間、村々、遠くの街、さらには瀬戸内海まで望めるかもしれない。

ホームズは風光明媚《めいび》な土地を目で楽しみつつ、頭のなかではウメザキが語った父親像についてじっくりおさらいし、消息不明となったその男の肖像を輪郭だけでも浮かびあがらせようとした──本人を過去から招き寄せるつもりで。痩《や》せ型で背が高く、彫りの深いくっきりとした顔立ち。削《そ》いだような細い頰。顎には明治時代の知識人によく見られる山羊ひげ。ただし、ウメザキ・マツダはただの知識人ではなく外交官でもあり、日本の外務省で先鋒《せんぽう》ともいうべき役目を担っていたが、突然の失踪によって不面目にも任期をまっとうできなかった。また、周囲からは謎めいた人物と見られていた一方で、すぐれた論理的思考を持ち、議論の能力にも長《た》け、国際政治に精通していると評判だった。彼の数多い業績のなかでも特筆すべきは、日清戦争に関する精細な記録文書の上梓《じょうし》である。ロンドン駐在中に執筆されたもので、戦争勃発《ぼっぱつ》に先立つ水面下での秘密外交をとりわけ念入りに記述していた。

もって生まれた情熱ゆえか、彼は明治維新の頃からすでに政治的野心を燃やしていたようで、両親の反対を押し切って政府の役人になる。実権を握って主要官職を占めていた薩長土肥《さっちょうどひ》、すなわち薩摩藩、長州藩、土佐藩、肥前藩の四藩にはいずれも与《くみ》せず、一匹狼と見なされていたが、抜きんでて有能だったため引く手あまたで、やがてある県の知事におさまった。そして当職在任中の一八七〇年にロンドンを初訪問。知事職を辞して間もなく、影響力を拡大しつつあった外務省に迎えられた。しかし将来有望だったその地位からはわずか三年で追われることになる。藩閥支配の政治に不満を抱いていたせいで、政府打倒を企《たくら》んでいると疑われたのだった。その結果、陰謀罪で有罪になり、長い禁固刑に処せられたが、刑務所暮らしはさほど厳しいものではなく——どちらかといえば退屈で、ジェレミー・ベンサム著『道徳および立法の諸原理序説』を日本語に翻訳するなど重要な仕事を獄中で続けた。

出所後、まだ少女のような若い妻を娶《めと》り、二人の息子をもうけた。そのあいだも数年にわたって海外渡航を繰り返し、日本と外国を行ったり来たりした。ロンドンにヨーロッパの拠点となる家を構え、頻繁にベルリンやウィーンを訪れていた。この時期は彼にとって実り多き勉学の機会で、主な関心は憲法へと注がれた。そうして彼は西洋に造詣《ぞうけい》の深い研究者として広く認められる一方、つねにたったひとつの理念に貫かれていた。それは独裁者の思想に通底するものだった。

「まちがいありませんよ」二日目の晩、ウメザキはホームズの質問に答えて言った。「父は単独の絶対的権力こそが民衆を統治すべきであると考えていました。アメリカではなくイギリスを選んだのも、おそらくそれが理由でしょう。そうした独善的な信念ゆえに父は政治家として大成できなかったのだと思います。ましてや一人の良き父、良き夫などになれるわけがない」

「父上は亡くなるまでロンドンにとどまっていたとお考えですか？」

「そう考えるのが自然でしょう」

「で、あなたはロンドン留学中に彼を捜しだすことができなかった？」

「ええ。父を見つけるのは不可能だと思い知らされただけでしたよ。正直言うと、血眼になって捜したわけではないんです。わたしはまだ若く、新しい暮らしと新しい友人たちのことで手一杯でした。何年も前に家族を捨てた男と急いで連絡を取ろうという気にはなれなかったんです。ようやく取りかかってからも居所がいっこうにつかめないので、父を捜すのはもうやめようとあきらめました。そう決断したら、解放感のようなものさえおぼえましてね。当時のわたしにとって、父はもう別世界の存在だったのです。赤の他人も同然でした」

だが何十年もあとになって、それを後悔するはめになった、とウメザキは胸のうちを吐露した。現在、彼は五十五歳だ――最後の便りがあったときの父親は五十九歳だったから、たった四つしかちがわない。それもあってウメザキは内心で空虚な思いがふくれあがっていくのを感じていた。父親がいなくなったあとにぽっかり空いた暗黒の穴にさいなまれていた。それ以上に苦しいのは、父も二度と会えない家族のことを思って、自分と同じむなしさを嚙みしめていたにちがいないと確信していることだった。マツダがこの世から消えたことによって、暗くうつろな傷は生き残っている息子に巣食い、炎症をまき散らしていた。ウメザキは苦悩と混乱の病巣を抱えながら、未解決で宙ぶらりんのままの問題に心を長年むしばまれてきたのである。

「つまり、あなたが謎の解明を求めているのは、母親のためだけではないわけですね？」ホームズはそう尋ねたが、途中から酩酊《めいてい》と疲労のせいでだんだんろれつが回らなくなった。

「そうです。たぶんそうだと思います」ウメザキは絶望のにじむ口調で答えた。

「あなた自身が本気で真相を求めている、ということでしょうか？　言い換えれば、あなたが幸福に暮らしていくためには事実を明確に知ることが重要だと？」

「そのとおりです」ウメザキは即答したあと、目の前の酒をじっとのぞきこんでから再びホームズを見た。「どんな真相なんでしょうね？　あなたはどうやって真実をたぐり寄せるつもりですか？　明るみに出るのを望まれていない出来事の秘密を、いったいどうしたら探りだせるのですか？」ウメザキがホームズにまっすぐ向けたまなざしには、その問いかけが確たる出発点になってくれそうだとの期待がこもっていた。ホームズが答えを与えれば、ウメザキが子供時代に負った深い痛手も父親の失踪も解決に向かって動きだすのかもしれない、と。

しかしホームズは黙ったままだった。一心不乱に考えこんでいる様子で、じっと座っていた。その姿に、ウメザキの胸の奥で楽観的な感情がうずきだした。ホームズ氏は自身の記憶におさめられた膨大な索引を調べている真っ最中にちがいないと。書類棚の奥深くに埋もれていたファイルのなかの、家族と母国を捨てたウメザキ・マツダという男に関するかつては知られていた情報。それをなんとか取りだすことができれば、数えきれないほどたくさんの貴重な事実が明らかになるだろう。間もなくホームズは目を閉じた。ああ、往年の名探偵は沈思黙考の末に書類棚の奥の暗がりにいまにも手が届きそうなのだ、とウメザキは期待をふくらませたが、じきにかすかな寝息のような音が聞こえてきた。

第三部

15

ロジャーを発見したのはホームズだった。机の前で目を覚まし、足がだるいと感じた彼は、血のめぐりを良くするため少し外を散歩することにした。それでロジャーを見つけたのだ。午後の遅い時刻だった。場所は養蜂場《ようほう》のすぐそばで、牧草地にまわりを囲まれ、丈の高い草の茂みに半分隠れていた。少年は仰向《あおむ》けに寝ころんでいた。脚も腕も投げだして、上空をゆっくりと流れていく雲にじっと見入っているようだった。ホームズは少年に声をかける前に少し離れたところで立ち止まり、ロジャーはなにを熱心に観察しているのだろうと思いながら自分も空を見上げた。だが、とりたてて変わったものは見あたらなかった。ただ積乱雲がもくもくと発達し、移動していくふくれた雲の塊が一定の間合いで陽光をさえぎり、その影が打ち寄せる波のごとく牧草地をなぎ払っているだけだった。

「おーい、ロジャー」ホームズは視線を空から地上に下ろすと、名前を呼びながら草をかき分けて進んでいった。「気の毒だが、お母さんが台所の手伝いをしなさいと言っているぞ」

家を出たときのホームズは養蜂場のほうまで足を延ばすつもりはなかった。庭をぐるっとひとまわりしながら薬草の植え込みを軽く点検し、必要ならば雑草を抜いて、ゆるんだ地面をステッキの先で固めておこうと考えていただけだった。ところが、台所の戸口を通り過ぎる際にちょうどそこでエプロンの小麦粉を払っていたマンロー夫人に見つかり、ロジャーを捜してきてくれないかと頼まれたのだった。ホームズは引き受けたものの、屋根裏の書斎にやりかけの仕事が残っているので、あまり気が進まなかった。庭より遠くへ行くと時間がかかってしまうし、別の楽しみに気を取られそうだったからだ。養蜂場に一歩でも足を踏み入れれば、巣箱をのぞいたり、幼虫の巣を整えたり、不要な巣板を取りはずしたりして、夕暮れまで過ごすことになるに決まっている。

何日か経ってふと思いあたったのだが、マンロー夫人がたまたま通りかかったホームズにロジャーを捜してきてと頼んだことは、不気味なほどできすぎた偶然だった。もし彼女が自分で呼びにいっていたら、養蜂場よりも遠いところまでは捜さなかったはずだ。少なくとも最初は。それに、彼女が草深い牧草地で誰かが通ったばかりの新しい踏み跡に気づくとは思えない。よって、その細い曲がりくねった道を先へ進み、どっしりとした白い雲の下にぴくりともせず横たわっているロジャーを見つけることも決してなかっただろう。そう、彼女だったら庭の小径から大声で息子の名を呼び、返事がないということはどこか別の場所にいるのだ、コテージで本を読んでいるか、森で蝶《ちょう》を追いかけているか、海辺で貝殻でも集めているかしているのだろうと思ったにちがいない。彼女の性分からして、急に心配に駆られるようなことはなかったろう。背の高い草を踏み分けて、繰り返し名前を呼びながらロジャーのもとへ近寄ることがあったとしても、顔を不安に曇らせはしなかっただろう。

「ロジャー」ホームズは呼びかけた。「ロジャー」かたわらに立って少年を見下ろし、もう一度小声で呼んだ。それからステッキの先で少年の肩に優しく触れた。

いろいろあったあと再び屋根裏の書斎にこもったとき、覚えていたのはロジャーの目だけだった——瞳孔《どうこう》が開いた状態で空へまっすぐ向けられ、どことなく恍惚《こうこつ》とした表情にも感じ取れた。あのときかすかに揺れ動く草に囲まれて、自分がなにを考え、どう認識したのかは、それ以上思い出せなかった。ロジャーの唇、手、頬、どこもかしこも腫《は》れあがっていた。首筋と顔、額、耳には、蜂に刺された無数の跡がみみず腫れになって残り、不規則な模様を浮きあがらせていた。ロジャーのかたわらにしゃがみこんでいるあいだ重々しくつぶやいた言葉は、ほとんど無意識に発せられたものだったが、もしも誰かがそれを聞いたら、恐ろしく冷静で、とんでもなく冷淡に感じただろう。

「完全に死んでいるな。うむ、完全に死んでいる……」

しかしホームズは、前触れもなく訪れる死には馴れっこだったにもかかわらず――自分でそう思いたがっていただけかもしれないが――ロジャー少年の思いがけない死を前にして、それまで経験したことのない強烈なショックを受けた。長い人生のあいだ、彼は数多くの死体を目の当たりにしてきた。女、男、子供、動物。見ず知らずの相手だったこともあれば、顔見知りの人物だったこともある。そのたびに亡骸《なきがら》のそばにひざまずき、死が名刺代わりに置いていった痕跡《こんせき》から決定的な証拠をつかみとろうとした。遺体の片側に残っている青あざ、皮膚の変色、曲がったまま硬直した指、生きている者にとってひどく甘ったるく感じられる死臭など、死の置き土産はさまざまに変化しながらもつねに同じ明白な主旋律を奏でている。ホームズはかつて次のように言った［訳注：「ぶな屋敷」を参照のこと］。〝死は犯罪と同様、ありふれている。それにひきかえ、正確な論理はまれだ。よって、論理的な思考を維持することは、とりわけ死に直面した場合、困難をともなう。しかしながら、力を注ぐべきはつねに死よりも論理のほうである〟

ホームズはその自らの言葉を実践し、丈の高い草に囲まれた場所で、論理的思考を輝く甲冑《かっちゅう》のごとく身につけ、少年の死体に遭遇した悲嘆と断腸の思いを跳ね返した。かすかに感じためまいも、指の震えも、胸の奥にじわじわと広がりつつある苦悶《くもん》も、すべて切り捨てた。するとたちまち、ロジャーが息を引き取ったことは重要ではないと自分に思いこませることができた。いま大事なのはロジャーがいかにして最期を迎えたかなのだと。もっとも、それについては遺体を調べるまでもなかった。身をかがめて少年の真っ赤に腫れあがった顔を細かく観察しなくても、彼が死に至ったいきさつは明らかだった。

　蜂に刺されたのだ。それも、何箇所も繰り返し刺されている。なにが起こったのかは疑いようがない。倒れたときにはすでにロジャーの皮膚は赤く腫れ、焼けるような激痛とうずきが広がっていたはずだ。おそらく襲撃者たちから逃げようとしたのだろう。蜂の群れに追われて、巣箱のある場所から牧草地のほうへふらふらと歩いてきている。方向感覚を失っていたのかもしれない。強い腹痛や吐き気に襲われていたはずだが、シャツにも唇や顎《あご》のまわりにも嘔吐《おうと》した跡は見あたらない。血圧は急激に低下し、虚脱の状態にあっただろう。喉《のど》と口は当然腫れあがっているから、助けを求めて叫ぶことはおろか、息を吸うことさえままならなかったろう。続いて起こるのが心拍数の変化と呼吸困難だ。この時点で十中八九、死が迫っていることを察知しただろう。ロジャーは賢い少年だった。自分の運命をはっきりと悟ったはずである。そしてそのあとは落とし穴に落ちるようにして草地に倒れこみ、意識を失い、目を大きく見開いたまま絶命した。

「アナフィラキシーだな」少年の頬にこびりついた泥を払い落としてやりながら、ホームズはつぶやいた。死因は激しい急性アレルギー反応だ、と結論を下した。それは一回刺されるだけでも起こりうる。重篤なアレルギー症状の場合は短時間で苦痛に満ちた死をもたらす。ホームズは失意のなか空へうつろな目を向け、頭上を通り過ぎていく雲の群れを力なく見つめた。気がつくと、夕陽の光線が輝きを増して、一日の終わりを告げていた。

いったいなぜこんなことに？　ホームズはくずおれそうな身体を二本のステッキでかろうじて支えながら、自らに問うた。ロジャーのどんな行動が蜜蜂の集団を怒らせ、攻撃に駆り立てたのだ？　いま、蜂たちはいつもと変わりなく静かだ。さっきロジャーを捜して名前を呼びながら養蜂場の前を通りかかったとき、巣箱の入口に興奮して群れ集う蜂の姿などはまったく見受けられず、普段と変わらない状態だった。それに、ロジャーの近くにもいまは一匹の蜜蜂も見あたらない。しかし一応、あとで養蜂場へ行って確かめたほうがいいだろう。とりわけ巣箱は念入りに調べてみなければ。ロジャーと同じ目に遭わないともかぎらないので、養蜂用のつなぎ服、手袋、網状のベールがついた帽子という装備が必要だろう。しかしまずは警察に通報し、マンロー夫人に伝え、ロジャーの遺体を病院へ搬送してもらわねば。

すでに太陽は西へ沈みかけていた。草原と森の向こうに、地平線が白くおぼろに輝いている。ロジャーのもとを離れたホームズは、おぼつかない足取りで牧草地を横切っていった。養蜂場を迂回《うかい》するため、草のなかをくねくねと進んだ。砂利が敷かれた庭の小径にたどり着くと、いったん立ち止まって休憩し、いま来た方向を振り返った。平穏そのものに見える養蜂場と、ロジャーが倒れている草の生い茂った地点を。どちらもまばゆい夕陽を浴びて黄金色に染まっている。ちょうどそのとき、ホームズの口からため息まじりのつぶやきが漏れ、彼は自分の言葉の無意味さに狼狽《ろうばい》した。

「なにを言っているのだ、自分は？」唐突に大声で言い放ち、両手のステッキで砂利道を叩《たた》いた。

「いったい――自分はなにを――」一匹の働き蜂がブーンと横を通り過ぎていき、さらに別の一匹がそのあとに続いた。羽音でホームズを黙らせようとするかのように。

ホームズは顔から血が引いて、ステッキを握りしめる手がぶるぶると震えた。気分を静めようと深呼吸してから、母屋のほうへさっと向き直った。だが、なかなか歩きだすことができない。前方にあるものすべてが――庭も菜園も家も松林も、ただのぼやけた塊に見えた。彼はしばらくその場に立ちつくし、固まったかのようにぴくりとも動かず、自分を取り巻く世界全体に惑わされていた。いったいどうしたというのだ、と自問した。見知らぬよその土地へうっかり迷いこんでしまうなどということが本当に起こりうるのか？　どうしてここへ来たのだろう？

「ちがう」彼は自分の違和感を否定した。「ちがう、ちがう――それは思いちがいだ――」

目を閉じて、胸いっぱいに空気を吸いこんだ。気持ちを落ち着かせるためだけではなく、不意に襲ってきた幻惑を払いのけるためにも、神経を集中させようとした。あれは自分が設計した庭と小径ではないか。すぐそばには見覚えのある水仙が咲いているし、紫色のフジウツギも咲いている。目を開けばきっと、いつもと同じ大きなアザミや、まめに世話をしている薬草だと確信できるはずだ。彼はようやく目を開けた。自分が知っている水仙とフジウツギとアザミが見えた。その向こうには松林も。脚を無理やり動かして歩き始めた。断固たる意志でもって前へ進んでいった。

「ああ、そうだとも」口のなかでもごもごと言った。「当たり前のことではないか――」

その夜、ホームズは屋根裏部屋の窓辺に立って、外の暗闇を見つめていた。この書斎へ上がってくるまでの出来事はあえて思い返すまいとしていた。なにが起こったかを当局に詳しく説明したことも、母屋に戻ってからマンロー夫人と短く言葉を交わしたことも。

「旦那《だんな》様、ロジャーは見つかりました？」家のドアを入るなり、キッチンにいたマンロー夫人に呼び止められたのだった。

「見つかった」

「すぐに戻ってくるんでしょうか？」

「ああ――たぶんな」

「それならいいんですけれど」

そのあとで警察のアンダースンにひそひそ声で電話をかけると、ロジャー少年が死んだことを伝え、遺体の場所を教えた。そして、きみも部下も養蜂場には決して近づかないようにと念を押した。「私の蜜蜂になにか異変が起きているらしいので、充分に注意してほしい。警察がロジャーのところへ行って、彼の母親に事実を話したら、私は養蜂場を調べにいくつもりだ。わかったことは明日にも知らせる」

「ただちに現場へ向かいます。ロジャー君のこと、お悔やみ申しあげます」

「急いでくれ、アンダースン」

マンロー夫人と顔を合わせるのを避けて、じかに事情を話さなかったことへの自責の念からも、目をそむけたかった。良心の呵責《かしやく》と悲しみを彼女に打ち明け、苦悩を分かち合うことが、自分にはどうしてもできなかった。アンダースンが部下を連れて家にやって来たとき、彼女に付き添ってやることさえしてやれなかった。ロジャーの死に呆然《ぼうぜん》として、感覚が麻痺《まひ》してしまったのだ。あの少年の母親に事実が知らされる場面を想像するといたたまれなくて、逃げるように書斎へ上がってくると、ドアに鍵《かぎ》をかけて閉じこもった。警察が仕事を終えたら養蜂場へ戻るつもりだったにもかかわらず、それすら忘れ、机に向かって次々に文章をしたためていった。意味を認識する暇もないほどすばやく走り書きで。人が玄関を出入りする気配はなんとなく感じ取っていた。マンロー夫人が突然あげた悲鳴も階下から聞こえてきた。喉からしぼり出すような彼女の叫びと、激しく泣きじゃくる声——その深甚なる悲しみの感情はしばらくのあいだ壁や床板を突き抜け、廊下に響き渡ったが、やがて始まったときと同様に突然止んだ。数分後、アンダースンが階段を上がってきて書斎のドアをノックした。「ホームズさん——シャーロック・ホームズさん」ホームズはやむなくドアを開けて、なかへ通した。ほんのわずかな時間だったが、二人は細かい点まで論じ合い、最後はアンダースンの提案にホームズが同意する形となった。しかしその内容もホームズにとってはもはや無意味だった。

その後、アンダースンがマンロー夫人を車に乗せて部下たちとともに引き揚げ、ロジャーの遺体が救急車で運び去られると、家のなかはしんと静まりかえった。ホームズは書斎の窓辺に立ってみたが、外は真っ暗闇で、ほかにはなにも見えなかった。ただ、なにかを感じはした。頭の奥にちらつく不穏な映像に心をかき乱され、それを記憶からぬぐい去ることがどうしてもできなかった。牧草地で青い目をかっと見開いているロジャー。瞳孔の開いた目は空を一心に見上げているかのようだったが、実は哀れなほどうつろで、なにも見ていなかった。

机の前に戻って、椅子に座った。しばらく背中を丸めた姿勢で休み、閉じたまぶたに両手の親指を押しあてた。「ちがう」とつぶやいて、かぶりを振った。「そうなのか？」今度ははっきり声に出して言い、顔を上げた。「そんなことが本当に？」両目を開け、そばに誰かがいるのを期待するようにあたりを見まわしたが、いつもどおり屋根裏の書斎には自分一人きりだった。彼は机の上のペンにぼんやりと手を伸ばした。

目の前にあるやりかけの仕事に視線を落とした。積みあげられた文書の山、メモ、輪ゴムで束ねてある未完の原稿。それから数時間、夜明けが訪れるまで、もうロジャーのことは考えなかった。その少年が同じ椅子に座ってケラー夫人の事件を夢中になって読みふけり、物語が早く完結することを待ち望んでいたことなど、ホームズは知る由もなかった。にもかかわらず、その晩は、なんとしてでも最後まで書き終えてしまいたいという衝動に駆られた。そこで新しい原稿用紙を手もとに用意し、まっさらな土台の上にひとつの結末をこしらえる作業に取りかかった。

言葉は考える前から湧きでて、原稿用紙はみるみるうちに埋まっていった。言葉がペンを前へ前へと走らせる一方で、ホームズは後ろ後ろへと引き戻された……ずっと昔の遠い過去へと。現在のサセックスでの夏、その前の日本への渡航、さらにさかのぼって二つの世界大戦を飛び越え、ひとつの世紀の終焉《しゅうえん》と新しい世紀の誕生のなかで栄えた時代へと。陽が昇るまで、彼は片時も手を休めなかった。インクが空になるまでペンは動き続けた。

16

III

自然科学・植物学協会の庭園にて

ジョンが小説のなかで折に触れて記していたとおり、事件に取り組んでいるときの私は必要とあらば好ましくない行為に及ぶのをためらわなかったし、つねに無私無欲だったわけではない。正直に認めるが、それは今回の事件にもあてはまる。依頼人のケラー氏に奥方の写真を求めたのは、本当に必要だったからではない。実際、木曜日の夕方にポートマン書店をあとにしたとき事件はすでに決着していたのだから、あの時点でケラー氏にありのままの事実を報告して、彼女の顔を再び見る機会とはきっぱりおさらばすることもできたのだ。にもかかわらず、私はそうしなかった。結論を先延ばしにすれば、実物のケラー夫人をもっと近くで眺められるかもしれないと思ったからだ。あの女性の写真を依頼人に求めたのも、個人的な理由にほかならない。報酬代わりに手もとに残しておきたいという願望を明らかに抱いていた。その晩、窓辺に一人きりで座っているあいだも、ケラー夫人の姿が頭のなかを延々とさまよい続けた――降り注ぐ太陽の下、雪白の柔らかな肌を守るかのように日傘を高く差しあげた姿が。そして私の膝《ひざ》の上では、まったく異なる彼女が写真のなかからこちらを見上げていた。

だが私が彼女のことに専念できるようになったのは、数日経ってからのことだった。それまではフランス政府に協力を要請された最重要問題にかかりきりで手が離せなかったのである。最重要といっても、パリで外交官の机から盗まれた縞瑪瑙《オニキス》のペーパーウェイトをめぐるさもしい騒動で、結局、盗品はロンドンのウェストエンドにある劇場の舞台で、床板の下に隠されているのが見つかった。それはともかく、そうして別件にとらわれているあいだも、あの女性の存在は私の脳裏に居座り続け、ますます幻想的な美しさを増し、私が勝手につくりあげた想像上の姿とはいえ、心を惑わすほどの魅力をまとって立ち現われるようになった。もちろん、それはあくまで自分の空想に基づいた、現実とは異なるものだと認識できないほど分別を失っていたわけではない。しかしそれでも、ばかげた白日夢に浸るたび複雑な衝動が突きあげてきたのは否定できない事実だった――なかでも繊細な愛《いと》おしさのような感情は、私の理性を飛び越えて広がっていったのである。

そんなわけで、次の火曜日が来ると、私は熟慮を重ねた結果、高貴な百合《ゆり》ともいうべきケラー夫人に最も似つかわしいと思った人物に変装した。ステファン・ピータースンという名の中年の独身愛書家を演じることにしたのだ。性格はいたって温厚。優柔不断とまではいかなくても気の弱いところがある。近眼の眼鏡をかけ、着古したツイードの服を着て、青いアスコット・タイを無意識に引っ張りながら、もじゃもじゃの髪を落ち着かなげに片手で撫《な》でつける癖がある。

「失礼ですが、ちょっと」鏡の前に立って自分の姿を点検しながら練習してみた。ケラー夫人に初めて声をかけるときは、礼儀正しい内気な男と見られるようにしなければいけない。「すみません、失礼ですが——」

アスコット・タイを直しているうちに、ふと気づいた。相手は花が大好きな女性なのだから、こちらも植物への愛情と知識が豊富だということにしよう。髪をくしゃくしゃに乱しながら、恋愛文学をこよなく愛する男という設定も役立ちそうだと思った。要するにこの男は本の虫で、生身の人間との交流による喜びよりも本の世界で得られる慰めのほうを好む。しかし心の底には孤独を飼っていて、齢《よわい》を重ねるにつれ、揺るぎない人との結びつきがいかに大切かをしみじみ感じている。そこで親交に役立てようと、手相占いなる変わった術《すべ》を身につけた。といっても、未来を言い当ててみせるのが目的ではなく、あくまで相手と触れ合うためのきっかけ作りである。わずかな時間でも互いのてのひらを重ねれば、その感触やぬくもりは何カ月あとになっても消えないだろう、と考える男なのだ。

鏡を見つめるうち、変装の裏に隠れている自分を忘れてしまうほど、自らがこしらえた架空の人物との一体感をおぼえた――これからやるべきことの段取りを頭のなかで反芻《はんすう》しているあいだも、現実の状況や一連の出来事から自分自身が切り離された気分になった。そうしてステファン・ピータースンなる男は、傾き始めた午後の陽射しのなかへ出ていった。頭を垂れ、背中を丸め、モンタギュー街の方向へ慎重な足取りでとぼとぼと歩きだした。

彼の風貌《ふうぼう》はとりたてて人目を引くものではなく、どこから見てもありふれていて存在感が希薄だった。道ですれちがう人々もきっとすぐに忘れて、二度と思い出さないだろう。

そんな目立たない男だが、実は明確な使命を帯び、確固たる決意を秘め、予定どおりケラー夫人よりも先にポートマン書店に到着した。店のなかへ入ると、静かにカウンターの前を通り過ぎた。前回と同様、カウンターでは拡大鏡を手にした店主が書物を広げ、顔をくっつけんばかりにして読んでいる。すぐそばをステファンが通りかかってもいっこうに顔を上げる気配はない。おかげでステファンは通路をただゆっくり進めばよかった。物音を気にする必要もない。年老いた店主はだいぶ耳が遠いようだ。その証拠に、店のドアが開いたときに蝶番《ちょうつがい》が甲高くきしんでも、閉まったあとに〝開店中〟の札がガラスにぶつかって音をたてても、ぴくりとも反応しなかった。

ステファンは本棚のあいだの薄暗い通路を慌てず急がず歩いていった。手前のほうは外から弱い光が斜めに射しこんで、ちらちらと舞い踊る埃《ほこり》を照らしていたが、奥へ行くにしたがって暗くなり、前方に黒い影が待ちかまえていた――しまいには暗闇にすっぽりと覆われた。

階段にたどり着くと、七段上がったところでしゃがみこんだ。こうすればケラー夫人が店に入ってきたとき、気づかれずにこっそり様子をうかがえる。そこから先は予想どおり事が運び、次のような成り行きになった。まず、グラス・アルモニカの哀調を帯びた音色が上階から響き始めた——生徒の少年がグラスの表面に指を滑らせている図が思い浮かぶ。間もなく店のドアが勢いよく開き、火曜日と木曜日に決まって現われるケラー夫人が今日も入ってきた。たたんだ日傘を小脇に抱え、手袋をはめた手に本を一冊携えて。彼女は店主のほうはちらとも見ない。店主のほうも同じだ。ケラー夫人はなめらかな足取りで店内の通路を進み、何度か立ち止まっては本棚を眺め、ときおり指を憑《つ》かれたように動かして、さまざまな本の背表紙をなぞった。そのあいだずっと彼女の姿は見えていたが、ステファンのいる位置から彼女の背中が少しずつ遠ざかっていった。なおも観察を続けていると、ケラー夫人は奥の暗がりへゆっくりと近づいて、徐々に輪郭がぼやけ、とうとう完全に消えた。だがその直前、彼女が持っていた本を棚の一番上の段に置き、代わりに別の一冊を棚から引き抜くのが見えた。

それは盗みと呼ぶ行為ではないか？　ステファンはそう独りごちた。まあ、当人は借りたつもりなんだろうが。

姿が視界から消えたあとは、彼女の居場所を推測するしかなかったが、香水の匂いがまだ漂っていたので、近くにいるはずだった。暗闇のどこかに。そう思った直後に起こったことは、予期していたので驚きはしなかったが、目のほうは虚を衝かれた。店の裏口から突然まばゆい光が射しこんだのだ。真っ白な光は店の通路を一瞬だけ光の海に変え、入ってきたときのようにさっと

消え去った。ステファンはすばやく階段を駆け下りた。まだ目がくらんでいて、瞳孔に飛びこん
できた光の残像に視野をふさがれていたが、ケラー夫人があの光にのみこまれたのはわかってい
た。
ステファンは本棚にはさまれた狭い場所を進み、強い香水の匂いを頼りにあとを追った。突き
あたりの薄暗い壁まで来ると、そのままの向きで立ち止まった。目が少し慣れて、まわりのもの
が見えるようになっていた。「ここだ、それ以外には考えられない」と低くつぶやく。グラス・
アルモニカのくぐもった感じの音は依然として頭上で鳴っている。彼は左を見た――本が危なっ
かしく積みあげられている。右を見た――そこにもうずたかい本の山。ということは、やはりケ
ラー夫人が出ていったのは正面、つまり店の裏口だ。ドアは閉まっているが、さっき目がくらん
だのと同じまぶしい光が隙間から漏れ、ドアを四角く縁取っていた。彼は二歩前へ進んでドアを
押し開けた。ありったけの自制心でもって、駆けだしたい衝動を抑えた。ドアを大きく開け放つ
と、再び光の洪水が店内に押し寄せた。ためらいながらドアを出て、用心深く外の様子をうかが
う。そのあと木製の格子柵《トレリス》に囲われた通路を、慎重にすり足で歩いていった。

間もなく香水が薄れ、代わってチューリップや水仙の芳香が強くなった。はやる気持ちを抑え、
通路の先端で立ち止まり、蔓草《つるくさ》のからまるトレリスを透かして庭をのぞいてみた。広くはないが、
非常に手の込んだ造りの箱庭のような空間だった。生い茂る薬草の脇には、密生した植木を刈り
こんだどことなくいびつな形のトピアリー。塀代わりの壁いっぱいに咲き乱れる宿根草と薔薇《ばら》。

家主の男がロンドンの真ん中に丹精こめてこしらえた理想のオアシスだ。マダム・シルマーの部屋からもちらりとは見えるだろう。ポートマン老人は現在のように視力がめっきり衰える前に、おそらく数年を費やして、自宅の裏庭に至上の小宇宙を造りあげた。家の建物にさえぎられて、ここでは陽射しがあまり奥まで入らない。そこで日陰の場所も明るく見えるよう工夫をほどこし、植物を色とりどりに配してある。また、宿根草の花壇にはジギタリス、ゼラニウム、百合などが植えられている。

玉砂利を敷いた小道がゆるやかな曲線を描いて庭の中央に向かって続き、終点はしゃれた感じの柘植《つげ》の垣根に囲まれた四角い芝生の地面になっていた。その芝生の上に小さなベンチがひとつと、表面に緑青《ろくしょう》で模様が描かれたテラコッタの大きな甕《かめ》が並んでいる。ケラー夫人はそのベンチに座っていた。膝に日傘を置き、店の棚から持ってきた本を開いて両手に持ち、建物の下の日陰で読書をしている。上の窓からグラス・アルモニカの音色が漂い、謎を秘めたそよ風のごとく庭に舞い降りてくる。

やがてグラス・アルモニカの響きが弱まったかと思うと、今度は不協和音の少ない、もっと洗練されて堂々とした演奏が始まった。ケラー夫人が本から目を上げて首を小さく傾げ、おやというようにその旋律に耳を傾ける。ステファンも内心で繰り返しつぶやいた。ああ、そうだ、もちろんそうだとも、と。生徒のグレアム少年に代わってマダム・シルマーが楽器の前に座り、弾き方の手本を示しているのだ。熟練の指が奏でる精妙な調べで、空気のきめそのものが心をなごませてくれるように感じられる。ステファンがそれを肌で味わいつつ離れた場所からケラー夫人の様子をうかがっていると、彼女の顔が恍惚とした表情を帯び始めた——開いた唇からほうっとため息が漏れ、まぶたがゆっくりと閉じ、こわばっていた身体も心なしか力が抜けていくようだった。音楽との調和によって、彼女が内に秘めていた平和で穏やかなものが、ほんの一瞬かもしれないが、外に現われでようとしている気がした。

時が過ぎるのも忘れて、トレリス越しにケラー夫人を見つめながら、ステファン自身も庭を華やがせるものすべてに魅了された。神秘的な音色や色彩のとりこになった。だが夢見心地のひとときは、裏口のドアがきしむ音に破られた。続いて大きな咳払《せきばら》いが聞こえ、家主のポートマンがせかせかとした足取りで出てきた。泥のこびりついたスモックを着て、茶色の手袋をはめ、トレリスに囲まれた通路を歩いてくる。水の入ったバケツをぶらさげているのがわかった。ステファンがトレリスに身体を押しつけて息を殺していると、老人はその前をどすどすと通り過ぎていった。侵入者がいると疑ったことなど一度もないかのように脇目もふらず。ポートマンは通路の先から庭へ入ると、花壇の前へ向かった。そしてグラス・アルモニカの最後の響きが引き潮のように消えていったちょうどそのとき、老人の手からバケツが落ちた。横倒しになったバケツから、水が盛大にこぼれだした。

その瞬間すべてが終わった。グラス・アルモニカも黙りこみ、あたりはしんとなった。家主は薔薇の花壇の脇で腰をかがめ、落としたバケツはどこかと芝生の上を手探りしている。ケラー夫人は持ち物をかき集めてベンチから立ちあがり、いまではもうおなじみの悠然とした態度で老人のほうへ歩いていった。倒れたバケツを起こそうと両腕を突きだしたポートマンの前を、ケラー夫人がすり抜けようとした。彼女の影が一瞬老人の上に落ちたが、老人は幽霊のような婦人の存在を気に留める様子もなくバケツの取っ手をつかみ、咳払いをした。ケラー夫人のほうは地上を横切る雲の影よろしく、庭の奥にある鉄製の小さな門へ静かに歩み寄った。そして錠に差したままになっている鍵をまわし、門扉を細く開いて、狭い隙間を通り抜けた。開くときも閉まるときも金属のカタカタいう音とこすれる音がまじり合った。姿が見えなくなったあとは、まるでケラー夫人がこの庭にも書店にもいなかったように感じられてきた。ステファンの記憶のなかで、彼女の残像はあっという間にかすんで、マダム・シルマーが奏でた最後の音色がそうなったように、すっと遠のいて虚無の世界にのみこまれていった。

けれどもステファンはケラー夫人を追いかけようとはせず、反射的に身をひるがえして書店のなかへ戻り、本棚のあいだを抜けて表の通りに出た。そして日が暮れる頃には私の部屋に続く階段をのぼっていたが、そこへ来るまでずっと、道を引き返そうとするもろい意志に抗《あらが》い続け、ケラー夫人が泰然と退場したあとも未練がましくあの庭にとどまりたがった自分を内心で叱責《しっせき》した。部屋にたどり着いて変装を解き、ステファン・ピータースンの衣装をたたんでたんすの抽斗《ひきだし》にしまってからようやく、私は決意がこんなにも脆弱《ぜいじゃく》であることを直視させられた。知識が豊富で世故にも長《た》けた男が、女性のほんのかすかな表情に気持ちをかき乱されてしまうとは。たぶんそうなった理由は、あのとらえどころのない凪《な》いだ顔つきに、のびやかさや彼女らしさというものがまるで見られなかったせいだとは思うが。自分はこれまで探究の人生を送り、人間の行動と思考のあらゆるパターンを理解するため独りぼっちで長い時間を過ごしてきた。その結果、孤独と無関心という悪しき習性によって、自分の願望に対する洞察が不充分だったのではなかろうか？

おまえは強くあらねばならない。私はステファンにそう諭したかった。私以上に頭を使わなくてはならないのだと。彼女は現実の生身の人間だが、私の願望を投影した空想の産物でもある。おまえは孤独ゆえに、たまたま目に留まった女性の顔に心を引きずられてしまっているだけだ。きっと相手は誰でもよかったのだろう。しょせんおまえは一人の男。そして彼女もただの女にすぎない。この大都会には彼女と似たような人間がそこらじゅうに、それこそ何千人と存在するのだ。

丸一日かけて、私はステファン・ピータースンに最もふさわしい行動計画を練りあげた。段取りはこうだ。次の木曜日、ステファンはポートマン書店の外で待機し、ケラー夫人がやって来るのを離れた地点から観察する。彼女が店に入ったら、ステファンは建物をまわりこんで裏庭に面した路地へ移動し、相手に見つからない場所で裏門が開くのをこっそり待つ。この作戦は翌日の午後につつがなく遂行された。そして五時頃、ケラー夫人が本を片手に日傘を差して裏門から出てきた。彼女はすぐに歩きだしたので、ステファン・ピータースンは一定の距離をおいてあとを追った。もっと近づきたいという思いに駆られたが、なにかが彼を押しとどめた。とはいえ視線は片時も彼女から離れず、豊かな黒髪にさしたヘアピンや、かすかに揺れる腰の動きまで正確にとらえた。彼女は何度も立ち止まっては空を見上げ、無防備な横顔をステファンのほうに向けた——下顎の輪郭や透きとおるようななめらかな肌がはっきりと見えた。空を見上げながらなにかつぶやいているらしく、唇がわずかに動いて声にならない言葉を形作っている。独り言が終わると、彼女は前へ向き直って再び歩きだした。ラッセル・スクエアを横断し、ギルフォード・ストリートを進み、グレイズ・イン・ロードにぶつかると左へ曲がってキングス・クロスの交差点を渡った。そして路地に入って少ししてから道をそれ、セント・パンクラス駅に近い線路づたいを歩き始めた。目的地のはっきりしない回り道だった。しかし歩調に迷いがないところを見ると、行くあてもなくただぶらぶらしているわけではないようだ。やがて、自然科学・植物学協会と表札の出ている建物に行き着いた。ケラー夫人がその大きな鉄門を入っていったとき、あたりにはすでに宵の足音が忍び寄っていた。

彼女のあとについて門をくぐると、そこにあったのは赤煉瓦《あかれんが》の高い塀に囲まれた広い庭園だった。周辺地域とは正反対の雰囲気が漂っている。庭園のすぐ外は都市交通の要《かなめ》である太い幹線道路が通り、物資を運搬する車両がひっきりなしに行き交い、歩道も人々であふれかえっている。そんな場所にもかかわらず、鉄の門を一歩くぐれば、ゆるやかに蛇行する砂利道や、ところどころに植えられたオリーブの木々、菜園、薬草園、花壇が迎えてくれるのだ。このみずみずしい田園風の緑地は領主館《マナーハウス》に付属する荘園で、面積が六・四エーカーにも及び、一七七二年にフィリップ・スローン卿から協会へ遺贈されたものとのこと。いま、ケラー夫人は物憂げに日傘をくるくる回して木陰の下を歩いている。間もなく中央の道を右にはずれると、細い脇道に入り、シャゼンムラサキやベラドンナ、スギナやナツシロギクの茂みを通り過ぎていった。ときおり足を止め、指先で軽く花に触れながら、なにかささやきかけている。ステファンも彼女に続いて同じ道をたどった。そこを歩いているのは二人だけだとわかっていたが、まだ互いの距離を縮めるつもりはなかった。

次はアイリス、その次は菊と、二人はさまざまな花の前を通り過ぎていった。そのうちに脇道が背の高い生け垣の裏に隠れると、彼女の姿も見えなくなり、生け垣の上を日傘だけがぷかぷか浮いているように進んでいった。少しして日傘もすっと落ちて視界から消え、砂利道を踏む足音が止んだ。ステファンが角を曲がって生け垣をまわりこむと、ケラー夫人は予想以上に近い距離にいた。ちょうど道の分岐点に置いてあるベンチに腰を下ろし、閉じた日傘を膝の上に置いて本を開こうとしているところだった。低くなった太陽が庭園を囲む塀に斜めに射しこんで、あらゆるものを暗い影に沈めつつあった。さあ、うまく演じろよ、とステファンは自分自身に合図した。まだ明るさが残っているうちにやり遂げるんだ。

喉もとのアスコット・タイをいじりながら、遠慮がちにケラー夫人に近づくと、「すみません」と声をかけた。お持ちの本について少しお尋ねしたいのですが、と切りだしてから、自分は本の蒐集家《しゅうしゅうか》であり大の読書好きでもあるので、ほかの人がなにを読んでいるのか無性に気になりましてね、と説明した。

「まだ読み始めたばかりですの」ケラー夫人はそう答え、隣に腰を下ろす男を警戒のまなざしで見た。

「それにしてもすばらしい眺めだ」ステファンは熱のこもった口調で言った。ぎこちなさを隠そうとするような話し方だった。「ここは新しいものを楽しむのにおあつらえ向きの場所ではありませんか？」

「そうですわね」彼女は落ち着き払った声で答えた。ふさふさした感じの濃い眉《まゆ》が、青い瞳《ひとみ》をいかめしく見せている。どことなく居心地が悪そうだ――いきなり声をかけてきた男を胡散《うさん》臭く感じているのか、それとも内気な性格ゆえに緊張して固くなっているだけか？

「拝見しても――？」彼は本のほうへうなずいて見せた。ケラー夫人は気が進まない素振りを一瞬だけ示したあと本を差しだし、ステファンは彼女が読みかけだったページに人差し指をはさんでから背表紙を見た。「ああ、メンショフの『秋の夕暮れ』ね。とてもいい作品ですよ。私もロシアの作家が好きでしてね」

「そうですか」と彼女は答えた。

しばらく沈黙が流れたが、それを断ち切ったのはステファンが本の表紙を点検するかのように指先で軽く叩く音だった。「製本もいいですね。しっかり作られている」と言ってから、彼は本を持ち主に差しだした。それを受け取る際にケラー夫人の目が相手の顔にじっと注がれたが、ステファンのほうも彼女の顔を正面から見て、奇妙なほど不均整な造作に内心はっとした。片方だけつりあがった眉、ぎこちない微笑を浮かべている口もと。その半笑いの表情は写真で見たのと同じだった。ケラー夫人は本を手にするとベンチから立ちあがり、日傘に手を伸ばした。

「そろそろ失礼しますわ。もう行かなくてはなりませんの」

おもしろみのない男だと彼女は判断したらしい。そうでなければ、いま座ったばかりなのにそそくさと立ち去ったりはしないだろう。

「これはご無礼を。お邪魔でしたね」

「いいえ、そんな」と彼女は否定した。「ちがいますわ。だいぶ暗くなってきましたし、もう家に帰っていなければならない時刻ですので」

「そうですか」彼は答えた。

ケラー夫人の青い瞳と青白い肌にはこの世のものではないような気配が宿っていた。しぐさや物腰もどこか幻影じみていて、遠ざかっていくときのゆっくりとくねる手足の動きを見ていると、幽霊を連想せずにはいられなかった。彼女はそのまま生け垣のほうへと道を引き返していった。宙に浮かんでいるような、あてのないふわふわした足取りで。気がつくとあたりは薄闇に包まれていた。ステファンは途方に暮れた。こんなふうに唐突に打ち切られるとは予想だにしていなかった。彼女に風変わりで興味深い男だと思ってもらえる、うまく行けば、気の合う相手だと認めてもらえると期待していた。ところが実際はどうだ？　まったく、自分の無能ぶりにはあきれるしかない。力量不足を痛感させられた。しかし、いったいどこがまずかったのだろう？　全身全霊が彼女に引き寄せられていたにもかかわらず、あっさり置き去りにされてしまうとは。そう考えた直後、ステファンは矢も盾もたまらず、彼女のあとを追い始めた。迷惑がられるとわかっていながら、どういうわけかあきらめがつかなかった。原因を掘り下げるつもりはないが、頭脳と肉体がちぐはぐになっているのはまちがいない。どちらか一方が優先権を持つべきだというのに、両方が自己主張を続けるのでなかなか決断に行き着けなくなってしまう。

だがありがたいことに、生け垣の向こうへ回った瞬間、思いがけないチャンスが待っていた。ケラー夫人は先を急ぐどころか、すぐそこのアイリスの前でひざまずいていたのだ。灰色のドレスの裾《すそ》が砂利の地面にふわりとかぶさり、そのかたわらに本と日傘が置かれている。華やかな大輪の花を、彼女は右のてのひらですくい取るように持ちあげていた。ステファンが近づいていく足音には気づかない様子だ。薄れゆく光線のなかで彼女の頭上を覆って地面に落ちている彼の影すら気に留めていない。ステファンはそばに立って、細長い葉を優しげに指でなぞるケラー夫人を静かに見守った。彼女が手を引っこめようとしたとき、一匹の働き蜂が軽やかに飛んできて手袋をはめたてのひらにとまった。彼女は少しもたじろがなかった。蜜蜂を振り払いもしなければ、押しつぶしもせず、かすかな優しい笑みを浮かべ、敬愛のこもったまなざしでその小さな生き物を間近で見つめた。唇が小さく動き、愛おしげになにかささやきかけている。働き蜂のほうも彼女のてのひらにおとなしくとまっていた――興奮した様子も、手袋に針を突き立てようとする兆しもなく、まるで彼女を仲間だと思っているかのようだった。これは珍しい交流だ、とステファンはひそかにつぶやいた。一度も目にしたことのない貴重な光景だった。しばらくすると、彼女はもう蜜蜂を放してやる頃合いだと感じたらしく、最初にとまっていた花びらにそっと乗せてやった。それから日傘と本を手に取った。

「〝アイリス〟という言葉は虹を意味します」彼は口ごもりながら話しかけた。ケラー夫人はステファンがそこに立っているのに気づいても驚いた素振りは見せず、立ちあがりながら値踏みするような冷静な視線を彼に向けた。自分の声が情けないほど震えていても、ステファンはしゃべらずにはいられなかった。「由来は説明するまでもないでしょう。アイリスの花は色とりどりですからね。ご覧のとおり、青、紫、白、黄。ほかにはピンクやオレンジ、茶、赤。黒いのまであります。ご存じかもしれませんが、実にたくましい花でしてね。充分な光さえあれば、灼熱《しゃくねつ》の砂漠だろうが極北の寒冷地域だろうが生きていけるんですよ」

無表情だったケラー夫人の顔に寛容めいた色がよぎった。彼女はステファンが横に並んで歩けるよう端に寄って歩きだし、彼がアイリスについて語るあれこれに黙って耳を傾けた——アイリスの語源イリスはギリシャ神話の虹の女神です。ゼウスとヘーラーの伝令として、亡くなった女たちの魂を死後の楽園エーリュシオンへ導く役目を務めていました。そのような言い伝えから、ギリシャ人は女性の墓に紫色のアイリスを植えたそうです。また、古代エジプトでは忠誠、叡智《えいち》、勇気のしるしに王笏《おうしゃく》をアイリスで飾りましたし、ローマ人は女神ユーノーにアイリスを供え、浄《きよ》めの儀式にも用いたと伝えられています。「ご承知かと思いますが」と前置きして、彼はなおも語り続けた。「ニオイアイリス、別名アイリス・フロレンティーナは、その名が示すとおりフィレンツェの公式の花です。トスカーナ地方を訪れたことがおありなら、無数のオリーブの木にまざって植えられた紫色のアイリスの香りを胸いっぱいに吸いこんだことでしょう――スミレに似たあの独特の香りを」

ケラー夫人は心惹《ひ》かれた目でうやうやしげに彼を見た。この突然の出会いを、平凡な午後に彩りを添える輝かしい出来事だと感じているかのように。「楽しいお話でしたわ。お上手なので引きこまれました」と彼女は言った。「でも、残念ながらトスカーナを訪れたことはありませんの――イタリアへ行ったことさえなくて」

「おや、そうですか。でしたらぜひ行かれるといい。一見の価値ありですよ。あの丘陵地帯ほど風光明媚な場所はめったにありません」

だがそのあと、ステファンは急になにを話せばいいのかわからなくなった。言葉が干上がって、自分にはもう伝えるべきことがひとつも残っていない気がした。ケラー夫人は彼からそらした視線を前方に向けている。彼女のほうから話題を持ちだしてくれないかとステファンは期待したが、彼女にそうするつもりがないのは明らかだった。そんなこともあってステファンは、欲求不満ゆえなのか、単にせっかちな性格ゆえなのかはおくとして、あまり考えすぎないようにしようと決めた。自分の真意を見極めることにこだわらず、思いついたままを口にしたほうがいいと。

「それにしても——不思議だ。さしつかえなければうかがいたいのですが、あなたはアイリスのどこにそこまで惹かれるのですか？」

春の暖かい空気を深々と吸いこんでから、ケラー夫人は少しぼんやりした様子で首を振った。「アイリスのどこに惹かれるのか、ですか？　さあ、深く考えたことはありませんわ」再び深呼吸したあと、にっこりして続けた。「最悪の時代でも花は咲きこぼれていますでしょう？　アイリスは特に辛抱強いんです。枯れてしまったあとも、代わりに次の花が同じように咲いてくれます。それを考えると、花の命は短いけれど永遠とも言えますわね。まわりで大きなことが起こって、どんなに悲惨な状態になっていようと、花は決してくじけません。これでご質問の答えになりますかしら？」

「なりますとも」

二人は脇道が広い道と合流するところまで来た。ステファンは歩調をゆるめて彼女のほうをうかがった。彼が立ち止まると、彼女も立ち止まった。だが自分はこの女性にどんな言葉を伝えたいのだろう、とステファンは彼女の顔を見つめながら思った。薄闇に包まれたこの夕暮れ時に、自分を絶望に追いやっているものの正体はいったいなんだろう？　彼がまばたきもせず見つめていると、ケラー夫人は次の言葉を待つように、顔を上げて彼の視線を受け止めた。

「私にはある特技がありましてね」不意にそんな言葉が口をついて出た。「それをあなたの前で披露させていただきたいのですが」

「特技？」

「まあ、趣味に毛が生えたようなものかもしれませんが、多少は人の役に立つのではないでしょうか。実はですね、私はアマチュアの手相見なのです」

「それはどういうものですの？」

ステファンは腕を差しだし、彼女に自分のてのひらを見せた。「このいくつものしわからなる手相を見て、未来に起こることをかなり正確に言い当てることができるんですよ」知らない人の手相であっても読み取れる、と説明をつけ加えた。相手の性別を問わず、その人の人生がこれからどうなるのか暗号のように読み解くことができるのだと。たとえば真実の愛にめぐりあう可能性、幸福な結婚にたどり着ける見込み、授かる子供の数、心にまつわる種々様々な問題、さらには長生きできそうかどうかについてまでも。「そういうわけですので、ほんの少しお時間をいただければ、私の特殊な才能を披露いたしますよ」

なんて胡散臭い男だろうと思われているにちがいない。ステファンは内心でそう考えた。きっとずる賢くていかがわしい印象を与えたことだろう。現に彼女の顔には当惑がありありと浮かんでいる。慇懃《いんぎん》な非難の言葉が降ってくるのをステファンは覚悟した。ところが案に相違して、ケラー夫人はとまどいの表情を残しながらも、しゃがんで日傘と本を足もとに置くと、すぐに立ちあがってステファンのほうへ向き直ったのだった。そしてなんの躊躇《ちゅうちょ》もなく右手の手袋を脱ぎ、彼をまっすぐ見つめ、むきだしの手を上に向けて差しだした。

「ではお願いしますわ」彼女は言った。

「はい、喜んで」

彼女の手を取ったが、夕闇のなかでは見づらかった。顔を近づけても、肌の白さがわかるだけで、ほの暗い影がぼんやり落ちたてのひらは、手相の細かい線も溝も消えてなくなっているかのようだった。つるんとしたなめらかな層しか見えず、奥行きや陰影というものをまったく感じさせない。一片の穢《けが》れもない、信じがたいほど清らかなてのひらだ。まるで彼女はこの世に存在していないかのように、生きていることの証《あかし》となる痕跡が皆無なのである。いや、単なる目の錯覚だろう。薄暮の光のいたずらだ。ステファンはそう理由づけたが、胸の奥から湧きあがる声に思考を揺さぶられた。このご婦人は不老の運命なのではないか？　しわだらけの顔になることもなければ、自宅で隣の部屋へ移動するだけでよろめくようなことにもならないのでは？

あらためて観察してみると、彼女のてのひらは清らかなだけでなく透明でもあり、過去と未来を明瞭《めいりょう》に映しだしていた。「ご両親はすでに他界されていますね」ステファンは言った。「お父さんはあなたがまだ小さい頃に亡くなっている。お母さんのほうはわりあい最近だ」彼女は身じろぎもせず黙っていた。ステファンはそのあと産まれなかった子供のことや、彼女を気遣っている夫の存在について告げた。彼女が愛されていて、いつかきっと希望を取り戻し、必ず大きな幸福をつかむであろうことも言い添えた。「あなたはご自分が大いなる存在の一部であると感じていらっしゃいますね。それはまことにもって正しいことです」と彼は続けた。「大いなる存在とはおそらく神のごとき絶対的な善なのでしょう」

ケラー夫人はこの庭園の木陰の下で、本人が求めていた安らぎと一体感を得ていたのだろう。ここにいれば、馬車が慌ただしくガラガラと通り過ぎる街路の喧噪から解放され、自由を満喫することができたのだろう。死がつねに待ち伏せ、人々が不気味な長い影を後ろに引いて忙《せわ》しげに行き交う場所から逃れて。ああ、そうにちがいない、とステファンは彼女のてのひらを見つめて確信した。素肌にこのとおりはっきりと表われている。彼女はここでひっそりと自然に包まれ、生きている実感を味わい、無傷の新鮮な自分と出会っていたのだ。

「わかるのはここまでですね。ちょうどあたりも暗くなってきたことですし、これでお開きにしましょう。よろしければ続きはまた日をあらためて」

ケラー夫人の手が小刻みに震え始めた。狼狽の表情でかぶりを振り、まるで炎に指先を焼かれたかのように不意に手を引っこめた。「いいえ、けっこうですわ。ごめんなさい」うろたえた口調で答え、しゃがんで持ち物を拾い集めた。「もう行かなくては。急ぎますので、これで失礼します。ありがとうございました」

ステファンのことなど目に入らないかのように、彼女は身をひるがえして急ぎ足で去っていった。ステファンの手にはまだ彼女のぬくもりと、香水の香りが残っていたが、彼女を呼び止めることもあとを追うこともしなかった。一人で行かせてあげるべきだ、いまはこれ以上のものを求めてはいけない。そう思いながら、これでいいのだと自分に言い聞かせ、ぐんぐん遠ざかっていく彼女の後ろ姿を見送った。と、次の瞬間、にわかには信じられないようなことが起こった。それについてのちにステファンは、現実と記憶は必ずしも一致しないとはいえ、その光景は脳裏に焼きついていて、いまでも鮮明に思い起こせると断言した。彼の目の前で、道を歩いていたケラー夫人が忽然《こつぜん》と消え失《う》せたのである。純白の神秘的な霊気にすっと溶けるように。彼女の痕跡だけが、蜜蜂をとまらせたあの手袋だけが、葉っぱのようにひらひらと地面に落ちていった。ステファンはびっくりしてそこへ駆け寄り、手袋を拾いあげようと身をかがめた。ベイカー街に戻ってからも、あれは本当に起こったことなのだろうかと何度も考えた。不思議なことに、手袋はあのあとまるで蜃気楼《しんきろう》のように遠ざかっていったのだった。彼の手をすり抜けて、それきり消滅した。

間もなく、ケラー夫人と彼女の手袋に続いて、ステファン・ピーターースンなる人物も煙のごとくかき消えた。彼のしぐさをやめ、彼の変装を解き、脱いだ服をたたんで片付けると、ステファン・ピーターースンはもう永久にこの世からいなくなった。彼の衣《ころも》を残らず脱ぎ捨てたとたん、とんでもなくかさばる重たい肩の荷がすっと下りた気がした。といっても完全に解放されたわけではなかった。依然としてあの女性に心を縛られていたからである。彼女のことで頭がいっぱいになるたび眠れない夜を過ごし、明確な事実についてあらゆる角度から検討を重ねた。そんな調子でケラー夫人がつねに頭につきまとっていたため、当面は安らぎと名のつくものはいっさい望めそうにないと覚悟したのだった。

その晩、私はゆったりした青いガウンをはおり、室内を動きまわってベッドから枕を、ソファと肘掛《ひじか》け椅子からはクッションを集めた。それらを居間へ運んで、にわか仕立ての東洋風の長椅子をこしらえると、そこにあぐらをかいて座り、買ったばかりの新しい紙巻き煙草の包みとマッチ箱をそばに置いた［訳注：「唇のねじれた男」を参照のこと］。それからあの女性の写真も。ランプの光がちらちらと揺れるなか、ようやく彼女と会えた。立ちのぼる紫煙のベールの向こうから現われて、私と視線をからませ合い、手を差しのべてきた。煙草をくわえたまま微動だにしない私のほうへ。優雅な顔の輪郭が明かりに輝いていた。いかなる困難にぶつかろうとも、この女性がいてくれればたちまち解決できる気がした。彼女が近寄ってくる。私の肌にそっと触れる。彼女の存在を感じながら、私は安らかなまどろみにゆっくりと滑り落ちていった。どれくらい時間が経ったのだろう、目を覚ましたとき、室内には穏やかな春の陽光が射しこんでいた。煙草は一本残らず吸い殻に変わり、煙がまだ天井のあたりに靄《もや》のごとく漂っていたが、彼女がそこにいた形跡はどこにも見あたらなかった。残っていたのは、写真立てのガラス板のなかに閉じこめられた、憂いに沈んだよそよそしい表情の顔だけだった。

17

朝が来た。

ペンはインクが切れかかり、まっさらな用紙は使い尽くされ、机上にはホームズが夜のあいだ怒濤の勢いで続けた執筆作業の産物が一面に広がっていた。深夜はなにも考えず憑かれたように書き殴ったのに対し、夜明けが近づく頃に原動力となっていたのは、揺るぎない重大な目標だった――すなわち、何十年も前に会った一人の女性をめぐる物語を最後まで書き終えることである。その女性はどういうわけか彼の思考に入りこんできた。机の前に腰かけ、閉じたまぶたを指で押さえて休憩しているあいだも、生き生きとした亡霊となって目の前に立ち現われた。「わたしのこと、お忘れではないでしょう？」と、とうの昔に亡くなったケラー夫人が言った。

「忘れていないとも」ホームズはささやき声で答えた。

「わたしもよ」

「本当かね？」彼は思わず顔を上げた。「いや、そんなわけはないだろう」

ロジャー少年と同じように、ケラー夫人もホームズのかたわらを歩いていた。花々に囲まれた砂利の遊歩道を言葉少なに進みながら、道の途中でふと目にした珍しい物にしょっちゅう興味を引かれていた。ロジャー少年と同じように、彼女もホームズの人生にとってつかの間のはかない存在となった。彼女との別離のあと、取り残されたホームズは静かに心を乱し、無感覚に陥った。もちろん、ケラー夫人は彼の正体など知る由もなかったろう。変装して自分を尾行していた著名な探偵だとは想像もしなかったはずだ。彼女は最後までホームズを内気な書籍蒐集家だと思い続け、自分と同じように植物とロシア文学を愛するはにかみ屋の男だと信じて疑わなかったにちがいない――ある日、公園で出会った見知らぬ相手。親切な人で、ベンチに座っている自分のほうへ遠慮がちに近づいてきて、なんの本を読んでいるのかと礼儀正しく尋ねてきた人。

「すみません、つい目に留まったものですから――お読みになっているのはメンショフの『秋の夕暮れ』ですね？」

「ええ、そうですわ」彼女は落ち着き払って答えた。

「とてもいい作品ですよ。そう思われるでしょう？」彼は熱のこもった話し方だったが、ぎこちなさを隠そうとしているようでもあった。「欠点がまるでないわけではありませんが――翻訳上のちょっとしたずれとか、その程度ですからね。それくらいはしかたない。許容範囲ですよ」

「全然気づきませんでしたわ。まだ読み始めたばかりですので――」

「いや、あなたなら気づいたはずだ」彼は言った。「目に留まらなかっただけでしょう。見逃しやすい箇所ですから」

隣に来て腰を下ろした彼をケラー夫人は警戒のまなざしで見た。ふさふさした感じの黒っぽくて濃い眉が、彼女の青い瞳をいかめしく見せている。どことなく居心地が悪そうだった――いきなり声をかけてきた男を胡散臭く感じているのか、それとも内気な性格ゆえに緊張して固くなっているだけか？

「拝見しても――？」彼は本のほうへうなずいて見せた。一瞬の間があったあと、ケラー夫人は黙って本を差しだした。受け取った彼はケラー夫人の読みかけのページに自分の人差し指をはさんで、前のほうのページをぱらぱらめくった。しばらく文章に目を走らせてから、おもむろに言った。「ほら、たとえばこの箇所です。物語の初めのほうの、体育学校の生徒たちが上半身裸になっている場面で、メンショフはこんなふうに書いてます。〝その堂々たる風貌の男は、裸の胸の少年たちを一列に整列させた。ウラジミールはアンドレイとセルゲイの強い視線を感じながら、長い腕を両脇に下ろして立っていた。〟ところがそのあと、次のページでは、こう表現されています。〝あの男は将軍だと聞いて、腕を身体の後ろに回していたウラジミールは袖のボタンをきちんと留め、細い肩をいからせた。〟メンショフの小説にはこの種の矛盾がいくつも見つかります――翻訳版だけかもしれませんが」

会話を通じて二人のあいだの距離は急速に縮まっていったのだが、いざ彼女のことを書こうとすると、具体的にどんなやりとりをしたのか正確に思い出せなかった。覚えているのは、自分が本について尋ねたこと、彼女に見つめられてはっとしたことだけだった（彼女の独特の不ぞろいな顔立ちには不思議な魅力があった――片方だけつりあがった眉といい、写真で見たのと同じこわばった半笑いといい、感情を失った無表情なヒロインと呼ぶにふさわしい存在感があった）。青い目や青白い肌にこの世ならぬ霊気のようなものが漂い、挙措動作も現実離れしていた――公園の小道を歩くときの緩慢なぎこちない手足の動きは亡霊じみていて、あてもなく宙をさまよっているかのようだった。あきらめきって絶望し、運命に身をまかせているという印象が伝わってきた。

ペンを脇に置くと、ホームズの意識は自分がいまいる書斎の強烈な現実へ引き戻された。夜が明けてからも生理的な欲求を無視し続けていたので、そろそろこの屋根裏部屋から出ることにした。本当は気が進まないどころか、考えるだけでうんざりするのだが、ひとまず膀胱《ぼうこう》を空っぽにして、水分を補給しなければ。そのあと胃袋に朝食を流しこむ前に養蜂場へ行って、明るい光のなかで状態を調べてこよう。ホームズは机に広がっている原稿をかき集め、順番どおりにきちんとそろえてひとつに束ねた。それが済むと、背中をそらして大きく伸びをした。肌にも服にも煙草の煙が染みついて、黴《か》びたようなつんとする臭いを放っていた。徹夜の作業で頭がくらくらしたので、しばらく机の上で背中を丸めたあと、ステッキを手もとに引き寄せた。それを頼りに体重を足に移し、椅子からゆっくり立ちあがると、身体の向きを変えてドアのほうへ小股《こまた》で歩きだした。脚がすっかりこわばって、動くたび関節の骨が軽くぽきぽき鳴ったが、それを気に留める余裕すらなかった。

頭のなかでロジャー少年とケラー夫人の像が混ざり合っていたせいか、煙の充満した書斎を出る際、ホームズはいつもの癖で廊下を見渡して、ロジャーが置いていった夕食のトレイを捜した。だがドア枠をくぐる前に、そんなことはもうありえないのだと気づいた。廊下を進み、昨晩打ちひしがれた思いでのぼってきた階段を再び下りようとした。前夜から続いていた茫然《ぼうぜん》自失の状態からはもう脱していた。麻痺して無感覚になっていた神経を、いまは恐ろしげなどす黒い雲が押しつぶさんばかりに覆い、まるで晴れた午後が突然真っ暗な夜に変わったかのようだった。しかし彼には果たすべき任務がある。これから誰もいない階下の部屋へ行って身支度をととのえ、庭の向こう側を目指して出発しなければならない。白い靄に包まれた、幻影のごとくぼうっとかすんでいる養蜂場へと。

けれども、ホームズはだいぶ長いこと階段の上に立ちつくしていた。ロジャーが来て、一階まで付き添ってくれるのを待つかのように。疲れて目を閉じると、少年が足取りも軽く階段を上がってくる姿が浮かんだ。それが呼び水となって、過去に見た記憶のなかの少年がそのときの場面とともにいくつもよみがえった。潮だまりのプールへ入っていく、ほっそりしたしなやかな肉体。冷たい水に包まれて、肌が粟立《あわだ》った裸の胸。コットンのシャツの裾を出し、袖を肘までまくりあげ、捕虫網を掲げて丈の高い草むらを駆け抜けていく姿。巣箱の横で花粉給餌器《きゅうじき》を手に持ち、大好きな蜜蜂のためにそれを日当たりのいい位置に取りつけようとしている姿。不思議なことに、頭に浮かんでは消えていく情景は、どれも春か夏の季節のものだった。冬の寒さを思い浮かべようとしたとたん、冷たい土の下に埋葬されているロジャーを連想した。

そのとき、マンロー夫人の言葉が耳にこだました。「本当にいい子なんです」家事の手を休めずに言う彼女の声がよみがえる。「余計な口をききませんしね。内気な性格で、物静かなことにかけては父親以上ですよ。旦那様のお荷物になるようなことは決してないとお約束します」

しかしホームズはいま、ロジャーが自分にとって重たい荷物になっているのを思い知らされた。抱えきれないほど大きな心の痛手に。結局のところ、ロジャーであれ誰であれ、生命には必ず終わりがある、と自分に言い聞かせた。探偵を生業としていた頃に、犯行現場でかたわらにひざまずいて調べた数々の遺体も、死ぬ前は生命を宿していたのだ。足もとに視線を落とし、彼は階段を下り始めた。慎重に脚を動かしながら、若い時分からいくら考えても堂々巡りだった問いを心のなかで繰り返した。「それにはどんな意味があるのだろう？　延々と続く悲しい生と死の循環は、いったいなんのためのものなのだ？　必ずや目的がある。この宇宙が、森羅万象が、偶然によって支配されているのでないかぎり。では、その目的とは果たしてなんなのか？」

屋根裏部屋の下の階にたどり着いた——そこで用を足し、顔と首筋を冷たい水で洗っていると、虫の羽音か鳥の鳴き声のような低いかすかな響きが聞こえた。ふと、鳥の翼の太くて丈夫な羽軸を思い浮かべた。しかし昆虫も鳥も、人間が背負っているような悲嘆とは無縁の存在だ。それが理由なのかもしれない、と彼は感慨深く思いめぐらした。だからこそ昆虫や鳥は——人間とはちがって——何度でも同じ姿で戻ってこられるのだろう。間もなく身支度を済ませて一階の部屋へ下りたとき、さっきのかすかな響きは家のなかから聞こえているのだとわかった。途切れ途切れの小さな柔らかい音が、人間が発している明るい声が、台所から漂い流れてくる。あれは女性か、さもなければ子供の声だ。透きとおった声だが、マンロー夫人のとはちがう。もちろんロジャーの声ではありえない。

急《せ》いた足取りで五、六歩ほど進み、ホームズは台所の戸口に立った。コンロの上で沸騰したやかんから蒸気が噴きだしているのが見える。なかへ足を踏み入れるなり、カッティング・ボードを前にした一人の女性が視界に飛びこんできた。こちらに背中を向け、鼻歌をうたいながらトマトを切っている。だがホームズの心をざわつかせたのは、彼女のゆるやかに波打つ長い黒髪だった。ふわふわとした黒髪の両側に、真っ白な肌がほんのり桃色に染まった腕がのぞいている。あの不幸なケラー夫人を思い起こさせる小柄な身体つきだ。どのくらいのあいだかわからないが、ホームズは突然現われた幻に声も出ず、ただ呆然とその場に突っ立っていた。やがて、ようやく口を開き、あえぎあえぎ言った。「なぜここに？」

その瞬間ハミングがやみ、黒髪の頭がすばやくこちらを振り返った。ホームズの目を見つめたのは、どこにでもいそうな十人並みの器量の娘だった。歳はまだせいぜい十八くらいだろう。大きな目のおっとりとしたまなざしは、人なつこさと愚鈍さのようなものを含んでいる。

「旦那様……」

ホームズは近寄って、相手の正面に立ちはだかった。

「きみは誰だ？　ここでいったいなにをしている？」

「あたしですよ、旦那様」意気込んだ答えが返ってきた。「エムです――トム・アンダースンの娘の。ご存じかと思ってました」

沈黙が流れた。娘はホームズの鋭い視線に射すくめられ、下を向いた。

「アンダースンの娘だと？」ホームズは静かに尋ねた。

「はい、そうです。朝食をおとりになっていないだろうと思って、いま、お昼を用意しているところです」

「しかし、なぜきみがここにいる？　マンロー夫人はどこへ行った？」

「昏々《こんこん》と眠っています。お気の毒に」言葉とは裏腹に娘の口調は屈託なく響き、言うことがあってほっとしている様子だった。うつむいたまま、足もとの近くに見えるホームズのステッキに向かって話しかけている。言葉を発する際に、口笛を吹いているような空気音がかすかにまじる。

「ベイカー先生はミセス・マンローに夜通し付き添ってました——眠りにつくまで。どんな薬を使ったんでしょうね」

「彼女はコテージにいるんだね？」

「はい、旦那様」

「わかった。で、アンダースンがきみをここへよこしたんだね？」

娘はうろたえた表情で、「はい、旦那様」と答えた。「ご承知かと思ってました。あたしを来させることは、てっきり父から聞いてらっしゃるものとばかり」

そこでようやくホームズは、昨夜アンダースンが書斎のドアをノックしにやって来たことを思い出した。警官はいくつか質問をし、取るに足らないことを言い、老人の肩にそっと手を置いた——しかし、記憶のなかでその場面は全体がぼんやりとかすんでしまっていた。

「ああ、もちろん聞いているとも」ホームズはそう答えて、流し台の上の窓を見やった。日光が調理台の表面を明るく照らしている。速くなる呼吸を意識しながら、彼はやや混乱した目で再び娘のほうを向いた。「すまない、うっかりした――精神的にちょっとまいっていたので」

「そんな、謝らないでください、旦那様。どうかお気になさらず」娘はすっと顔を上げた。「それより、なにか召しあがらないと」

「水を一杯だけもらおう」

睡眠不足による気だるさから、彼は大儀そうに顎ひげを掻《か》き、あくびをした。娘のほうはてきぱきと飲み物の用意に取りかかる。娘が蛇口の水をコップに注ぐ前に両手を腰のあたりで拭《ふ》くのを見て、彼は軽く顔をしかめたが、コップが運ばれてくるときは嬉《うれ》しそうな、感謝の気持ちが若干こもった笑みを浮かべた。

「ほかになにか？」

「いや、けっこう」彼は片方のステッキを手首にひっかけて、差しだされたコップを受け取った。

「昼食用にポットにお湯を沸かしておきました」娘はそう言って、カッティング・ボードの前に戻った。「でも、朝食をおとりになる気になったら、遠慮なくおっしゃってくださいね」

娘は調理台から小ぶりのナイフを取りあげると、前かがみになって野菜の下ごしらえにかかった。ジャガイモをさいの目に切りながら咳払いをしている。ホームズが水を飲み干して流し台にコップを置いたあと、再び娘の鼻歌が始まった。そこで彼はなにも声をかけず黙って台所を出た。廊下を抜け、玄関を出ても、調子はずれな震える声はずっと聞こえていた。庭先へ出て、納屋に向かって歩き始めたときでさえ、もう聞こえるはずがないのに耳の奥にしつこくこびりついていた。

　だが納屋に近づく頃になると、低い羽音に似たハミングは、身体にまとわりついていた蝶がひらりと飛び去ったように消えていた。代わりに今度は庭園の美しさが彼の思考を独り占めした。晴れ渡った空に映える色鮮やかな花々、ほのかに漂うルピナスの香り。近くの松林からは小鳥たちのさえずりが聞こえてくる。そして、ここにもあそこにも蜜蜂の姿。花びらから花びらへ忙しく飛び移っては、花冠の奥にもぐりこんでいる。

　この気まぐれな働き蜂どもめ、と彼は内心でつぶやいた。おまえたちはなんて活発で移り気なんだ。

　庭園に立って、すぐ目の前にある木造の納屋のほうを見た。ふと、大昔のローマ人著述家が遺した養蜂業についての至言が頭をよぎった（著述家の名前は忘れてしまったが、彼の古風な教訓は明確に覚えていた）。〝蜜蜂に息や煙を吹きかけたり、群れをかきまわして刺激したりしてはならない。たとえ蜜蜂が攻撃の素振りを見せたとしても、あからさまな防御の構えをとるのではなく、手を顔の前で軽く動かして静かに払いのけること。そうすれば、蜜蜂の群れにとって見知らぬ闖入者《ちんにゅうしゃ》ではなくなるはずである〟

　掛け金をはずし、納屋の扉を全開にして、埃が分厚く積もった隅の暗がりまで陽射しが届くようにした。その明るさを頼りになかへ入っていくと、物がごちゃごちゃ置かれた棚に光線があたり、土や種の入った袋、庭作業用の鍬《くわ》や鋤《すき》、空っぽの鉢、養蜂初心者向けの作業着などが照らしだされた。そこから必要な物を取り、壁の片隅に立てかけてある熊手にコートをかけ、手早く準備に取りかかった。白いつなぎ服と薄い色の手袋をつけ、つばの広い帽子をかぶり、顔に網目の細かいベールを下ろす。身支度が済むと、納屋の外に出てベール越しにあたりを見渡し、それから足を少し引きずるようにして歩きだした。庭園を通り抜け、牧草地を横切り、養蜂場へと進んでいく。彼だとわかる目印はステッキだけというういでたちで。

養蜂場を遠巻きにして歩いてみたが、どこにも異状がないことは一目瞭然だった。急に防護服が窮屈で息苦しく感じられた。巣箱のひとつに近寄って、暗い内部をのぞきこんでみる。続いて別の巣箱も。蜜蠟《みつろう》の都市で暮らす蜂たちが、触角をきれいにぬぐったり、複眼のまわりを前肢でしきりにこすったりしている。飛行準備の真っ最中だ。ざっと点検したところ、蜜蜂の世界は普段どおりの状態だった。まるで機械のように規則正しく集団生活を営んでいて、調和と安定の証であるいつもの低いさざめきを響かせている。共同体の秩序正しい日課を乱すような騒動はどんなに些細《ささい》なものもまったく見られない。三つ目、四つ目、そして五つ目の巣箱も同様だった。彼が抱いていた懸念はたちまち払拭《ふっしょく》され、巣箱のなかで発達した複雑な文明にあらためて感嘆した。点検が済んで、そのへんに放りだしておいたステッキを拾いあげたとき、金城鉄壁の確信がいっきに湧きあがった。そうとも、おまえたちが私に襲いかかることなど決してありえない、と冷静な頭で思った。ここには蜜蜂にとっても私にとっても恐れるべきものはなにもないのだ。

ところが、腰をかがめて六つ目の巣箱の上蓋《うわぶた》をはずそうとした瞬間、不吉な影が頭上に落ちるのに気づいた。ぎくりとしてベール越しに横を見ると、最初に視界に入ったのは黒い服だった――レースで縁取りした女物のワンピースだ。次にその人物の右手。細長い指が石油用の赤い一ガロン容器を握りしめている。けれどもそれ以上に警戒心をかき立てたのは、こちらを冷ややかに見つめるちらとも揺るがない視線だった。大きく見開いた、洞穴のように静まりかえった目。悲痛のあまり感情が抜け落ちた、無感覚な心を映すまなざし。ホームズの記憶に、死んだ赤ん坊を抱いてこの庭にさまよいこんできた女がよみがえった。いまのマンロー夫人はあの女と同じ目をしている。

「ここは安全ではないかもしれんぞ」ホームズはそう言って、身体を起こした。「きみが来る場所じゃない。家に戻りなさい」

マンロー夫人は視線をそらさなかった。まばたきひとつしない。

「聞こえているのかね?」ホームズは言った。「ここにいると危険な目に遭うかもしれないと言っているんだ」

視線は彼にひたと据えられたままだったが、唇だけがわずかに動いた。初めは声にならなかったが、やがてささやき声が漏れた。「全部殺していただけますよね?」

「なんのことだ?」

さっきよりも少しだけ声が大きくなった。「蜂は残らず始末するんでしょう?」

「ばかな、そんなことするものか」ホームズは思わず語気を強めたが、その一方で同情心が湧き、マンロー夫人に勝手な口出しをされたことへの強まる不快感を無理やり押しこめた。

「始末するべきです」マンロー夫人が言う。「あなたがやらないなら、わたしが代わりに」

彼女が持っているのが石油だということはさっきからわかっていた（容器は彼のもので、中身は近くの森で枯れ木を焼き払うのに用いた）。そしてたったいま、もう一方の手にマッチ箱が握られていることにも気づいた。彼女の目を見るかぎりは、巣箱に火をつけるなどという手荒なまねを本気でやるつもりだとは思えない。しかし抑揚のない声にはなんともいえない凄味《すごみ》があり、確固たる決意とおぼしきものをはらんでいた。人は悲しみに打ちひしがれると、慈悲のかけらもない強烈な憤怒にとりつかれることがある。目の前に立っているマンロー夫人は、揺るぎない態度と無感覚にも似た冷静さをまとい、これまで長年ホームズが見てきたおしゃべり好きで愛想のいい家政婦とは別人のようだった。めったに動じない彼でさえ思わずひるんでしまうほどの威圧感を放っている。

ホームズは顔のベールを持ちあげ、マンロー夫人と同じくらい落ち着き払った表情をあらわにした。「きみは気が動転している。平常心を失っているんだ。早くコテージに戻りなさい。あの娘にベイカー先生を呼ばせるから」

マンロー夫人は動こうとしない。雇い主から目をそらそうともしない。「明後日、息子を埋葬します」淡々とした口調で言った。「わたしは今夜出発します——息子も一緒に。息子は棺に入ってロンドンへ行くんです——ひどすぎます」

底知れぬ憂鬱《ゆううつ》がホームズをのみこんだ。「気の毒に思うよ。心からお悔やみを――」

表情を和らげた彼に、マンロー夫人が声を荒らげて言いつのった。「お悔やみですって？ あなたにそんなものを述べる資格があるんですか？ 屋根裏部屋に隠れて、わたしと顔を合わそうともしなかった人が、なにをいまさら」

「すまない――」

「どこまで身勝手な人なんでしょう。あの子が死んだのはあなたのせいだわ」

「それはちがう」彼はきっぱりと言い返したが、マンロー夫人の苦しみは痛いほど伝わってきた。「いいえ、あなたが飼ってるこの憎らしい虫たちと同じくらい、あなたにも責任があります。あなたがいなければ、あの子はここへは来なかった。そうでしょう？ 蜂に刺されて死ぬのは、あの子じゃなくてあなたのはずだったのよ。蜂の世話は息子の仕事じゃなかった。ここへ来る必要なんてなかった。一人きりでこんなところへ来たばっかりに、息子は――」

ホームズは彼女の険しい顔つきをしげしげと見た――げっそりとやつれた頬、血走った目。頭のなかで言葉を選んでから、彼は話しだした。「ここへ来るのは本人が望んだことだ。それを忘れないでもらいたい。私もまさかこういうことになるとは予測していなかった。危険だとわかっていたら、巣箱の手入れなど絶対にさせなかった。あの子がいなくなって、私も胸をかきむしられる思いなのだ。きみの気持ちを考えるとなおさらつらい。それくらいわかるだろう？」

蜜蜂が一匹、マンロー夫人の顔のまわりをぐるりと飛んで髪に少しのあいだとまったが、彼女は蜂には見向きもせずホームズをぎらつく目でにらみ続けた。「だったら全部殺して」彼女は言った。「一匹残らず始末して。わたしたち親子を気の毒に思うなら、そうするのが当然でしょう？」

「いいや、断る。そんなことをして、いったい誰のためになる？　あの子だって喜ぶものか」

「じゃあ、わたしがやります。いますぐ。止めても無駄よ」

「だめだ、そんなことはやめなさい」

マンロー夫人は身じろぎもせずその場に立っている。ホームズのほうも数秒間、自分の取るべき行動を思案した。飛びかかってこられたら、かなう相手ではない。彼女のほうがずっと若いし、こっちはこのとおりの老いぼれだ。しかし先制攻撃を仕掛けた場合、形勢は変わってくる。ステッキを顎か首に振り下ろせば、相手はひとたまりもないだろう。彼女が地面に倒れたら、さらに次の一打をお見舞いする。そこまで考えて、彼は巣箱に立てかけてある二本のステッキへ視線をちらりと走らせ、そのあと再び彼女を見つめた。互いにぴくりとも動かないまま、さらに沈黙が流れた。ついに彼女のほうが折れた。かぶりを振って、震え声で言った。「あなたになんか会わなければよかったのに。一生、知らない同士でいたらよかったのに。あなたがこの世を去っても、涙は流しませんからね。一滴も」

「頼むから」彼はステッキに手を伸ばしながら懇願した。「コテージへ戻ってくれ。ここは安全ではない」

彼が言い終わらないうちにマンロー夫人は背を向け、夢遊病者のような足取りでのろのろと去っていった。養蜂場の端にさしかかるあたりで石油の容器が手から滑り落ち、続いてマッチも地面に転がった。やがて彼女は牧草地を突っ切って、だんだん姿が小さくなり、はっきりと聞こえていた嗚咽《おえつ》の声も、コテージへと通じる道の向こうへと細く遠ざかっていった。

巣箱の前に立ったまま、ホームズは牧草地を見つめ続けた。マンロー夫人が通り過ぎたあとで、丈の高い草が大きく揺れていた。彼女は養蜂場の平穏を乱したうえ、静かだった草までざわつかせている、とホームズは感じた。やらなければならない重要な仕事があるんだぞ、と大声でわめきたいのをぐっとこらえた。彼女は悲しみのせいで正気を失っているのだ、しかたないではないか。自分の務めを果たすことだけを考えよう。残りの巣箱も念入りに調べて、養蜂場が本当に平和かどうか確認しなければ。ああ、それにしても、ミセス・マンロー、きみの言ったとおりだよ。私は身勝手な人間だ。事実を容赦なく突きつけられ、彼は苦々しげに顔をゆがめた。胸の奥でむなしさが膨張していくのを感じながら、再びステッキを巣箱に立てかけ、地面に座りこんだ。巣箱のなかで響いている凝縮された低い羽音が耳に届いた——その音が彼に運んできたのは、養蜂業とともに歩んできたこれまでの日々の充足感ではなく、自分という存在にまとわりつく打ち消しようのない大きな孤独感だった。

もしもそのまま何事も起きなかったら、彼はむなしさの激浪にさらわれて、マンロー夫人のようにむせび泣いていたかもしれない——が、ちょうどそのとき、巣箱の横に黄と黒の見慣れない蜂が一匹とまって、彼の注意を引きつけた。それが静止していたのはわずかな時間だったが、正体を見定めるには充分だった。「キオビクロスズメバチだ」とつぶやいた直後、それはすっと飛び立って、空中でジグザグを描きながらロジャーが倒れていた方角へ去っていった。呆然としたまま半ば無意識に、彼はステッキに近寄った。眉根を寄せ、困惑のなかで記憶を探る。そういえば針はどうだった？　ロジャーの服や肌に蜜蜂の針は残っていたか？

だが必死に思い出そうとしても——ロジャーの無残な遺体を脳裏に呼び覚まし、あの子の目をのぞきこんでみても、針があったかどうか判然としなかった。だが、スズメバチが養蜂場にとって大きな脅威であることを以前ロジャーに話したことははっきりと覚えている。スズメバチは危険な生き物で、蜜蜂の天敵だ。大きな力強い顎で蜜蜂を次々に噛《か》み殺して（一分間に四十四もの蜜蜂を殺す種もいる）、巣を全滅させ、餌になる幼虫をごっそり奪う。こうしたこともロジャーに教えてやった。それから、蜜蜂の針とスズメバチの針のちがいについても説明した記憶がある。蜜蜂の針にはぎざぎざの大きな逆棘《さかとげ》がついているため、皮膚に深く刺さって簡単には抜けない。無理やり抜くと、蜜蜂は内臓ごと引きちぎられて死んでしまう。一方、スズメバチの針は棘が小さいので、すぐに抜け、何度でも刺して毒液を送りこめるのだ。もちろんこのこともロジャーに話して聞かせた。

ホームズはステッキを手に立ちあがると、急いで養蜂場を突っ切った。背の高い草むらを荒々しく踏み分けながら、ロジャーが倒れていた地点に向かって、ロジャーが通った跡と並行して突き進んだ。養蜂場から最期の地に至るまでにたどった少年の軌跡を頭のなかで描きながら。ちがう、ロジャーは蜜蜂から逃げようとしていたのではない、なにかから逃げようとしていたのではない、と内心で叫びながら。ロジャーの踏み跡は中間点あたりで大きく右へ向きを変えていた。その先が終点、すなわち遺体のあった場所だ。ロジャーが力尽きたその行き止まりは、まわりを草に囲まれた、石灰岩の地面の小さな空き地になっていた。そこに人間の踏み跡がほかに二つ見つかった。どちらもずっと離れた庭園の小径からのびてきて、養蜂場を迂回したあと空き地で合流している。空き地へ入る足跡と空き地から出る足跡だ。一方はアンダースンと彼の部下たち、もう一方は遺体発見後にホームズ自身がつけたものだが、さていまはどちらをたどったものかと判断に迷った。このまま単純にわかりきっている自分の踏み跡を進んで、牧草地へ向かうべきだろうか？　振り返って、草が踏みつけられた跡を眺めているうち、ロジャーが空き地へたどり着く前に急にカーブを切ったことがやけに気になりだした。ホームズはいま来た道を引き返していった。

踏み跡の曲がり始めで立ち止まり、ロジャーの足跡を観察した。草が帯状に平らに押しつぶされているということは、養蜂場からゆっくり歩いてきたのだ。しかしそこから空き地までのあいだ、草が踏まれた箇所は途切れ途切れになる。走っていた証拠だ。ロジャー、と心のなかで話しかける。きみは養蜂場から歩いてきたが、ここから先は駆け足になったんだね。

空き地に向かってロジャーの踏み跡を進みながら、カーブの脇の草むらをのぞきこんだ。数フィート離れたところに、なにやら銀色のものが太い茎のあいだから見える。「あれはなんだ？」独りごとを言って、もう一度目を凝らした。やはり見まちがいではない。高い草のなかに鈍く光る物体が落ちている。踏み跡からはずれて草をかき分け、その物体へ近づいていった。すぐにあまりはっきりしない別の踏み跡にぶつかった――ロジャーが残した脇道だ。牧草地の一番うっそうとした場所へ徐々に分け入ったのだとわかる。ホームズははやる気持ちを抑え、少年が慎重に一歩一歩進んでいった跡を急ぎ足でたどった。ロジャーは気づいていなかったろう。肩にスズメバチがとまっていることも、帽子の上すれすれをスズメバチが飛んでいることも。中腰でさらに数歩行くと、光る銀色の物体が目の前に現われた。水の入った金属製のじょうろだった。ホームズが庭いじりに使っていたものだ。草むらに横向きに倒れ、いまも注ぎ口からしたたり落ちている水が喉の渇いたスズメバチを三匹招き寄せていた――黄と黒の縞《しま》が入った働き蜂だ。水滴にありつこうと、じょうろの口のまわりをせわしなく飛びまわっている。

「危険な決断だったな、ロジャー」ホームズはつぶやいて、ステッキの先でじょうろをつついた。びっくりしたスズメバチが慌てて逃げまどう。「命取りとなる恐ろしい誤算だ――」

さらに接近するため顔のベールを下ろした。偵察役のように一匹だけベールにまとわりついてきたが、ホームズは気にも留めなかった。近くにスズメバチの巣があること、そしてスズメバチどもはもはや袋の鼠《ねずみ》で、防御の術がなにもないことを確信していた。ロジャーとはちがって、ホームズはスズメバチ退治に不慣れではなかった。ロジャーが試みて、結果的に失敗したことを、代わりにまっとうするのだという使命感に燃えた。けれども地面を見まわし、一歩ずつじりじりと前進していくとき、激しい後悔の念に襲われた。ロジャーには数多くの知識を授け、さまざまなことを手ほどきしたつもりだったが、肝心の、命にかかわる一番重要なことが抜け落ちていたと気づかされたからだ。スズメバチの巣に水を注いでも興奮させるだけだ、火に油を注ぐようなものだとなぜ教えてやらなかったのか？

「かわいそうな子」そうつぶやいて、地面にぽっかり開いた、醜怪な生き物の口そっくりの巣穴をしげしげと見た。「なんてかわいそうな子」ステッキをそのおぞましい生き物にくわえさせ、奥へ軽く押しこんだ。引き抜くと、ステッキの先端を顔のベールの前へ持っていき、しがみついているやつらをとくと観察した。七、八匹のスズメバチがステッキの奇襲に興奮し、怒りもあらわに侵入者を取り囲んでいる。ホームズはステッキを振って、スズメバチを追い散らしてから、穴のなかをのぞきこんだ。へりの部分は水を流しこまれたせいで泥状になっている。その奥の暗がりに目を凝らすと、身をよじるようにして這いあがってくる住人たちの姿が見えた。巣の出口にスズメバチがあとからあとからあふれ出て、われがちに空中へ飛び立っていく。おびただしい数だ。ホームズのベールにとまるのもいれば、穴のまわりにうじゃうじゃとたかるのもいる。これだ、とホームズは思った。これと同じことが前にも起こったのだ。ああ、ロジャー、きみはこうやって襲われたのか。

ホームズは慌てずにその場を離れ、悲しみをこらえながら養蜂場へと向かった。アンダースンに電話をかけて、検死官の所見をずばり的中させてやろう。マンロー夫人が午後の検死審問で聞かされることになる真相を言い当ててみせよう。すなわちこうだ。〝遺体の皮膚ならびに衣服からは蜂の毒針は検出されなかった。よってロジャーを襲撃し、死に至らしめたのは、蜜蜂ではなくスズメバチであると思われる〟。もうひとつ、重要な事実を指摘するつもりだ。ロジャーは蜜蜂の巣箱を懸命に守ろうとしていたのだと。おそらく養蜂場でスズメバチを目撃したのだろう。そのあと草むらに隠れたスズメバチの巣を発見し、穴から水を注いで一匹残らず溺《でき》死《し》させようとした。しかしそれは失敗し、結果的に相手を挑発して激しい逆襲に遭うはめになった。

アンダースンにはほかにもいろいろと細かい点まで伝えるつもりだ。ロジャーはスズメバチに刺されながら養蜂場とは反対方向へ逃げた。蜜蜂をスズメバチから守ろうとしたにちがいない、と。ああ、そうだ、アンダースンに電話をする前にやるべきことがある。養蜂場に転がっているマンロー夫人が持ってきた石油とマッチを回収しなければ。片方のステッキは養蜂場に残して、空いた手で容器を持ち、もう一度牧草地に行ってこよう。そしてスズメバチの巣に石油を流しこむのだ。ずぶ濡れになったスズメバチどもは穴から出ようともがくだろうが、無駄な抵抗だ。マッチを一本擦ればけりがつく。マッチの火は導火線をつたうがごとく地面を走り、巣の入口でシュッと引火する。その直後、火山のごとく勢いよく炎が噴きあがるだろう。一匹たりとも逃げだせはしない。巣から脱出できるのは、草の上へと高く立ちのぼる細い煙だけ。女王蜂も大量の卵も働き蜂の大群も、なかに閉じこめられたまま一瞬のうちに焼き尽くされてしまうだろう。黄ばんだ巣の内部に築かれた巨大にして複雑な帝国は、若いロジャーのようにはかなく終焉を迎えるのだ。

せいせいするだろうな、と思いながら草むらを縫って進んだ。「ああ、せいせいするよ」声に出して言い放ち、空を仰ぐと、そこには雲ひとつなかった。無限の蒼穹《そうきゅう》に方向感覚を乱されそうになる。生きとし生けるものはすべて、過去も現在も未来も絶え間なく、この完全なる永遠の静《せい》謐《ひつ》のもとでさまよい続けるのだ。しみじみそう感じ、強烈な憂鬱に襲われながら、もう一度繰り返した。「せいせいするよ」顔のベールを下ろしたまま、彼は静かにむせび泣いた。

18

なぜ涙がこぼれるのだろう？　ベッドに横たわっているときも、書斎のなかを行ったり来たりしているときも、翌朝になって養蜂場へ行ったときも、さらにその翌朝も、ホームズは気がつけば両手で顔を覆い、頬ひげをつたい落ちる涙が指先を濡らすにまかせていた――それはなぜなのか？　泣きじゃくる声や切々たる哀悼の辞を耳にしようが、無気力にとらわれた悲痛な姿を目にしようが、心を揺さぶられたことなどない男だというのに。彼はここではないどこかを、ロンドン郊外の小さな墓地を思い浮かべた――マンロー夫人とその親類縁者が、この海と大地に垂れこめる暗雲のように陰気な喪服姿でたたずんでいる。マンロー夫人も泣いただろうか？　それとも、ロンドンへ向かう一人きりの汽車旅でひっそりと涙を流し、向こうに着いて親戚《しんせき》や友人に囲まれているあいだは気丈にふるまっていたのだろうか？

そんなことはどうでもいい、と自らに言い聞かせる。彼女はここではないどこかへ行ってしまい、私はここにいる——彼女のためにしてやれることはなにもないのだ。

といっても、力になろうと努めてはみた。彼女の出発に先立って、アンダースンの娘を二度もコテージへ使いにやり、旅費や葬儀代という名目で多めの金額を入れた封筒を届けさせた。結局、受け取ってもらえなかったが。戻ってきた娘はまじめくさっているが朗らかな表情で、突っ返されましたと報告した。

「どうしても受け取らないんです。口をきいてもくれませんでした」

「そうか。ご苦労さん、エム」

「もう一度、行ってみましょうか？」

「いや、いい——何度行っても同じだろうからね」

いま、養蜂場に一人たたずむホームズは、深い失望に表情が険しくこわばり、放心状態をうかがわせた。ロジャーの墓のそばで会葬者たちとともにいるかのように。蜜蜂の巣箱さえ——簡素な白い長方形の箱が草地にいくつも列をなして並んでいるありさまが、いまの彼には墓標のように見えるのだった。養蜂場にどこか似ている小さな墓地。そういう場所が実際にあるといいが、と彼は思った。ひっそりとした質素な墓地——手入れが行き届いて緑豊かで、雑草はきれいに刈られている。近くには大きな建物も道路もなく、車や人の行き交う騒音に死者の安らぎが妨げられることもない。自然に守られたそんな平和な場所こそが、あの子が眠りにつき、母親が別れを告げるのにふさわしい。

それにしても、とめどなく涙があふれるのはなぜだろう？　感情の高まりとは関係なく、ひとりでに涙がこぼれ落ちてしまう。なぜ声をあげて泣くことができないのだ？　両手に顔をうずめて、おいおいと泣けばいいではないか。これまでも訃報に接して、いまと等しい心痛を抱いたときも、故人の葬儀に決して列席しないどころか涙すら一滴もこぼさなかった。そのように悲しみを忌まわしいものと毛嫌いするかのごとくふるまってきたのは、いったいなにが理由なのか？

「どうでもいい」彼はつぶやいた。「突き詰めても無駄だ」

いずれにしろ今日は答えを探す気になれなかったし、いまの自分がこんなにも涙もろいのは、過去数十年間に目の当たりにしてきた数々の事柄が積もりに積もったせいだろうと無理やり思いこむつもりもなかった。確かにこれまでの人生で、心惹かれたり失ったりしたもの、ぐっと抑えこんできたものはたくさんある——青年時代の断片的な思い出、世界各地における大都市や帝国の崩壊、地勢図を大きく塗りかえた二つの大戦。歳月の流れとともに親しい仲間たちとの行き来も間遠になり、自分自身の健康や記憶や行動力もだんだん衰えていった。そのなかで教えられたのは、複雑でない人生はひとつもなく、おのおのが深遠で、つねに変化し続けるということだ。そうしたものすべてが、この老いぼれの目からあふれでるしょっぱい液体に凝縮されているなどとは信じられるはずがなかった。だから長ったらしく思案するのはやめて、その場にしゃがみ、草が刈りこまれた地面に腰を下ろした。

　ここには以前にも座ったことがある。養蜂場のすぐそばで、十八年前に海岸から拾ってきた四つの石——色は黒に近い灰、潮に洗われて平べったくすべすべしていて、てのひらにぴったりおさまる大きさ——で目印をつけた場所だ。石は等間隔に置かれている。彼の正面に一個、後ろに一個、左と右にも一個ずつ。この目立たない小さな方陣は、これまで幾度も彼の絶望を封じこめ、弱めてくれた。ささやかな心の魔法である。ある種のゲームにすぎないが、しばしば効果を発揮した。石で仕切られたこの魔方陣に入れば、静かに瞑想《めいそう》にふけって、亡き人たちのことを懐かしく思い出すことができた。方陣から出るときには、そこへ持ちこんだ悲しみは残らず置いていけた——短いあいだではあったが。「健全なる精神は健全なる身体に宿れかし《Mens sana in corpore sano》〔訳注：古代ローマの詩人ユウェナリス著『風刺詩集』のなかの一節〕」が呪文《じゅもん》だった。魔方陣のなかで一度唱え、魔方陣を出てからもう一度唱える。「すべては円を描くがごとく繰り返されるのだ。ユウェナリスの詩句でさえも」と胸のうちでつぶやく。

　最初は一九二九年に、次は一九四六年に、彼は頻繁にそこを死者との交流に使った。静かな養蜂場に見守られて、自らの悲嘆を癒やした。しかしそれでも一九二九年の出来事は、彼にとって致命傷ともいうべき深手で、いまの状況よりもはるかにつらかった。ロンドン時代から彼の料理人と家政婦を務め、引退して移り住んだサセックスの農場へもただ一人ついてきてくれたハドスン夫人が、腰を痛めて台所の床に倒れ、その衝撃で顎骨《がっこつ》と歯が折れて意識不明に陥ってしまったからだ（検査の結果わかったのだが、もともともろくなっていた腰の骨は太った身体をとうとう支えきれなくなり、転倒の直前に砕けていたそうだ）。そして入院中、彼女は肺炎で亡くなった（〝穏やかな最期だったね〞と、ハドスン夫人の逝去を知らされたジョンから手紙が届いた。〝きみもよく知っているように、肺炎は老人にとってあまり苦しまずに逝けるありがたい恩寵《おんちょう》だ〞）。

しかし、その手紙がホームズのファイルに綴《と》じられ、ハドスン夫人の遺品を彼女の甥《おい》が持ち帰り、農場の雑用や家事のために未経験の家政婦が雇い入れられた直後、さらに大きな打撃がホームズを襲った。かけがえのない終生の友であり良き医師だったジョン・H・ワトスンが、ある晩遅く急逝したのである。自然死だった。訪ねてきた子供や孫とにぎやかな夕食を楽しんで、赤ワインをグラスに三杯飲み、一番大きな孫が耳もとでささやいた冗談に快活な笑い声をあげた彼は、十時前におやすみを言って全員がそれぞれ寝室に引き取ったあと、午前零時をまわる前に息を引き取ったそうだ。悲報はワトスンの三番目の妻から電報で届き、若い家政婦によって無造作にホームズの手に渡された（彼女は最初の家政婦で、その後も大勢の家政婦が代わる代わるやって来たが、やはり短気な雇い主に黙って耐えたあげく一年以内に辞めていった）。

ジョンが亡くなったあと数日間、ホームズは夜明けから日暮れまで浜辺をあてもなくさまよい、海原や、足もとに転がる無数の石ころを眺め物思いにふけった。ジョンとじかに会って話したのは、一九二〇年の夏、妻同伴でやって来た彼と農場で週末を過ごしたときが最後だった。残念ながら、それは気詰まりな訪問となった――もっぱらホームズにとって。というのも、相棒の三番目の妻にどうしても好意を持てなかったからである（高慢ちきで無神経な女性だと感じた）。それに、過去に二人がともにした冒険にまつわる思い出話を除けば、もうジョンとのあいだには共有できる話題がないと気づいたからでもあった。そんなわけで、夕べの会話はいっこうに弾まず、気まずい沈黙へと陥りがちで、それが破られるのはワトスン夫人が子供のことや自分が熱中しているフランス料理のことを、まるで沈黙が天敵であるかのようにべらべらとまくしたてるときだけだった。

それでもやはり、ホームズにとってジョンは生涯にわたる無二の親友だったから、突然舞いこんだ彼の訃報は、ハドスン夫人が世を去って間もない頃だっただけに大変なショックだった。わが身を形成してきた世界への扉がいきなりばたんと閉ざされてしまった気がした。海辺をさまよっているあいだ、ときおり立ち止まって打ち寄せる波のうねりを見つめ、いまの自分は艫綱《ともづな》を失って漂流する舟も同然なのだと感じた。わずかひと月のあいだに、昔の自分と分かちがたく結びついていた純粋な絆《きずな》を立て続けに断たれ、たった一人取り残されてしまうとは。海辺の放浪を始めて四日目、彼は石について思索にふけるようになった――磯の小さな丸石を拾いあげては顔に近づけてためつすがめつし、もっと気に入った石が見つかれば前のを捨て、最後は四つにしぼりこんだ。ちっぽけな石くれに全宇宙の秘密が詰まっていることを彼は知っていた。石を選び終えるとすぐ、それらをポケットにしまって崖《がけ》をのぼった。そして、さらにこう悟った。これら四つの石は、自分が母親のおなかに宿ったときから、生まれて成長し、年老いていくあいだもずっと、海岸で自分を待っていたのだと。踏みしだいたほかの小石のように、その四つの石も一見なんのへんてつもないが、人類をはじめとするあらゆる生物、ならびに想像しうるすべての物体を形作ってきた要素がひとつ残らず染みこんでいる。よって、ジョンとハドスン夫人の、そしてもちろん自分自身の痕跡をとどめていることに疑いの余地はないのだ。

だから四つの石は特別な場所に置いて、それらに囲まれた正方形の聖域にあぐらをかいて座り、頭のなかの悩ましい雑念を追い払った——かけがえのない二人を永久に失ったせいでとりつかれた思い煩いを。しかし、誰かの不在を感じることは、その人の存在を感じることでもあるのだと実感していた。養蜂場の秋の空気を吸いこんで後悔の念を吐きだし、気持ちを静めた（チベットでラマ教の僧侶《そうりょ》たちに教えられたとおり、精神統一は彼にとって声に出さないマントラだった）。そうすると、自分自身と死者との境界がゆっくりと穏やかに、まるで潮が引いていくように消えていくのを感じた。おかげで彼は解き放たれて再び立ちあがり、悲しみを尊い石の方陣に閉じこめ、前へ進んでいけるようになるのだった。「健全なる精神は健全なる身体に宿れかし」と唱えて。

一九二九年の後半は、それぞれ異なる状況で六回、その場所で過ごした。三時間十八分、一時間二分、四十七分、二十三分、九分、四分と、瞑想の時間は回を追うごとに短くなっていった。新年を迎える頃には石に囲まれて座る必要性もすっかり薄れ、そこへ関心が向くのは手入れをするときくらいだった（雑草を抜いて、まわりの草を短く刈りこみ、特別な四つの石は庭園の小径に沿って並んでいる石と見分けがつかないくらいまで土に埋めこんだ）。彼が再びその地面に座って何時間も瞑想するのは、それからおよそ二百二カ月が過ぎた日、実兄のマイクロフトが死去したと知らされたときだった――凍てつく十一月の午後、吐く息は白く、その白い塊は霊気をまとった幻影のように散り流れていった。

だが彼の心を引きつけたのは、内面に広がる視界だった。その数週間前にディオゲネス・クラブの来客室へ招き入れられたときの光景が徐々に浮かびあがった。生前の兄、つまりこの世でただ一人の兄弟と、最後に会った場所である（二人はブランデー片手に葉巻をくゆらせながら語り合った）。マイクロフトは元気そうに見えたが――目は澄んで、肉付きのいい頬は血色もよかった――実際には健康状態は思わしくなく、判断力や記憶力も衰えつつあった。しかしその日は頭が冴《さ》えわたっていたようで、戦時中の武勇談を懐かしげに披露するなど弟と過ごすひとときを心から楽しんでいる様子だった。ちょうどホームズはローヤルゼリーを瓶に詰めてディオゲネス・クラブへ送ったばかりだったので、マイクロフトはローヤルゼリーのおかげで早くも体調がよくなったのだとばかり思っていた。

「シャーロック、さすがのおまえも想像できないだろうよ」マイクロフトは巨体を揺すって、いまにも笑いだしそうな表情で語った。「わたしがウィンストン・チャーチル君と一緒に上陸用舟艇から海に飛びこんで、岸まで泳いだときの場面は。『わたしはブルフィンチ［訳注：ブルフィンチは鳥の鷺《ウソ》」だ』とウィンストンはコードネームで名乗った。『北アフリカの情勢がどうなっているか、この目で見に来た』」

話を聞きながらホームズは、そんなふうに語っていても、実は二度にわたる大戦で聡明な兄の神経はずたずたになったのではないかと感じた（マイクロフトは退官の年齢をとっくに過ぎたあとも職務にとどまっていた。一日の大半はディオゲネス・クラブの安楽椅子で過ごしていたとはいえ、政府にとって必要不可欠な存在であることに変わりはなかった）。イギリス情報部の最高位に君臨する、最も謎に包まれた人物として、つねに重大な任務にあたっていたマイクロフトは、何週間もろくに眠れないこともしばしばだった。もっぱら大食によってエネルギーを補給しながら、国内外への多様な謀略作戦を単独で指揮していたのである。よって、第二次世界大戦の終結とともに兄の健康が急速に悪化するのは当然だろうとホームズは思った。また逆に、その日の兄が意気軒昂《けんこう》としていることにもさして驚かなかった。ローヤルゼリーが効果を発揮したものと信じこんでいた。

「会えてよかった、マイクロフト」辞去しようと立ちあがりながら、ホームズは言った。「弱っているどころか、元気はつらつの状態に戻ったね。思いがけなかったよ」

「田舎道で市電と出くわすようなものだろう？［訳注：「ブルース・パーティントン設計書」を参照のこと］」マイクロフトはほほえんだ。

「ああ、そうだね」ホームズは兄に握手の手を差しだした。「前回会ってからだいぶ経っているしね。もっと会う機会を増やそう。今度はいつにしようか？」

「いや、もう会えんだろう。残念だがな」

ホームズは身をかがめて、安楽椅子に座っているマイクロフトの分厚くて柔らかい手を握りしめた。兄の目が口もとの微笑とは裏腹だと気づかなければ、ホームズは声をあげて笑っていただろう。どっちつかずで不安げな、あきらめの色をたたえた目が、不意にホームズをじっと見つめ返した。なにかを懸命に伝えようとするまなざしだった。おまえと同じで、わたしも二つの世紀にまたがって新しいことに次々と挑戦してきたが、そろそろ寿命が尽きそうだ、と言っているようだった。

「いやいや、マイクロフト」ホームズはステッキの先で兄の向こう脛《ずね》を軽くつついた。「それは見当違いだよ。請け合ってもいい」

しかしそれまでもつねにそうだったが、マイクロフトは重要案件については判断を誤らなかった。ほどなくして彼が予期したとおり、ホームズの過去につながっていた最後の糸は、ディオゲネス・クラブから届いた一通の無署名の書状によってぷっつりと断ち切られたのである（文面には弔意を表わす言葉はひとつもなく、兄上は十一月十九日の火曜日に静かに息を引き取りましたと事務的に記してあり、故人の遺志にしたがって葬儀は執りおこなわず、遺体は名を秘して埋葬したとのことだった）。マイクロフトらしいな、とつぶやきながら、ホームズはその手紙を折りたたんで机の上の書類に突っこんだ。のちに冷え冷えした晩に方陣に座って、兄さん、あなたはいつも正しかったよ、としみじみ思った——あたりが暗くなる前の夕暮れ時、ホームズの様子を庭の小径からロジャーがこっそりうかがっていて、それを見つけたマンロー夫人が、「そっとしといておやり。今日のあの方は普段とちがう気分なんだから。どうしてなのかは神様にしかわからないけれど」と息子を諭したことにはまったく気づかずに。

当然ながら、ホームズはマイクロフトが死んだことを誰にも言わなかった。書状に続いてディオゲネス・クラブから送られてきた二番目の郵便物についても黙っていた。訃報が届いてからちょうど一週間後、玄関口の踏み段に小包が置いてあるのを、朝の散歩に出かけようとしたホームズが見つけたのだった。危うく靴で踏みつぶすところだったが。茶色の包み紙をはがすと、マイクロフトの短い手紙が添えられた、ぼろぼろに近いウィンウッド・リード著『人類の苦難』〔訳注：『四つの署名』参照のこと〕が出てきた（少年時代、病気にかかってヨークシャーにある両親のカントリー・ハウスの屋根裏部屋で何カ月も臥《ふ》せっていたとき、父のサイガーから読むようにと渡された本だ）。憂鬱にさせられるが、若き日のホームズに強烈な印象を刻みつけた本でもあった。再びその本を手に取って、マイクロフトの添え文を読んでいると、長いあいだ心の奥に閉じこめていた記憶がひとりでによみがえった——そうだ、あれは一八六七年のこと、絶対に読むべきだと言って兄にこの本を貸したのだった。「読み終わったら、必ず感想を聞かせて。兄さんがどう感じたか知りたいんだ」と告げたことも覚えている。あの約束が七十九年後に果たされたのだ。マイクロフトの手紙にはこうあった。〝考えさせられる興味深い箇所がたくさんあったよ。

ただし、少々散漫な感じがして、読了するのに長い月日を要したがね〞
故人が書き遺した文章を読むのはホームズにとってそれが初めてではなかった。ハドスン夫人の明らかに備忘録とわかる文章も目にしたことがある。あとで思い出せるよう手近な紙切れにさっと書き留め、台所のカウンターやら掃除用具入れやら、それこそ家政婦用のコテージ内のあちこちにしまいこんでいたようだ。それを彼女の後釜《あとがま》にすわった家政婦が偶然見つけだしては、毎回決まって困惑顔でホームズのところへ持ってきた。彼はしばらくそれらをとっておき、一見したところ無意味なメモをパズルのピースに見立てて、全部つなぎ合わせれば特別なメッセージが浮かびあがるのだろうかと考えたりした。〝帽子箱・スリッパ〞、〝大麦・石鹸石《せっけんせき》〞、〝枝付き燭台《しょくだい》・マジパン〞、〝猟犬・行商人〞、〝年間祭式規程書・硬貨地板〞、〝ニンジン・家庭着〞、〝果実・味見〞、〝仮導管・皿〞、〝胡椒《こしょう》・スコーン〞というように、ハドスン夫人の備忘録はどれも二つの名詞から成り立っていた。しかし結局は明確な意味を得られず、それらにふさわしい行き先は図書室の暖炉であると、感傷に浸ることなく結論を下した。そうしてある冬の日、ハドスン夫人の暗号めいた紙片はすべて、見知らぬ人々から送られてきたほかの手紙とともに燃えて灰になったのだった。
ワトスン博士の未発表の日記三冊も同様の運命をたどった。もっとも、しかるべき理由があってのことだったが。ジョンの書斎の本棚には、本人が日々の出来事を詳細に記した一八七四年から一九二九年までの日記が大量に並んでいた。しかしそのうちの三冊、一九〇一年五月十六日木曜日から一九〇三年十月下旬までの分はホームズに遺贈された。内容の性質上、それらはとりわけ慎重な取り扱いを要した。というのも、中身の大部分は、数百にのぼる小さな事件の記録だったからである。そこには盗まれた競走馬に関する非常に滑稽《こっけい》な秘話（「繋駕《けいが》競馬の事件」）をはじめ、大いに手柄を立てた事件がいくつか含まれていたのだが、深刻なスキャンダルの火種となりかねないデリケートな問題も大小まじっていた。たとえば、イギリス王室の親戚が起こした不始末や、さる外国人高官による幼い黒人少年たちへのわいせつ行為、議員十四人がからんだ売春疑惑などだ。

よって、それら三冊の日記が悪の手に渡らないよう昔の相棒へ遺贈することにしたジョンの判断は実に賢明だったと言えよう。そのあとさらにホームズが、預かった日記は焼却処分が妥当と判断した。自分自身が死んだあとも公表される心配のないようにするためだ。すでに世に出ているジョンの小説のようにお粗末な形で世間の目に触れてほしくないし、関係者の秘密が暴露されて彼らの信頼を裏切ることになっても困る。そんなわけで、ジョンの書いたものにあらためて目を通したいという願望に抗いながらも、ページをぱらぱらめくることすらせず、火の入った暖炉に三冊とも投げこんだのだった。日記は盛大に煙を吐きだしたあと、突然激しく燃えあがって、オレンジ色と青の炎に包まれた。

しかし何年もあとになって、日本の各地を旅してまわっているあいだ、日記を燃やしてしまったのは早計でなかったかと思い始めた。ウメザキの話では、ホームズは一九〇三年にウメザキの父親と会って相談を受けたそうである。それはつまり――ウメザキの話が事実だとすればだが――そのときの模様を詳述した記録が灰になってしまったということだ。下関の宿屋で、ホームズは日記が炉床でめらめらと燃えていたさまを思い起こした。あとに残った燃え殻も何日か経つうちに崩れ、最後は昇天する魂のごとく煙突を駆けのぼり、空へと消えていった。もう二度ともとには戻らない。思い出して気が重くなったホームズは、目を閉じて布団の上で大の字になり、激しいむなしさ、説明のつかない喪失感にさいなまれるままになった。あれからすでに数カ月が過ぎた現在も、どんよりと曇った朝にこうして方陣のなかで座っていると、いつの間にかあのときと同じ刺し貫くような絶望感がよみがえってくるのだった。

ロジャーがどこかで埋葬されようとしていたときも、ホームズはなにも思考できず、なにも理解できず、自分自身がむきだしになっているような息苦しさを押しのけることさえできなかった(衰えた頭脳と身体は慣れ親しんだ土地を離れて、戻る術のない不毛の土地へとさまよいだそうとしていた)。そんな彼を生き返らせたのが、ひと粒の涙だった――あふれた涙は頬ひげをつたって流れ、顎ひげの先に滴がぶら下がった。「よし、いいだろう」彼はため息まじりに言って目を開け、燃えるまなざしを養蜂場に向けた。それから草に置いていた手を上げ、こぼれ落ちる前に涙の滴を受け止めた。

19

ここは養蜂場のそば――いや、どこかほかの場所だろう。陽射しが強まってきた。曇った夏の朝は、風の吹きつける春の昼間に逆戻りした。サセックス・ダウンズではなく、はるか遠い土地の光景がよみがえる。日本へ旅行した際に訪れた山口県の下関だ。本州の最西端にたたずむ、狭い海峡の向こうに九州を望む海辺の町だった。「おはようございます」ぽっちゃり顔の仲居が挨《あい》拶《さつ》に来た。ホームズもウメザキも灰色の浴衣《ゆかた》を着て、畳の上に座り、庭に面した座卓を前にしていた。泊まっているのは下関旅館という昔ながらの宿屋で、宿泊客は浴衣という薄い着物を借りて過ごす。あらかじめ頼んでおけば、地元の救荒《きゅうこう》植物を使った料理を食事に追加することができた。種類豊富なスープ、握り飯、鯉料理といったメニューに、飢饉《ききん》のときなどの非常食が添えられるわけだ。

仲居はお盆を手に、厨房《ちゅうぼう》と朝食部屋をせわしなく行き来していた。よく太った女で、帯を巻いた腹がはちきれんばかりに突きだし、彼女が近づいてくるたび畳がきしんだ。食糧事情の厳しいときに、どうしてあんなに肉付きがいいんでしょうね、とウメザキは声に出して言ったが、英語なので当人はなにも気づかず、客たちに挨拶しながら朝食を慌ただしく運んでいる。餌をたっぷりもらっている従順な飼い犬を思い起こさせた。卓上には鉢や皿に盛られた温かい料理が並べられ、湯気が立ちのぼっている。ウメザキは曇った眼鏡を拭いてかけ直し、箸《はし》に手を伸ばした。ホームズも箸を持ち、日本人の朝の食卓をしげしげと眺めながら、ゆうべ断続的にしか眠れなかったせいで襲ってくる睡魔をあくびで追い払おうとした。明け方まで気まぐれな突風が建物を揺すり、うめき声のような音をたてていたせいで、熟睡できなかったのだとウメザキに告げた。

「ちょっとお尋ねしたいのですが、夜寝ているとき、どんな夢を見ますか？」ウメザキは握り飯をひとつ手に取り、だしぬけに訊《き》いた。

「夢？　いや、私は夢など見ません」

「そんなことはないでしょう？　シャーロックさんだって、たまには見るはずですよ。夢は誰でも見るものではないですか？」

「確かに子供の頃は見ましたが、いつの間にかなくなりましたね。はっきりとは覚えていないが——思春期を過ぎてから、あるいはもう少しあとか。いずれにしろ、昔どんな夢を見ていたかはまったく思い出せません。そういう幻覚や錯覚の一種は、芸術家や有神論者にとっては有益で利用価値もあるんでしょうが、私のような人間にとってはあてにならない厄介なものですよ」

「夢を見ないと主張する人たちがいるのはどこかで読んで知っていますが、どうも眉唾《まゆつば》という気がしますね。そういう人たちはなんらかの理由から、夢を抑制しなければいけないと感じているのではないですか？」

「なるほど。夢を見そうになっても、それを無視する癖がついているのかもしれませんね、私の場合。今度はこちらからお尋ねしますが、あなたの夢はどうですか？　夜、寝ているときに頭のなかでどんな映像が流れるのですか？」

「それはもういろいろとあります。きわめて個人的で、具体的なものが多いですね。たとえば自分が行ったことのある場所、普段よく会う身近な人たちの顔、日常のありふれた情景などです。たまに遠い昔の幼い頃の出来事や、亡くなった友人たちが出てくるので、面食らいます。よく知っている人が、本人とは似ても似つかない姿で現われることもあります。それで、ときどきはっと目が覚めるんですよ。ここはどこだろう、いまのはなんだったんだろうと、しばらく混乱してしまいます。現実と空想の隙間にはさまって、動けなくなった状態とでも言いますか。ほんの短いあいだですがね」

「その感覚は私にもわかります」ホームズはほほえんで視線を窓のほうへ移した。向こうの庭園で、そよ風が赤や黄の菊を優しく揺らしているのが見える。

「わたしの夢は記憶のすりきれた切れ端なのだと思います」ウメザキは言った。「もともと記憶は人生という布地に織りこまれた模様のようなもので、夢は過去という撚《よ》り糸のほころびにたとえられるのではないでしょうか？　布地の端っこが少しだけほつれた状態ということです。他愛のない空想的な考え方かもしれませんが、わたしはそう信じています。シャーロックさんはいかがですか？　夢というのはある種の記憶、言うなれば過去の出来事が抽象化されたものだと思いませんか？」

ホームズは窓の外を見つめ続けた。しばらくして、おもむろにこう答えた。「あなたのお考えは確かに空想的ですね。私自身の話をすると、生まれてから九十三年間、脱皮しては成長するというのを繰り返してきましたから、いまおっしゃった撚り糸のほころびは無数にあるでしょう――しかしそれでも、自分は夢を見ないと確信しているのです。あなたの比喩《ひゆ》を使うなら、私の記憶が織りこまれている布地はことのほか丈夫にできているのかもしれない。もっとも、簡単にほつれたら時間のなかでしょっちゅう迷子になってしまうでしょう。いずれにせよ、夢が過去の抽象化だとは思いませんね。むしろ恐れや欲望の現われと考えるべきではないでしょうか――かのオーストリアの精神科医フロイトが好んで唱えているとおり」ホームズはウメザキがじっと見ている。胡瓜《きゅうり》の漬け物を箸でつまんだ。それを慎重に口へ持っていく様子をウメザキがじっと見ている。

「恐れと願望も――」ウメザキは言った。「やはり過去の産物です。誰もが心に秘めているものです。しかし、夢を見ることにはもっとなにか意味がある気がします。人は眠っているあいだ向こうの世界へ行っているのだと感じたことはありませんか？　こっちの現実の世界で体験したことによって築かれた世界へ」

「なんとも雲をつかむような話ですね」

「では、あなたの恐れと願望はどういうものかうかがっても？　わたしはどちらもいやというほど持っていますが」

ウメザキが間を置いて返答を待っているにもかかわらず、ホームズは口を開かなかった。難しい顔で、胡瓜の漬け物を盛った小鉢を見つめていた。質問に答えるつもりはなかった。自分の恐れと願望が、ある時点で同一だったことを語る気など毛頭なかった。忘却にむしばまれていくばかりのなか、苦しさにあえぎながら突然目を覚ますことがある。これまで親しい間柄だった安らぎが急に敵にまわって、自分がひどく無力で無防備になっているように感じ、空気を求めてのたうちまわる。けれども同時に忘却は、絶望感を和らげ、二度と会えない人々との別離が残した喪失感を薄め、求めているものや必要なものはなんでも手に入るであろう現在に自分をつなぎ止めてくれるのだ。

「申しわけありません」ウメザキが詫《わ》びた。「穿鑿《せんさく》するつもりはなかったのです。この話は昨夜すべきでした。あなたの部屋へ行ったときに。なんとなくふさわしくない気がして、言いだせなかったのですが」

ホームズは箸を置き、今度は指で漬け物をつまんだ。食べ終わると、浴衣で手を拭いた。「タミキさん、ひょっとして、ゆうべ私があなたの父上の夢を見たと思っているのではないですか？　それでさっきからああいう質問をしているんでしょう？」

「いえ、ちがいます」

「では、あなた自身が父上の夢を見たんですね？　それをこの朝食の席で私に話したいと考えている。かなりまわりくどいやり方で」

「父の夢を見たことはあります――しかし、それはずいぶん昔のことです」

「やれやれ」ホームズは言った。「いいかげんはっきりさせてください。質問の趣旨はなんですか？」

「すみません」ウメザキは頭を下げた。「謝ります」

ホームズは自分が必要以上につっけんどんな態度を取っているのはわかっていた。しかし、答えようのない質問をこれ以上しつこく浴びせられるのはまっぴらだった。それに昨晩のことも不可解でならなかった。部屋にウメザキが入ってきて、布団のかたわらにひざまずいたのだ。窓に当たる風がひゅうひゅうと悲しげに鳴っているせいで寝つかれずにいたホームズは、人影がいきなりぬっと現われたのでびくりとした――頭上に黒い雲のように覆いかぶさったウメザキは、息を殺して尋ねた。「どうしたんですか？　だいじょうぶですか？」と。だがホームズは声を発することも、手足を動かすこともできなかった。自分がいまどこでなにをしているのかという認識すら失っていたため、暗闇から呼びかけてくる声の主が誰なのかすぐにはわからなかった。「シャーロックさん、どうしたんですか？　教えてください」

ウメザキが離れていく気配のあとに静かに畳を横切る足音が続き、二人の部屋を隔てている襖《ふすま》が開いて閉じた。そのときになってホームズはようやく身体の自由を取り戻した。寝そべったまま横向きになり、物悲しい風の音に耳を澄ました。布団の下へ手を差し入れて、固い畳を指で押してみた。それから両目を閉じ、ウメザキの問いを思い返そうとした。〝どうしたんですか？〟と〝教えてください〟という言葉が耳によみがえった。そうか、ウメザキは私と一緒に旅行するのが楽しみだったとかなんとか言っていたが、目的は別のほうだったんだな、とホームズは独りごちた。失踪《しっそう》した父親のことを聞きだすのが真のねらいだったのだ。そのために寝床の近くで寝ずの番までしていたとは（夜中に部屋に入りこんで話しかけてきた理由がほかにあるだろうか？）。眠っている者に尋問した経験はホームズにもあった。泥棒やアヘン中毒者や殺人の容疑者を相手に。さっきのウメザキのやり方と同様、耳もとでささやきかけて、相手が夢うつつでつぶやく内容を聴き取り、半ば無意識の状態での自白を手に入れるのだ。あとでそれを本人に突きつけると、自分が働いた悪事を細かい点まで正確につかまれていることにびっくりする。そんなわけで人を非難できる立場にはないので、ウメザキがそういう手を使ったことについては不問に付すが、せめて旅行が終わるまで消えた父親の謎については棚上げにしてほしかった。

もう何十年も昔の出来事ではないか、いまさら蒸し返したところでなんの得にもならないぞ、とウメザキを説得できればいいのだが。父親のマツダが日本での生活を捨てたことにはなんらかの正当な理由があるはずだし、家族のためを思えばこその決断だったのかもしれない。もちろん、たとえそうであれ、父親不在の家庭で暮らすことを現在もなお強いられているウメザキが、自分自身を不完全な人間だと感じて苦しんでいることには大いに同情する。よって、その晩ホームズが心に決めたのは、調査は無意味だとウメザキに言い渡すのだけは控えようということだった。だいたいにして、それは本音ではない。人の一生にまつわる謎はたゆみない調査を続けるだけの価値があると、自分自身つねに信じてきたのだから。しかしウメザキ・マツダの場合は、たとえ手がかりが存在したとしても、そしてホームズがそれを提示できる立場にあったとしても、とうの昔に暖炉の火にくべられてしまっている。そう考えたせいで、燃えて灰になったジョンの日記のことが思い出され、急に気が滅入ってきたが、じきに頭のなかにはなんの光景も浮かばなくなった。突風の音さえ聞こえなくなった――目が覚めたまま布団に横たわっているあいだも、風は相変わらず外の通りで暴れまわり、窓の障子の隙間から勢いよく吹きこんではいたが。

「謝らなければいけないのは、私のほうです」とホームズは言い、朝食の座卓越しに手を伸ばしてウメザキの手を軽く叩いた。「荒れた天気やなにかで寝苦しい夜を過ごして、今朝は気分がすぐれないのですよ」

　ウメザキがうつむき加減のままうなずく。「心配しているのは、まさにそのことなんです。夜中にあなたが大声で叫ぶ声を聞いた気がしましたので――ぞっとするような恐ろしい声でした」

「いやいや」ホームズは朗らかになだめ口調で言った。「似たような経験は私もありますよ。イギリスの荒れ野《ムア》を歩いているときに、吹き抜ける風が人の悲鳴そっくりに聞こえました。これは遠くで誰かが助けを求めて泣くか叫ぶかしているにちがいないと思いましたね。そんなふうに、嵐はわれわれの聴覚を簡単に惑わしてしまう。あなたの場合もきっと同じでしょう」にっこりほほえんで手を引っこめ、再び胡瓜の漬け物をつまんだ。

「つまり、わたしの空耳だったとおっしゃるのですか？」

「その可能性は充分あるでしょう？」

「ええ」ウメザキはほっとした表情で顔を上げた。「確かにありますね」

「心配が払拭されてよかった」ホームズは漬け物をひと切れ口へ持っていった。「ではこれで一件落着だ。すっきりした気分で新しい一日を始めようじゃありませんか。今朝の予定は？　また浜辺をぶらぶらしますか？　それとも、ここへやって来た目的を果たすべく、謎に包まれたサンショウの探求といきますか？」

ウメザキはまだ浮かない顔つきだったが、それまでに二人はホームズの日本訪問の目的（サンショウを使った料理を食べてみることと、自生しているその灌木《かんぼく》を実際に観察することが希望だった）についてじっくり話し合い、さんざん意見を交わした結果、すでに行き先を決めていた。その日、夕方近くになってから、彼らは海辺にある質素な居酒屋へ行った（ホームズは入口を一歩くぐって、これはイギリスのパブの日本版なのだと思った）。

厨房では大鍋《おおなべ》で湯が煮えたぎっており、店主の妻が新鮮なサンショウの若葉を切り刻んで、そこへ放りこんでいるところだった。地元の先客たちは手もとのビールや酒のグラスから顔を上げ、新たに入ってきた二人のほうを物珍しげに見つめた。ホームズが日本に到着してからずっと、ウメザキはこうした店で出される特製料理のことをしょっちゅう話題にしていた。粉に水を加えて捏《こ》ねたものに、炒《い》って挽《ひ》いたサンショウの実を風味付けに練りこんだものだそうだ。同じ話題は数年にわたってやりとりしてきた手紙でもしばしば触れられ、サンショウに対する関心を分かち合ってきた。長い年月をかけて潮煙と乾いた風と強い日光に育まれ［訳注：実際には山野に自生する植物」、密生した大きな茂みに生長していく植物に、双方とも前々から並々ならぬ熱意を注いできた。昨日今日に始まったことではない。

店内には胡椒のようなぴりっとした香りと魚の匂いが漂っていた。二人はテーブルに座り、運ばれてきた茶を飲みながら、まわりのがやがやとした話し声に耳を傾けた。「あの席にいる二人は漁師です」ウメザキがホームズに説明した。「女のことで言い合っているようですね」

ちょうどそのとき、店主が暖簾《のれん》で仕切られた奥の部屋から現われた。歯の抜けた口でにこにこしながら、顔なじみの常連客たち一人一人におどけた口調で声をかけ、豪快な笑い声を放った。それが済むと、最後に二人のテーブルへ近づいてきた。年老いたイギリス人と洗練された繊細な風貌の日本人という組み合わせに興味を引かれたらしく、嬉しそうにウメザキの肩をぽんぽん叩き、ホームズにはまるで親友の間柄のようにウインクして見せた。それから空いている席に腰かけて、ホームズのほうをちらちら見ながらウメザキに日本語で話しかけた――すると、その言葉に店内にいる客たちがどっと笑いだした。ホームズだけがきょとんとして、「この人はなんと言ったのですか？」とウメザキに尋ねた。

「他愛もない冗談ですよ」ウメザキは答えた。「そちらはお父様でいらっしゃいますか、と言われたんです。わたしたちはよく似ているらしい。もっとも、あなたのほうが目もとに愛敬があるそうですが」

「最後のご意見には賛成です」ホームズは答えた。

ウメザキがホームズの返事を通訳して伝えると、店主はわははと笑って、同意のしるしにうなずいた。

お茶を飲み終えてから、ホームズがウメザキに言った。「あの大鍋をちょっと見せてもらいたいのだが。さっきの新しい友人に、かまわないか訊いてくれませんか？　サンショウをどうやって煮るのか興味があるのだと伝えてください」

その要望を聞いた店主は、すぐさま立ちあがった。「喜んでお見せしますとのことです」ウメザキはホームズに通訳して伝えた。「ただ、料理はおかみさんが作っているので、詳しい調理法はおかみさんが教えてくれるそうです」

「よかった、ありがたい」ホームズは立ちあがった。「あなたも来るでしょう？」

「待ってください――まだお茶が」

「これはめったにない貴重な機会ですからね。私だけ先に行っても恨まないでくださいよ」

「もちろんですよ。恨んだりするもんですか」と答えながらも、ウメザキは置いてきぼりにされたくないようで、ホームズを焦りの目で見た。

間もなく二人とも大鍋のそばへ行き、煮る前のサンショウの芽を手に取って観察したり、おかみさんが鍋の煮汁をかき混ぜている様子を眺めたりした。その植物が自生している地点も教えてもらった――浜辺づたいにずっと先まで行った、まわりを砂丘に囲まれた場所だそうだ。

「明日の朝、行ってみますか？」とウメザキが訊いた。

「いまからでも遅くはないのでは？」

「かなり距離がありますよ、シャーロックさん」

「せめて途中まででも。あたりが暗くなる前ならいいでしょう？」

「わかりました、そうまでおっしゃるなら」

見納めに二人とも店の内部に視線をめぐらせ、大鍋とスープや、グラスを手にした漁師たちを目に焼きつけてから外へ出た。そのあと砂浜をてくてく歩いて砂丘の方角へ向かった。ところが宵闇が迫っても、目当ての灌木の茂みはいっこうに見あたらない。しかたなく夕食の待つ宿へと引き返すことにした。帰り着いたときには長距離を歩いた疲れがどっと出て、その日はいつもの晩酌はやめて、早々にそれぞれの部屋へ引き取った。特筆すべき事態になったのは、まさにその夜——下関での宿泊二晩目——のことだった。真夜中と思われる頃、またしても途切れ途切れの浅い眠りをさまよっていたホームズは、乱暴に揺すぶられたかのように突然目が覚めた。最初におやと思ったのは、前の晩とはちがって、風の音はまったく聞こえないということだった。そのあと、眠りにつく前に頭のなかに居座っていた情景が次々とよみがえった——海浜に建つ朽ちかけたようなみすぼらしい居酒屋、鯉のスープが入った大鍋でぐつぐつ煮込まれているサンショウの葉。薄暗がりのなか、ホームズは布団に入ったまま仰向けの姿勢で天井を見つめた。しばらく経つと、再び眠気に誘われて目をつむった。ただし眠りに落ちる代わりに、居酒屋のあるじの歯の抜けた顔が思い浮かんだ。名前はワクイというそうだ。彼がおどけた口ぶりで披露する話をウメザキはおもしろがって笑っていたが、天皇を揶揄《やゆ》した冗談は品性を欠くものと言わざるを得なかった。「マッカーサー元帥とかけて、日本の臍《へそ》と解く。その心は？　朕《ちん》の上にいなさる」

それはさておき、ウメザキが一番喜んだのは、ホームズは父親かとワクイに冗談めかして訊かれたことだった。翌日の午後遅く、砂浜を一緒に歩いているとき、ウメザキはその話題を再び持ちだして、こう言った。「考えてみれば不思議ですね――もしも父が生きていれば、あなたくらいの歳なのですから。少し上なだけで」

「そうなるでしょうね」とホームズは答えて、行く手にある砂丘のほうを見やりながら、砂地に広がって伸びるとげだらけの藪《やぶ》がないか探した。

「あなたはわたしのイギリスの父――そんなふうに考えてみるのはどうでしょう？」ウメザキはだしぬけにホームズの腕をつかんで、彼が砂に足を取られないようしっかりと支えながら歩き続けた。「ワクイはおもしろい男ですね。明日も会いに行こうと思っています」

ホームズはそのとき初めて、自分はウメザキに父マツダの代役に――おそらくは無意識なのだろうが――選ばれたのだと悟った。ウメザキの思慮分別のある用心深い物腰や表情の裏に、子供時代の心の傷が潜んでいることは当人の打ち明け話によってすでに明らかだったが、これで新たにもうひとつ浮き彫りになったわけだ。ウメザキがワクイの冗談めいた発言を再び話題に出したり、砂浜でいたわりの手を差し伸べたりしたことで、ホームズの頭に突如明快な考えがひらめいたのである。〝ウメザキが父親の声を最後に聞いたときと、私の声を初めて読んだときとはちょうど重なった――ウメザキの人生からマツダが消え失せたのと入れちがいに、小説の登場人物という形で私が現われたのだ〟と。つまり、マツダとホームズは入れ替わったことになる。

だからこそ、東洋の国からはるばるイギリスにいるホームズのもとに手紙が舞いこんだのだろう。何カ月間もの思いやりと親しみのこもった文通のあとに日本への招待状が届いたことの裏には、そういった事情が隠されていたのだ。その結果、日本の田舎を二人連れで数日かけて旅することになった――まるで長年にわたって離れ離れで暮らしてきた父と息子が、互いの隔たりを少しずつ埋めようとするかのように。ホームズのほうは具体的な言葉や態度で示してはいないにせよ、現実に長い時間と距離を共有することによってウメザキの愛情に応《こた》えたことになるだろう。ウメザキの実家で寝泊まりして、ともに西への旅に出立し、ウメザキが幼い頃に父親に連れていってもらった広島の庭園を並んで歩く――そのあいだずっとそばにいたわけだから、ウメザキにとってなにがしかの慰めになったはずだ。明らかになった事柄はまだほかにもある。ウメザキはサンショウだのローヤルゼリーだのといったものには、それまで互いの書簡で専門的知識もまじえてさかんに論じ合ってきたにもかかわらず、本当はさして興味はなかったのだ。この事実に気づかされ、なんというシンプルかつ効果的な計略だろうとホームズは舌を巻いた。どの論題も入念に調査され、便箋《びんせん》に丹念に綴《つづ》られ、そしてあっさり忘れ去られてきたとは。

砂丘へと歩を進めているあいだ、ホームズはウメザキとロジャーの姿を思い浮かべながら、父親のいない子供について想像をめぐらせた。腕をつかまれたときに伝わってきたウメザキの指の力強さに、亡霊を求めてさまようかのごとき孤独な少年時代を見る思いだった。

考えてみれば、ウメザキとはちがって、ロジャーは父親の運命を知っていた。それを受け入れてもいた。父親の戦死を——家族の立場からすれば悲劇でしかないのだが——祖国の大義のために命を捧《ささ》げた英雄的行為としてとらえることができたからだ。しかしウメザキには、そうした自分で納得できる解釈がひとつもない。だから代わりに足腰の弱ったイギリスの老人にすがるよりほかなかった。浜辺の砂丘に向かって歩きながら、ホームズの骨張った肘をつかんだのは、支えるためというよりしがみつきたい気持ちが強かったにちがいない。「引き返したほうがいいのでは？」とウメザキは訊いた。

「調査に飽きたのですか？」

「いいえ、あなたの身を案じているのです」

「もう近くまで来ているはずだから、いまさら引き返すわけにはいかない」

「しかし、そろそろ暗くなってきましたし」

ホームズはここで回想を閉じて目を開け、布団に横たわった姿勢で再び天井を見つめた。問題解決の手がかりがどこかに転がっていないかと思案を始めた。ウメザキの心の渇きを癒やすには、真実として受け入れる価値のあるものを示してやるほかないだろう。ジョンが小説の筋書きを練りあげるときの手法にならって、実際の出来事と実際にはなかった出来事とを組み合わせた非の打ち所のない話を。物証から、自分がマツダと実際に関わりがあった可能性は否定できない。となれば、それをもとにマツダが失踪したいきさつを説明できるかもしれない——入念な工夫をほどこせば。ではまず、マツダと初めて会った場所はどこだ？　おそらくディオゲネス・クラブの来客室だろう。兄のマイクロフトの紹介で。しかし、いったいどういう用件で？

「最初から最後までこの部屋にいて推理するだけで犯罪捜査が成り立つなら、マイクロフト、あなたはこの世で誰よりも偉大な名探偵になれますよ。でも兄さんは事件を解決するうえで欠かせない実地調査によって得られる材料を、自分で手に入れることができない。僕をここへ呼びつけたのは今回もそれが理由でしょう？」

　自分の言葉とともに記憶がよみがえり、安楽椅子にもたれているマイクロフトの姿が脳裏に描きだされた。そばに座っているのはT・R・ラモンだ。いや、R・T・ラナーだったか？　名前はともかく、野心あふれる志操堅固なポリネシア系の男で、ロンドン伝道協会の一員だ。南太平洋のマンガイア島に派遣されていたが、伝道師というのは表向きの顔で、実はイギリス諜報《ちようほう》機関のスパイとして島民の政治的活動を厳しく監視する任務を負っていた。折からイギリス政府はニュージーランドの領土拡張主義者たちの野望を支援したいと考えており、もう一段重要な任務をイギリス在住の人間に課すことを検討しているのだという——クック諸島へ送りこんで、ニュージーランドによる併合政策の地ならしのため、各島の首長たちと交渉させるねらいで。それで白羽の矢が立ったのが、このラモンもしくはラナーなる人物だったのである。

　待てよ、ひょっとして彼の名はJ・R・ランベスだったか？　ちがう、そうではない。ホームズははっきりと思い出した。やはりラモンだ。まちがいない。それはさておき、あれは一八九八年――または一八九九年、もしかすると一八九七年の可能性もある――の出来事で、ラモンなる人物を評定するためマイクロフトに呼びだされたのだった（兄からの電報に、『知ってのとおり、わたしは自分の専門分野についてなら高度な見解をはじき出せるが、他人の価値を正確に見定めることは専門外《メチエ》なのでね』と書いてあった）。

「勝負にそなえて、われわれは手持ちのカードを万全にしておかねばならない」タヒチやソシエテ諸島へのフランスの影響力に警戒を深めていたマイクロフトは、私たちの前でそう説明した。「当然ながら、クック諸島ラロトンガ王国のマケア・タカウ女王は、自分の島々がイギリスの統治下に置かれることを望んでいる。しかしわが政府の意向は現状の保護領にとどめておくことであり、対照的にニュージーランドの首相は併合を虎視眈々《たんたん》とねらっている。よって、それをできるかぎり手助けしていくのがわれわれの責務であろう。そこで注目したのが、こちらのラモン氏が現地の住人とのあいだに築いている信頼関係だ。身体上の特徴がいくつか似通っていることもあり、現地ですこぶる顔が利く。彼なら目的達成に向けて有益な働きをしてくれるとわれわれは信じている」

マイクロフトの右隣に座っている背の低い無口な男を、ホームズはじっと観察した。うつむいたまま眼鏡越しの視線を動かさない。帽子を膝の上に行儀よくのせている。巨体のマイクロフトのそばにいるせいで、よけい小さく見える。「〝われわれ〟というのは兄さん以外には誰を指すんですか?」私は訊いた。

「それはな、シャーロック、わたしが話すことはすべてそうだが、最高機密に属するものなのだ。現時点では明かすことはできん。おまえにここでやってもらいたいのは、われわれ仲間のために適切な助言を提供してくれることだけなのだ」

「わかりました……」

たったいまホームズの頭のなかで場面が切り替わり、別の情景が現われた。マイクロフトの隣に座っている人物はラモンでもラナーでもランベスでもなく、長身で細面の、山羊《やぎ》ひげを生やしたウメザキ・マツダである。ディオゲネス・クラブの来客室で、二人はマイクロフトによって引き合わされた。そして会ってすぐ、ホームズにはその男が問題の任務に充分適すると判定できた。しかも、あらかじめマイクロフトに渡されていた書類一式から、ウメザキ・マツダが頭脳明晰《めいせき》な人物で(すぐれた名著が何冊もあり、そのうちの一冊は秘密外交に関するものだった)、諜報員に適した資質を有し(日本の外務省に勤務していた経歴の持ち主)、母国に幻滅した親英家である(必要とあらばいかなるときも海外渡航をいとわず、日本とヨーロッパやクック諸島とのあいだを何度でも往復する覚悟でいた)ことは明らかだった。

「彼はわれわれの求める人材だと思うか?」とマイクロフトに訊かれた。

「もちろんです」ホームズはにやりと笑って答えた。「〝われわれ〟は彼を理想的だと思いますよ」

それは、マッダもラモンと同様、作戦行動や政治工作をつねに慎重に進めるだろうと見込んでのことだった。日本にいる家族は彼がロンドンで憲法学を勉強していると信じていようとも、ニュージーランドによるクック諸島の併合に向けて調整役を立派に果たすはずだと信頼したからである。

「幸運をお祈りします、心から」面談の最後に、ホームズはそう言ってマッダと握手を交わした。「あなたなら、きっと任務をつつがなく遂行できると信じています」

奇《く》しくも、二人はそのあともう一度顔を合わせることになった――一九〇二年の冬、正確に言うならば一九〇三年初頭のことである（ニュージーランドがクック諸島を正式に属領としてからおよそ二年が経過していた）。この二度目の対面は、マッダが島国のニウエで起きている騒乱についてホームズの助言を仰ぎにやって来たことで実現した。ニウエはもともとサモアやトンガとの結びつきが強かったが、ニュージーランドの属領になる前年はイギリスの保護領だった。ちょうどマッダは大きな影響力を及ぼす新しい任務に就こうとしており、今度はイギリスではなくニュージーランドのために働くという話だった。「これはまたとない好機なんですよ、シャーロック。実は、期限を定めずクック諸島で暮らすつもりなのです。ニウエの抵抗運動を鎮圧して、分割統治に向けて準備を進めるかたわら、ほかの島々については公共設備の拡充に一層力を入れていきたいと思っています」

ベイカー街のホームズの応接間に座り、二人はクラレットを飲みながら語り合っていた。

「その行動がイギリス政府から裏切りと見なされはしないかと懸念なさっているのですね？」ホームズは訊いた。

「まあ、そういうことです」

「ご心配には及びませんよ。あなたはこれまで命じられた任務を立派にまっとうし、すばらしい手腕を発揮してこられた。今後その能力をどこでどう活かそうと、あなたの自由ではないですか？　ぜひとも好きなようにおやりなさい」

「本当にそうお考えですか？」

「ええ、もちろんですとも」

その続きはというと、おそらくラモンとまったく同じように、マツダもホームズに感謝の言葉を述べ、これはここだけの話にしてほしいと頼んだだろう。そしてグラスの酒を飲み干して立ちあがり、お辞儀をしたあと玄関から通りへと出ていっただろう。それからただちにクック諸島へ戻った彼は、島と島とを結ぶ通い慣れた航路を定期的に移動して、それぞれの首長五人および彼らの配下にある部族長七人と会談を繰り返し、将来の立法府設置に向けて自らの構想を説いて聞かせたにちがいない。マツダはさらにニューヘブリディーズ諸島のイロマンゴ島まで活動範囲を広げたが、その地で姿を確認されたのを最後に消息を絶つ。島の奥地にある秘境へ向かうところだったそうだ。外部の人間はめったに足を踏み入れない、うっそうとした森林に覆われて周囲から隔絶された地域へ。なんでもその土地の部族は、頭蓋骨《ずがいこつ》の山に突き立てた巨大なトーテム像を崇拝し、人間の骨で首飾りをこしらえることで知られているという。

もちろん、これは確かな根拠のある話ではない。ウメザキに本当にそうなのかと問いただされたら、ひょっとすると自分は名前や日付、具体的ないきさつ、歴史上の細かい出来事などを混同して、誤った認識に陥っているのではないかと不安になるだろう。なによりも、マツダが家族を捨ててクック諸島に移り住んだ動機にしかるべき説明が見つかっていない。しかしホームズは、ウメザキと同じくらい必死に答えを探し求めたあとで、この物語はこれでもう充分だと感じたのだった。マツダが新しい人生へ飛びこんだのは事実であり、そこにどんな理由があったかはこちらには関係ない。マツダを突き動かした動機はまちがいなく個人的な事情と本人の見解に基づくものなのだから、そっとしておくべきではないか。とはいえ、ウメザキが父親について新たな事実を得ることは決して無意味ではないだろう。マツダはニウエの反乱を鎮圧したばかりか、クック諸島に対するフランスの侵略を阻止するうえで中心的役割を果たしたのだ。密林の奥へ消える直前も、ゆくゆくは島民たちを束ねて独立政府を樹立させたいとの志に燃えていた。だから、ウメザキにはこのように話そう。「お父上はイギリス政府に大変尊敬されていましたし、クック諸島のラロトンガ島を初めとする島々では、当時のことをいまも覚えている老人たちにとってはまさしく伝説の人なのです」

そこでようやく、布団の脇に置かれた行灯《あんどん》の薄明かりを頼りに、ホームズはステッキをつかんで起きあがった。浴衣を直してから、つまずかないよう慎重に畳の上を横切っていった。隣の部屋とのあいだにある襖まで来ると、しばらくその前でたたずんだ。向こう側からウメザキのいびきが聞こえる。襖を見つめたまま、ステッキの先で畳を軽く突いた。すると今度は隣の部屋で咳のような声がひとつして、かすかな物音がそれに続いた（ウメザキが身動きする音とシーツがこすれる音だ）。さらにもうしばらく耳を澄ましてみたが、それ以上はなにも聞こえなかった。そこで暗がりのなか手探りして浅くくぼんだ引き手を見つけ、横に滑らせるようにして襖を開けた。

襖一枚で隔てられた隣の間は、ホームズが寝ていた部屋とそっくりだった――行灯の黄色いぼんやりした光に照らされ、部屋の真ん中に布団がひとつ敷かれている。あとは作りつけの机と、一方の壁際に置かれた座布団。ホームズは寝床に近づいていった。上掛けが蹴散《けち》らされ、半裸の状態で仰向けに寝ているウメザキの姿がかろうじて見えた。いまはぴくりとも動かず、呼吸すらしていないのではないかと思うほど静かだ。敷き布団の左脇の行灯のそばに、室内履きが一足、きちんとそろえて置かれていた。ホームズが座ろうと腰をかがめたとき、ウメザキは突然目を覚ました。彼は枕元にぼんやり浮かびあがっている人影をじっとのぞきこんで、日本語でとまどいがちになにか言った。

「お話があります」ホームズは座ってステッキを膝の上にのせた。

ウメザキはなおも前方を見つめたままむっくりと起きあがった。彼が手を伸ばして行灯を掲げ持つと、ホームズのいかめしい顔つきが明かりに浮かびあがった。「シャーロックさん。だいじょうぶですか？」

ホームズは光がまぶしくて目を細めた。ウメザキの手に自分の手を軽く重ね、そっと行灯を下げさせた。そのあと影に包まれながら、再び口を開いた。「どうか黙って話を聞いてください。最後までお聞きになれば、この問題についてはこれ以上私に尋ねるべきことはなくなるでしょう」ウメザキからなんの返事もないので、ホームズは先を続けた。「この話はいままで長いこと、いかなる状況であれ、決して誰の耳にも入れませんでした。国家の最高機密に属することだからです。もしも口外すれば、関係者の生命と自分の評判を脅かすことになるため、致し方なかったのです。しかし考えてみると、いまの私はもう老人で、率直に言って、世間からとやかく言われることをいまさら心配する必要はありません。長年にわたって信頼関係を築いてきた相手も皆、すでにこの世を去っています。要するに、私は自分を自分たらしめていたものすべてを失ってしまったのです」

「そんなことはありません」ウメザキが口をはさんだ。

「どうか黙っていてください。なにも言わないで聞いてくれるなら、お父上について教えて差しあげます。彼のことで思い出したことがあるのです。それをいまからお伝えしたいので、ただ静かに耳を傾けていただきたい。話が終わったら、私はすぐに部屋を出ていきます。あなたとその件で話し合うことは二度とありません。生涯変わらぬ掟《おきて》に例外をもうけるのは今夜が最初で最後です。いいですね？　では、あなたも私も心が安らかになるよう最善を尽くすことにしましょう。実はこういう話なのです」

そうしてホームズは語り始めた。低いささやき声で、夢うつつでまどろんでいるような穏やかな響きで。その静謐《せいひつ》な物語が締めくくられると、彼らは身じろぎもせず、言葉も発せず、しばしのあいだ顔を見合わせた。座っている二人の姿は輪郭がにじみ、顔が影に覆われ、明かりに浮かんだ畳の上でまるで互いが互いの鏡像のようだった。やがてホームズは音もなく立ちあがって、足を引きずりながら自分の部屋へ戻り、ステッキを操るのももどかしく疲れきって寝床にたどり着いたのだった。

20

下関に滞在していたあの夜にウメザキに語った内容について、サセックスへ戻ってからホームズが詳しく思い起こすことはなかったし、マツダのたどった運命の不可解さにあらためて頭を悩ますこともなかった。ところが屋根裏の書斎に鍵をかけて閉じこもると、突如時間をさかのぼってあの場面に引き戻され、ウメザキと並んでぶらぶら歩いた遠い国の砂丘が目に浮かんだ。もっと具体的に言うならば、ときどき立ち止まって水平線の上にぽっかり浮かんでいる白い雲や大海原を眺めながら、ウメザキと一緒にたどり着いた砂丘へ、記憶のなかで舞い戻ったのだった。

「すばらしい天気ですね」ウメザキが言った。

「ええ、本当に」ホームズは答えた。

その日は下関で過ごす最後の日だった。前の晩は二人ともあまりよく眠れなかった（ホームズはウメザキの部屋へ行く前は寝たり覚めたりの状態で、ウメザキのほうはホームズが自室へ戻ったあとずいぶん長いあいだ寝つけなかった）にもかかわらず、二人はさっぱりした気分で行動を開始し、再び野生のサンショウ探しに取りかかったのだった。朝、風が止んで澄み渡った春の空が広がっていた。遅い朝食を済ませて宿を出ると、街も活気にあふれていた。家の前や店先には、前日の風で散らかった地面を掃き清めている人たちの姿があった。鮮やかな朱色に塗られた赤間《あかま》神宮では、年配の夫婦が明るい陽射しのもとでお参りをしていた。そのあと海岸沿いを歩いていくと、波打ち際に砂浜の上でなにか拾っている人々が見えた——十人ほどの女性と老人が漂着物をかき分けて、貝のほかにも利用価値のありそうな物をあれこれ拾い集めている（乱雑に束ねた流木を背負っている者もいれば、でこぼこの醜い大蛇みたいな濡れた海草を首に巻きつけている者もいる）。そうした光景はほどなくして遠ざかり、二人は連なる砂丘へと続く細い道に入った。道は次第に広くなって、なだらかでしなやかそうな輝く砂の隆起に四方を囲まれた。

その砂丘の表面には風紋が刻まれ、ところどころ野草が生え、貝殻や小石が転がっていた。眺望がさえぎられて、海はかすかにしか見えない。砂丘の斜面は海岸線まで果てしなく延びているように見え、山がそびえる東の方角へも、さらには北の方角の空へも、隆起したりくぼんだりの起伏が続いている。こんな風のない日でさえ、苦労して進む二人の足の下で砂はさらさらと流れ、踏まれたあとに渦を巻いた。舞いあがった塩気のある細かい砂が二人の袖口に付着した。振り返ると、足跡は目に見えない誰かの手で少しずつ覆い隠されるがごとく静かに消えていった。前方の、砂丘と空が出合うところでは、地表から立ちのぼる蒸気が蜃気楼のようにゆらめいている。ここまで遠ざかっても、岸辺に打ち寄せる磯波の音や、貝拾いの人々が砂浜で呼び交わす声が聞こえてくる。海上ではカモメが鳴き騒いでいる。

突然、ホームズは確信に満ちたしぐさで北の方向を指差した。そこは前日の夕方に二人が探索した場所、斜面の裾が海辺まで延びている砂丘のそばだった。「ほら、見えるでしょう、あそこの砂地が湿っているのが。われわれの探している灌木が生育するには理想的な環境ですよ」

それからは立ち止まることなくまっしぐらに目的地へ向かった。まぶしい陽射しに目を細め、唇にへばりつく砂埃を吹き飛ばし、ときおり砂の深いくぼみにはまって靴が脱げそうになるのをものともせずひたすら進み続けた。ホームズは何度か足を取られて転びかけたが、そのたびにウメザキが腕をつかんで支えた。ようやく固く締まった砂地にたどり着いた。海からほんの数ヤードの地点で、開けた平らな地面を雑草が覆い、まわりを何種類もの茂みに囲まれていた。以前は漁船の船体部分だったと思われる大きな流木もひとつ転がっている。しばらくのあいだ二人はその場に立ち止まって、呼吸を整えたりズボンから砂を払い落としたりした。そのあとウメザキは流木に腰を下ろし、ハンカチで額や頬や顎を軽く押さえ、流れ落ちる汗を拭いた。ホームズのほうはジャマイカ葉巻を口にくわえて雑草の上を歩きまわり、周囲の茂みを鋭い視線で眺めた。やがてホームズは、枝を大きく張りだしている灌木のそばで身をかがめた。その植物の花の部分には無数の羽虫がたかっていた。

「そうか、おまえはここにいたのか」ホームズは歓喜を抑えきれない声で愛おしげに呼びかけると、ステッキをかたわらに置いて手を伸ばし、葉の付け根近くにある一対の短い棘《とげ》で武装した枝にそっと触れた。雄花と雌花が別々の木についているのを確認してから、それぞれをつぶさに観察した――花は雌雄異株《しゆういしゆ》で、集まって房になり、色は黄緑、全体の長さは一インチ強、花弁に似た白いふくらみが五つほど。雄花にはおしべが五本。雌花には五片の萼《がく》に囲まれて二個ずつの雌《し》蕊《ずい》と子房がついている。間近で目を凝らすと、なかに入っている丸くてつややかな黒い種子が透けて見えた。「実に精妙だ」ホームズは感嘆の声を漏らした。まるで親友に話しかけているかのような姿だった。

ちょうどそのとき、煙草をくわえたウメザキが灌木のそばにしゃがみ、煙を羽虫の群れに吹きかけて追い払った。だがウメザキの興味を引いたのはサンショウそのものではなく、サンショウを愛《め》でているホームズだった。魔法にかかったようなうっとりとした表情を浮かべ、繊細な動きの指先で葉を優しく撫でている。口から呪文のような言葉がこぼれ落ちる。「奇数羽状複葉、二インチ足らずの大きさ、一本の軸につき両側の五対から九対の小葉と先端の一枚の小葉が精巧に組み合わさり、その葉は周囲が小さな突起だらけだが美しい光沢を帯び――」つぶやくホームズはうっすら笑みを浮かべ、目をきらきら輝かせ、純粋な喜びと驚嘆の念に満たされているのがわかる。

それと同じ表情を、ウメザキを振り向いたときのホームズも相手の顔に見て取った。この旅の道中、ウメザキの顔に一度も浮かんだことのなかった、混じりけなしの安堵《あんど》と受容の表情だった。

「われわれは念願のものをついに見つけましたね」ホームズはそう言いながら、ウメザキの眼鏡に映る自分の姿に目を留めた。

「ええ、そうですね。とうとう見つけました」

「非常にシンプルでありながら――感動的な出来事ですよ、これは。理由はどう説明してよいかわからないのだが」

「わかります。わたしもあなたと同じ気持ちです」

ウメザキはお辞儀をしたが、急いで頭を上げ、なにか言いたそうにした。ホームズは首を振ってそれを制した。「このひとときを、あと少しのあいだ静かに味わおうではないですか。めったにない貴重な機会、くだくだしく言葉に換えてしまっては興ざめだと思いませんか？」

「思います」

「それならけっこう」ホームズは会話を打ち切った。

それからしばらく両者とも無言だった。ウメザキは黙々と煙草を吸い終えて二本目に火をつけ、さっきからずっとジャマイカ葉巻の端を嚙みながらサンショウの木を観察と手触りをもとに調べているホームズを見守っていた。すぐそばで寄せては返す波の音が聞こえる。砂浜にいる人々の声が徐々に近づいてくるように感じられる。にもかかわらず、沈黙を守ると約束し合ったおかげでホームズの記憶に鮮やかな情景が焼きつけられ、それがのちのちまで保たれた。〝うららかな春の日、海に近い砂丘でサンショウの木のそばにいる二人の男〟という場面が。泊まった宿のことやウメザキと歩いた街路、そこに建ち並ぶビルやなにかは、思い描こうとしてもぼんやりしたまま浮かんでこない。それなのに果てしなく続く砂丘や海、灌木の茂み、そして自分を日本へまんまと招き寄せた連れの男のことははっきり思い出せるのだ。あの短い沈黙の時間はいまでもよく覚えている。ちょうど浜辺のほうからふわふわ漂ってきた不思議な音のことも忘れられない――初めはかすかに聞こえていた音が次第に大きくなって、低くて単調な鋭い弦の音と、切れ切れの細い声に変わった。その瞬間、ホームズとウメザキが作りあげた静寂は幕を閉じたのだった。

「あれは三味線弾きですよ」そう言って立ちあがったウメザキが、顎を茎につつかれながら草むら越しに向こうをのぞいた。

「いまなんと？　なにを弾くんです？」ホームズはステッキを手に取った。

「三味線です――弦楽器の一種で、ヨーロッパのリュートに似ています」

ホームズはウメザキの手を借りて立ちあがり、彼の横に並んで草むらの向こうをうかがった。波打ち際に子供たちの細長い行列が見え、貝やらなんやらを拾い集めている者たちのほうへゆっくりと進んでいく。先頭に立って行列を率いるのは、髪がぼさぼさになった黒い着物姿の男で、三弦の楽器を撥《ばち》でかき鳴らしながら歩いている（もう片方の手の人差し指と中指で弦を押さえているようだ）。

「どういう輩《やから》かは知っています」行列が通り過ぎていったあとでウメザキが言った。「食べ物や金をもらって演奏する旅芸人ですよ。熟達した技量の者が多く、通常はもっと大きな町でやっているようですが」

まるで〝ハーメルンの笛吹き男〟におびき寄せられるかのように、子供たちは三味線の音色と歌に誘われてぞろぞろと男のあとについていく。砂浜で物を拾い集めている人々のところまで来ると、男は立ち止まって歌と演奏を続けた。行列はばらけ、子供たちは男を取り囲むようにして腰を下ろした。ほかの者たちも収穫物をロープで束ねる手を休め、荷物をその場に残して子供たちのまわりに集まり、砂の上でひざまずいたり立ったり思い思いの姿勢で見物を始めた。全員がそろったところで、男はあらためて三味線と歌を披露した。情感豊かで、静かに物語るような歌い方だった。ときおり高音の声が弦の音とまじり合って電気振動のような響きを生みだした。

ウメザキは物憂げに首を軽く傾け、浜辺の様子を気がなさそうに眺めていたが、やがて急に思い直したふうな口ぶりで言った。「聴きに行ってみましょうか？」

「ぜひとも行くべきだろうね」群集を見つめてホームズは答えた。

だが二人はすぐには砂丘を離れなかった。ホームズは見納めに灌木をもう一度ていねいに調べ、葉っぱを数枚採取してポケットにしまった（その大事な標本はのちに神戸へ戻る途中、どこかでなくしてしまった）。浜辺へ向かう前に、ホームズは名残惜しげにサンショウをじっと見つめ、語りかけるように言った。「おまえたちのような植物には初めて会った。そして二度と会うことはないだろう――残念ながら」

　そう言い残して歩きだしたホームズは、ウメザキとともに雑草をかき分けて脇目もふらず進んだ。ほどなくして砂浜にたどり着き、磯拾いの人々と子供たちの輪のなかに座って三味線の弾き語りに耳を傾けた。男が弦を鳴らしながら口ずさんでいるのは、自分で作った物語なのだとか（半失明の身で、歩いて日本全国を旅してまわっているそうだ）。頭上ではカモメが急降下したり、すばやく横切ったりして、曲の調べに合わせて舞い踊っているかのようだった。水平線には港を目指して航行中の帆船が見える。とにかくすべてが――晴れ渡った空も、三味線の弾き語りに心奪われる聴衆も、一心不乱に演奏する男も、異国の音楽も、静かな海も――あの旅の最高潮を象徴する情景として、まざまざと思い浮かぶ。しかしそれ以後のことは、夢の断片のごとくちらちらとよぎっていくだけだった。たとえば、演奏が終わったあと聴衆が全員一列になって、半ば目の見えない三味線弾きが先頭に立ち、流木を燃やした松明《たいまつ》のあいだを縫って浜辺を進んでいく場面も。ホームズとウメザキを含む一行はやがて例の藁《わらぶ》葺き屋根の居酒屋へ入っていき、あるじのワクイとその妻に出迎えられたのだった。

　夕陽に窓の障子が明るく照らされ、その白い紙のスクリーンに樹木の枝の影がぼうっと黒く映っていた。ホームズはその日の思い出に、〝一九四七年、下関で過ごす最後の日〟と紙ナプキンに書き留めてポケットにしまった。それからウメザキにならって二杯目のビールを飲んだ。サンショウで作った特製料理はもう売り切れだとワクイに言われたので、しかたなく別のものを注文し、涼みながらゆったりとビールを味わいつつ、その日の新たな発見を思い返した。町から離れた人目につかない場所にひっそりと生えていた灌木のことを。虫に食い荒らされて、決して美しいとは言えず、とげばかりが目立つ姿だったが、それでもその植物特有の成分ゆえに重宝され、食用として役立っている。なんだか自分に似ているな。ホームズはそんなことを思って、妙に愉快な気分になった。

しばらくすると、常連客たちが店にぞろぞろと入ってきた。カウンターの隅で演奏されている音楽に誘われたらしい。子供たちはもう家に帰ることになり、陽に焼けた顔に砂まみれの服という恰好《かっこう》で口々にさよなら、ありがとうと言って三味線弾きに手を振った。

「彼の名前は高橋竹山《タカハシ・チクザン》といって、毎年このへんを門《かど》付けして歩くらしい。店のあるじが言うには、あの男が現われると、地元の子供たちが大勢、蠅みたいにくっついてまわるんだそうですよ」特製料理が品切れなので、放浪の三味線弾きにはビールと煮込み料理がふるまわれた。ホームズとウメザキのテーブルにも同じものが並んだ。ちょうど漁船が港に戻ってくる時刻だった。一日の仕事を終えた漁師たちが通りをのんびり歩いてやって来て、居酒屋の開いた戸口をくぐった。彼らにとって酒の匂いは気持ちを落ち着かせるかぐわしいそよ風と同じなのだろう、店内の空気をうまそうに吸いこんだ。外では沈みゆく太陽が宵闇を手招きしている。ホームズは満ち足りた気分を味わい、完璧《かんぺき》な世界というものを実感した——三杯目だか四杯目だかのアルコールのせい、あるいはサンショウの木をこの目で見られた興奮、でなければ春の午後の不思議な音楽の影響だろう――ひと晩ぐっすり眠ったあとに穏やかな朝の目覚めを迎えたときのような深い充足感に満たされたのである。

ウメザキは煙草を口から離すと、テーブル越しにホームズのほうへ身を乗りだし、ひそひそ声で言った。「あなたにあらためてお礼を申しあげねばなりません」

ホームズは困ったような顔でウメザキを見た。「なんですか、あらたまって。私のほうこそあなたに感謝しますよ。おかげで貴重な経験ができたのですから」

「はっきり申しましょう。あなたはわたしの人生の暗部に光を投げかけてくれました――探し求めていた答えをすべて得られたわけではないとしても、充分すぎるほど明らかにしてもらえました。ご助力に心から感謝します」

「弱りましたね、いったいなんのことをおっしゃっているのか見当がつきませんよ」ホームズはきっぱりと言った。

「わたしにとって大切なことだ、とだけ申しておきます。それでこの話はもうおしまいにします」

ホームズは自分のグラスをしばらくもてあそんだあとに、ようやく口を開いた。「わかりました。では感謝のしるしに、ビールのお代わりをごちそうしていただくとしましょう。グラスが空になりかけているので」

そう言われて、ウメザキは感謝の念がいっそうつのったらしく、嬉しそうに注文した。そのあともグラスが空くたびすぐにお代わりを持ってこさせ、二人は調子よく飲み続けた。特別なにかいいことがあったわけでもないだろうにウメザキはすこぶる上機嫌で、急に関心がよみがえったのかサンショウについてホームズにあれこれ質問したり、たまたま目が合ったほかの席の常連客たちに気安く挨拶したり（会釈してグラスを掲げて見せた）、終始朗らかだった。酔いはだいぶまわっていても足もとがふらつくようなことはなく、お開きになると席を立とうとしたホームズにいつもどおり手を貸した。そして翌朝、神戸行きの列車に乗りこんだときも、ウメザキの態度からは細かな気配りと持ち前の人当たりの良さがにじみ出ていた——くつろいだ様子で座席に落ち着き、笑みを絶やさず、ホームズと同じく二日酔いのはずなのにその素振りはみじんもなく、沿線の景色（木立の向こうにひっそりとたたずむ寺や、封建制の時代に有名な戦の舞台となった村など）について指差しながら親切に説明した。そのうえホームズの体調を気遣って、「ご気分はいかがですか？　なにか欲しいものはありませんか？　窓を開けましょうか？」などとまめに声をかけた。

「ええ、気分はいいですよ。どうかご心配なく」ウメザキに訊かれるたび、ホームズはやや突き放すようにそう答えながら、行きの列車では沈黙の時間がたっぷりあったのにと少々恨めしい気持ちになった。もっとも、旅というのは行きとはちがって帰りは味気なく間延びして感じられるものだから、しかたないのだろう。出発したばかりのときは、見るもの聞くものすべてが新鮮に感じられ、行く先々で誰もがさまざまな発見に胸を躍らせる。反対に復路は決まって退屈なので、眠りをむさぼっているうちに気がついたら自宅に着いていた、というのが理想的だ。残念ながら、この旅ではそうはいかなかったが。座席のなかで身動きしたり、まぶたが重くなって閉じかけたり、あくびを手で押さえたりするごとに、こちらに向けられているいかにも気遣わしげな笑顔が意識に入りこんでくるのだった。

「だいじょうぶですか？」

「ええ、元気そのものですよ」

きっぱりそう答えたものの、神戸のウメザキの自宅に戻るやいなや、マヤの辛気くさい顔に迎えられて元気どころか気が滅入ってしまった。おっとりした性格のヘンスイロも、張り切っているウメザキとは対照的に冷めた態度にしか見えなかった。にやにやしっぱなしで、空元気《から》かと思うような浮かれ調子ではあっても、ウメザキのほうが少なくとも誠意にあふれていて好ましく感じられた。もうじき遠い外国へ帰る客人のために楽しい時間を演出しよう、そのために自分自身のむら気や不安を漂わせる雰囲気は取り払おうと努めているのがわかる。自分は変わったのだ、ホームズとの信頼関係によって立ち直ったのだと自らに言い聞かせ、いま信じていることをこれからもずっと大切にしていくと決めたようだった。

しかしウメザキの心境の変化に、マヤはまったく気を留める様子がなかった。ウメザキが父親の運命について知り得たことを伝えても、この女性は平気で無視するつもりではないかとホームズはいぶかった。彼女はホームズを徹底的に避けた。そばにいても知らん顔で、食堂のテーブルにつく彼を見て軽蔑《けいべつ》もあらわに鼻を鳴らした。結局のところ、ホームズのマツダに関する話がマヤに伝えられようが伝えられまいがたいしてちがいはないのだ。真相を知っても彼女の心はささくれだったままだろうから。どっちみち、これから先も彼女はマツダを責め続けるにちがいない(当然ながら、責めたところで現状はなにも変わらないわけだが)。そうなると、新たな事実を知らされた場合は状況がむしろ悪化して、ホームズに非難の矛先が向けられる可能性もある。意図的にではないにせよ、マツダを食人の風習が残る未開の島へ送りこんだのはホームズで、その結果、マツダの幼い息子は大きな痛手を受けたと思われかねないのだから。息子がまっとうな大人になれず、母親以外の女からの愛情に頑《かたく》なに背を向けてきたのは、男の手本である父親を奪われたせいだとマヤは考えている。ずっと昔にマツダから送られてきた手紙を信じるか、ホームズが蔑《さげす》むウメザキに語った話を信じるかはわからないが、彼女はどちらに転んでもホームズを憎み、蔑むだろう。そうならないことを期待するのは無駄というものだ。

そうした状況ながら、神戸での残りの日々は心地よくなごやかに過ぎていった。ウメザキとヘンスイロと連れ立って街をぶらつき、夕食後に酒を酌み交わし、早めに就寝する、といった単調な毎日ではあったが。具体的になにをして、どんな言葉を交わしたかは記憶から抜け落ちてしまい、海辺と砂丘の情景がその空隙《くうげき》を埋めた。しかし、ウメザキの気遣いがそろそろ疎ましくなりかけたときに、ヘンスイロに対して純粋な親近感が湧いたことは忘れようにも忘れられない。若き芸術家ヘンスイロはひそかな思惑などなにもなしにホームズの肘を取って支え、にこやかに自分のアトリエへ招き入れた。ホームズがそこで絵を鑑賞しているあいだ、画家本人は遠慮がちに目を伏せ、絵の具が飛び散った床を見つめていた。彼の作品に描かれているのは、真っ赤な空と黒い風景と、ねじ曲がって青ねずみ色をしたおびただしい数の死体だった。

「これはきわめて――なんと言ったらいいのか――モダンだね、ヘンスイロ」

「ありがとう、センセイ。ありがとう――」

描きかけのカンバスを見ると、瓦礫《がれき》の下から骨張った鉤爪《かぎづめ》のような指が突きだし、死に物狂いでなにかをつかもうとしている絵だった。前景ではオレンジ色のとら猫が後ろ脚の片方を食いちぎろうとしていた。ホームズはカンバスからヘンスイロに視線を移し、茶色に近い目をした繊細で優しげな、少年っぽさの残る顔を見つめた。

「そのような穏やかで素直な魂の持ち主が、これほどまでに苛酷《かこく》な世界を描きだすとは――あまりに異質すぎて、調和させるのは至難の業だろうに」

「はい――ありがとう、感謝します――はい――」

壁に立てかけてある完成した作品を見てまわっているうちに、ほかとは明らかにちがう絵に目が留まった。足を止めてじっくり眺めると、三十代前半の端整な顔立ちをした男性の肖像画だった。緑の濃い木々を背景に、正装姿の青年が描かれている。紋付羽織袴《はかま》をぱりっと着こなし、足もとは木でできた下駄。

「これはどなたですか?」とホームズは訊いた。初めは自画像かと思ったが、もしかすると若い頃のウメザキかもしれない、と内心で考えていた。

「ぼくの、兄弟です」と答えたあとにヘンスイロはたどたどしい英語で説明を足し、死んだ兄がいること、戦死ではなく大きな悲劇によって命を落としたことを伝えた。それから手首を人差し指で切るしぐさをして、自殺なのだとつけ加えた。「兄が愛していた女も——こうやって——同じように」再び手首を切るまねをした。「兄だけが——」

「心中だったのかね？」

「はい、そうです」

「なるほど」ホームズは身をかがめて肖像画に顔を近づけ、その油彩で描かれた顔をしげしげと眺めた。「いい絵だね。すばらしい。気に入ったよ」

「ホントニアリガトウゴザイマス、センセイ——ありがとう——」

その後、神戸を出発する間際、ホームズは別れの挨拶にヘンスイロをぎゅっと抱きしめたいという不思議な衝動をおぼえた。結局はそれを抑えこみ、小さくうなずいてステッキの先でヘンスイロの向こう脛に軽くトンと触れるだけにしたのだが。ウメザキのほうは汽車を待つ駅のプラットホームで両腕をホームズの肩にまわし、別れを惜しんだ。さらにそのあと一礼して言った。

「いつの日か再会できることを心から願っています。今度はきっとイギリスで。わたしたちがあなたのもとを訪ねていきます」

「ああ、そうだね」とホームズは答えた。

それから彼は汽車に乗りこみ、窓際の席に座った。プラットホームにはまだウメザキとヘンスイロが残ってこちらを見上げていたが、湿っぽい別れの場面が苦手なホームズは、彼らの視線を避けてステッキの置き場所を決めたり、脚を伸ばしたりするのに忙しいふりをした。やがて列車が動き始めると、プラットホームにちらりと目を向けたが、二人が立っていた場所にはもう誰もいなかった。肩すかしを食らった気分で、ホームズは思わず顔をしかめた。コートのポケットにいつの間にか入っていた贈り物に気づいたのは、東京に間もなく到着しようという頃だった。つがいのニホンミツバチをおさめた小さなガラス容器と、ホームズの宛名が書かれた封筒が出てきた。封筒の中身はウメザキが作った詩だった。

寝つかれず耳を澄ませば
誰かが夢のなかで叫び
風がそれに答える

探し求めて海辺をさまよえば
曲がりくねった砂丘の連なりが
山椒を秘す

三味線《しやみ》を鳴らす音《ね》に
宵闇は影を招き
木々に夜の帳《とばり》がおりる

わが友は列車に揺られて
遠く去り――夏の到来を待つ
春の謎はついに氷解す

共有した経験だから詩の内容は理解できたが、ガラスの容器についてはまるで心当たりがなく、とまどった。顔を近づけて、封入されている二匹の死んだ蜜蜂を見つめながら考えこむ。互いの肢《あし》がからまり合って、ぴったりとくっついている。どこで採集したものだろう？　東京で見た都会の養蜂場か？　ウメザキとの旅行で訪れたどこかの土地か？　場所だけでなく、これがコートのポケットに入れられた経緯もわからなかった。ヘンスイロが蜜蜂をつかまえてこのように慎重に容器におさめ、さらにそれを私のコートのポケットに忍ばせたとはとうてい思えない。紙切れや葉巻の葉くず、青い貝殻、砂粒、縮景園の庭で拾った青緑色の小石、ひと粒のサンショウの実などがごっちゃになったポケットに、まさか蜜蜂まで紛れこんでいたとは。「自分はどこでこれを手に入れたんだ？　さあ、思い出すんだ……」どんなに記憶を探っても、このガラス容器にはさっぱり見覚えがなかった。しかし自分はなんらかの理由でこの死んだ蜜蜂を拾い集めたのだ。どんな理由だろう――研究のため、思い出のため、でなければロジャーに持ち帰る土産。ああ、きっとそれだろう。留守のあいだ養蜂場の世話をしてくれているロジャーへの贈り物だ。

そのあと記憶の時間軸はロジャーの葬儀がおこなわれた二日後に移った。ホームズはウメザキの手書きの詩を読み返していた。机の上に散乱した紙の下から引っ張りだしたのだった。折れ曲がったへりを指でつまみ、ジャマイカ葉巻をくわえ、椅子のなかで背中を丸めて文字を追う。煙が天井に向かってらせんを描いていく。しばらく経つと紙片を机に置き、吸いこんだ葉巻の香りを鼻孔へと送りだしながら窓を見つめ、それから煙が渦巻いている天井を見上げた。立ちのぼった煙が霊気のごとくふわふわと漂うのをしばらく眺めるうち、列車のなかでコートとステッキを膝にのせている一人きりの自分が頭によみがえった。寂れた田舎の田畑が、東京郊外の町並みが、さらには複数の線路をまたぐ陸橋が、車窓を行き過ぎていく。次に浮かんだのは、母国へ向かうイギリス海軍の船で兵士たちに囲まれている自分だった。ただ座っているときも食事をしているときも独りぼっちで、まわりからじろじろ見られ、自分はとっくに消滅した時代の遺物なのだと感じさせられた。周囲との会話を避けていたうえ、船上での決まりきった食事と単調な航海のせいで、記憶力がおかしくなっていくのがわかった。やがてサセックスのわが家へ帰り着き、図書室でうたた寝しているところをマンロー夫人に見つかった。そのあと養蜂場の様子を見にいき、ロジャーに蜜蜂の入った容器を手渡した。「これはきみにあげよう。学名アピス・セラナ・ジャポニカ――通常は単純に〝ニホンミツバチ〟と呼んでいる。気に入ったかな？」「ありがとうございます」とロジャーが答える。いつの間にか眠りに落ち、暗闇のなかで目を覚ました。息をあえがせ、このまま正気を失ってしまうのではないかと不安に襲われた。けれどもやがて陽が昇って、明るい光のなかで自分の理性がまだ無傷だとわかると、時代遅れの機械のようにクランクを必死に回して生気を取り戻した。アンダースンの娘が朝食を運んできた。カリカリに焼いた薄切りパンにローヤルゼリーを塗ったものだ。「ミセス・マンローからなにか言ってきましたか？」娘が訊く。ホームズは首を振って答える。「いいや、なにも言ってよこさない」

ところで、あのニホンミツバチはどうなったのだ？　再び過去を離れて現在に戻ったホームズは、屋根裏部屋で考えこみながらステッキに手を伸ばした。ロジャーはあれをどこにしまったのだろう？　立ちあがって窓のほうへ顔を向けた。今朝も昨夜から引き続き、雲が低く垂れこめた灰色の空だった。机に向かっていたあいだ、夜明けの光は雲の蓋にふさがれていたらしい。

ニホンミツバチよ、どこにいる？　あの少年はおまえたちをどこへやった？　考えあぐねたまま母屋を出たホームズの手には、ステッキとともにコテージの合い鍵が握りしめられていた。

21

嵐の前触れの暗い雲が、海上から農場のほうまで広がってきている。ホームズはマンロー夫人が住む陰気なコテージの鍵を開け、ぎこちない足取りで分厚いカーテンが下りたままの室内へ入っていった。明かりはつけないでおいた。森林の樹皮の香りに似た防虫剤のせいで、ほかの匂いを嗅ぎ分けることができない。三、四歩進むごとに立ち止まって、前方の暗がりに目を凝らし、ステッキをきつく握り直した。影のなかから、正体のわからないものが突如飛びだしてくるのを警戒するかのように。それでも彼は前進を続けた。ステッキの先が床を打ち鳴らす音はコツコツと小気味よく響いたが、足音のほうは鈍く重たげだった。ようやくロジャーの部屋の前にたどり着くと、開いたままのドアを通り抜け、コテージ内で唯一、朝の光が完全にはさえぎられていない空間へと足を踏み入れた。ロジャーのわずかばかりの持ち物に囲まれるのは、それが最初で最後となった。

ロジャーのきちんと整えられたベッドの端に腰を下ろし、あたりを見まわした。クローゼットの取っ手にかけてある通学鞄《かばん》。部屋の片隅に立てかけられた捕虫網。しばらくすると立ちあがって、室内をゆっくりと歩き始めた。何冊もの書籍と、何冊もの『ナショナルジオグラフィック』誌。抽斗つきのたんすの上には小石や貝殻が並べられ、壁には写真や色彩豊かな絵が飾ってある。勉強机の上にも物が所狭しと置かれている。六冊の教科書の横に、芯《しん》を削ってとがらせた鉛筆五本、製図用ペン、まっさらな紙――そして、例の二匹の蜜蜂が入ったガラス容器。

「ここにあったか」ホームズは容器を取りあげて、中身をつかの間じっと見つめたあと（蜜蜂は二匹とも東京行きの汽車のなかで見つけたときのまま、どこにも損傷がない）、机の上に置いた。

もとあった場所に、もとあったとおりに戻した。なんという几帳面《きちょうめん》な子だろう、ロジャーは。整《せい》頓《とん》が行き届き、なにもかもが定規で線を引いたようにまっすぐそろえてある。ベッド脇のナイトテーブルの上も同じだった。こちらもすべてが整然と置かれている——はさみ、ゴム糊《のり》の瓶、飾り気のない黒い表紙の大きなスクラップブック。

すぐにスクラップブックを手に取った。再びベッドに腰を下ろし、なにげなくぱらぱらとページをめくっていった。しばらくのあいだ、野生動物と森林、兵士と戦争という組み合わせで表現した複雑なコラージュにじっくりと見入った。最後に彼の目を釘付《くぎづ》けにしたのは、ドーム屋根のある、広島のもと県関連施設の無残なありさまだった。スクラップブックを見終わったときには、夜明けからずっと引きずっていた疲労が全身にのしかかってきた。

屋外で、もともと消えそうなほど薄かった日光が突然さらに薄くなった。細い木の枝が揺れて窓ガラスをこすり、さらさらとかすかな音をたてている。

「わからない」ロジャーのベッドの上で、ホームズは途方に暮れてつぶやいた。「わからない」もう一度繰り返したあと、少年の枕に頭をのせ、胸にスクラップブックをしっかと抱いて目を閉じた。「手がかりがただのひとつもない」

それからは押し流されるままになった。疲労困憊《こんぱい》から深い眠りに落ちたというわけではなく、夢と現実が交錯するようなうつらうつらした状態ともちがった。あえて言うならば、茫漠《ぼうばく》たる静寂へと沈没していく不穏な無感覚の世界だった。いま、その果てしない降下に似た眠りが彼をロジャーの寝室からさらって、いずこへともなく運び去った。それから六時間以上も、彼の意識は途絶えていた——呼吸は浅いが安定して規則正しく、手足はぴくりとも動かなかった。真昼の落雷の音は耳に届かなかったし、自分の農園が吹きすさぶ嵐になぶられていることも知らなかった。丈の高い草は地面になぎ倒され、突き刺さるような激しい雨で地面がどろどろになっていたというのに。嵐が去ると、コテージの玄関のドアが勢いよく開いて、雨で洗われた冷たい新鮮な空気が居間へ吹きこみ、さらにそれが廊下を通り抜けてロジャーの寝室にまで流れてきたことにも気づかなかった。

しかし顔や首筋に寒気が這うのを感じて目が覚めた。冷えきった手をむきだしの肌に押しつけられたようにぞくっとした。「そこにいるのは誰だ？」かすかに身動きして、口のなかでもぐもぐと言った。重いまぶたを押しあげ、ベッド脇のゴム糊とはさみを見つめた。それから視線はその奥にある廊下へ移動し、明かりが射しこんでいるロジャーの寝室とドアが開いたままの玄関にはさまれた影の空間をのぞきこんだ。数秒経って暗闇に目が慣れると、そこに誰かがいるのに気づいた。こちらを向いている微動だにしない人影が、背後からの弱い光にかすかに照らされている。吹きこんでくる風に服がさやぎ、スカートの裾がひらひらとめくれた。「誰だ？」とホームズは問いかけたが、まだ起きあがる力は湧かなかった。そのとき人影が後退して——玄関のほうへ音もなくあとずさった——彼女の姿があらわになった。スーツケースが家のなかへ運び入れられたあと、玄関のドアが閉まり、コテージ内は再び影に覆われた。同時に彼女の姿もすっと消えた。「ミセス・マンロー――」

彼女が再び形となって現われ、引っ張られるように寝室の戸口へ近づいてきた。背景の黒い闇に浮かぶ頭部は白いぼんやりとした球体に見えた。まわりの暗闇は単一ではなく、彼女の下のほうで別の影が波打つように揺れている。ああ、喪服を着ているのだな、とホームズは思った。目を凝らして、実際にそのとおりだとわかった。レースの縁取りがある質素な黒いドレスに身を包んでいる。顔は青ざめてやつれ、目の下に隈《くま》ができ、動作も鈍く緩慢だ（悲しみは彼女から若さを奪い取ってしまっていた）。ドアの敷居をまたいでホームズのほうへ歩み寄りながら、彼女は無表情のままうなずいて見せた。ロジャーが死んだ日に耳にした苦悶の声や、養蜂場で彼に向かって投げつけた鬱屈した怒りを思い起こさせるものはどこにもなかった。それどころか、いま彼女から伝わってくるのは、落ち着いた従順さと優しさに似たものだった。私のことも、蜜蜂のことも、もう非難するつもりはないらしい。自分の誤解だったと気づいたんだろう。ホームズは内心でそうつぶやいた。青白い彼女の手が伸びてきて、彼が握っていたスクラップブックを静かに抜き取った。向こうは目を合わせようとしなかったが、斜めの角度から彼女の開いた瞳孔が見えた。亡骸《なきがら》となったロジャーと同じ空虚なまなざしだとホームズは思った。マンロー夫人は黙ってスクラップブックをベッド脇のテーブルに戻した。ロジャーが置いていたとおりの位置にまっすぐそろえて。

「なぜここへ？」なんとか起きあがって、床に足を下ろそうとしながらホームズは訊いたが、とたんに気まずさに赤面した。彼女の住居に勝手に入りこんで眠っていたうえ、彼女の死んだ子供のスクラップブックを抱きかかえていたのだから。なぜここへ来たのかと尋ねるべきはマンロー夫人のほうだろう。にもかかわらず、彼女は雇い主が部屋にいることを特にいやがっているふうではないので、彼はよけい落ち着かない気分になった。不安に駆られて室内を見まわすと、ベッド脇のテーブルに立てかけてある二本のステッキが目に入った。「こんなに早く帰ってくるとは思わなかったよ」気がつくとそう言いながら、ステッキをつかもうと手をさまよわせていた。「ロンドンからの旅でくたびれたろう」自分のうわ滑りな言葉がみっともなく感じられて、ますます赤面した。

マンロー夫人はホームズに背を向けて机の前に立った(ベッドに座っているホームズのほうも彼女に背を向けていた)。このコテージに戻ったほうがいいと思ったので、と彼女は答えた。その静かな口調を聞いて、ホームズの不安は薄らいだ。「やらなくちゃいけない用事がたくさん残ってるんです」彼女は続けた。「ちゃんと片付けないと――ロジャーの物とか、わたしの物とか」

「腹が減っただろう」ホームズはそう言って、ステッキを握りしめた。「手伝いの娘になにか運ばせよう――それとも母屋の私の食卓へ行くかね?」

アンダースンの娘は町での食料品の買い出しからもう戻ってきただろうか、と考えながら彼は床に立った。そこへ背後からマンロー夫人の返事が返る。「おなかは空《す》いていません」

声のほうを振り返ると、彼女が横目でこちらを見ているのがわかった(投げやりでうつろな目は彼の視線を避けて端だけ向けられていた）。「なにか必要なものはあるかね？」とっさにそんな言葉しか思い浮かばなかった。「私になにかしてやれることはないだろうか？」

「お気持ちはありがたいですけど、自分のことは自分でやります」彼女はそう言って完全に目をそらした。

そのあと、ホームズはマンロー夫人がコテージに戻ってきた本当の理由を知ることになった。彼女は胸の下で組んでいた腕をほどき、机の上の物を調べ始めた——人生のひとつの章をどう締めくくるべきか思いめぐらしている女の横顔を、ホームズは無言で観察した。「私のところを出ていくつもりかね？」生煮えの言葉が思わず口からこぼれ落ちた。

マンロー夫人は机に置かれた製図用のペンやまっさらな紙をあてもなく撫でてから、磨きあげられた木目調の机の表面にしばらく手を置いた。そこがロジャーが宿題をしたり、壁に飾ってある精巧な絵を描いたり、雑誌や本を熱心に読んだりした場所だった。彼女にはいまでもそこに座っている息子の姿が見えるのだろう。母親が母屋で料理や掃除で忙しく働いているときに、一人で机に向かっていたロジャーの姿が。ホームズもいま、ロジャーの存在を感じ取ることができた。彼と同じように昼も夜も、深夜も朝も、机の前で背中を丸めていたのだろう。そういうロジャーの幻をマンロー夫人と分かち合いたい、ともに頭に描いている像について語り合いたいと思った。だがそうせずに沈黙を保ったのは、彼女の口から決然とした答えが返ってくるのを予期していたせいだった。「はい、旦那様——お暇をいただくつもりです」

ああ、そうだろうとも、とホームズは胸のうちでつぶやいた。きっぱりとした彼女の口調に、もう一度チャンスを与えてくれという懇願をけんもほろろに断られたような決まり悪さを感じ、口ごもりながら言った。「早まった決断をすべきではないと思うのだが——場合が場合なだけに……なおさら」

「早まってはいません。たっぷり時間をかけて考えましたから。それを変えるのはもう無理です。これ以上ここにとどまって、なんになるでしょう。必要なものはあるかというお尋ねでしたが、ここにあるあの子の物だけ——これ以外のものはいりません」そう言って赤インクのペンをつまみあげ、思いに沈みながら親指と人差し指のなかで転がした。「ええ、そうです、早まってなどいません」

突風が机の上方にある窓に吹きつけ、ひゅうと鳴った。窓ガラスに木の枝がこすれる。にわかに強まった風で外の樹木がわさわさと揺れ、窓ガラスと木の枝がたてる音も大きくなった。マンロー夫人の答えに気落ちしたホームズは、あきらめのため息をついて訊いた。「では、どこへ行くつもりだね？　ロンドンかね？　これからどうするか、身の振り方は決めてあるんだろうね？」

「いいえ、なにも決めていません。自分の人生なんて、もうどうなってもかまわないと思っているんです」

夫を亡くし、息子も亡くした。彼女の言葉から、かけがえのない最愛の人々を埋葬した女のやりきれなさがにじみでていた。きっと自分の心も亡き家族と一緒に墓に埋めてきたのだろう。ホームズはずっと昔に読んだ詩を思い出した。少年時代の彼を恐怖で震えあがらせた一節である。

〝わたしは先に一人で行くから、向こうで会おう〟マンロー夫人の満ち足りた絶望に圧倒され、思わず彼女に歩み寄った。「どうなってもかまわないわけないだろう。希望を捨てることは、なにもかも放棄することだ。そんなことは断じてやってはいけない。きみにはくじけずに生きていく義務がある。あの子への愛の灯《ひ》を消してしまってもいいのか？」

愛――。マンロー夫人はその老人がそんな言葉を口にするのはこれまで聞いたことがなかった。彼女は横目でホームズをにらみ、冷たい視線で彼の動きを制した。それから、その会話を避けるかのように、机の上の物を再びじっと見て言った。「今度のことで本当にいろいろなことを学びました」

彼女が蜜蜂の入ったガラス容器に手を伸ばすのをホームズは見守った。「ほう、そうなのかね？」と暗に先を促した。

「これ、日本の蜂ですよね。おとなしい、はにかみ屋の虫なんでしょう？　あなたが飼っている蜂とはちっとも似ていないと思いません？」彼女はガラス容器をてのひらにのせた。

「ああ、そのとおりだ。自分で勉強したらしいね」内心ではマンロー夫人の粗末な知識にあきれたが、口ではそう答えた。彼女がそれきり押し黙って、容器のなかの死んだ蜜蜂に視線をひたと据えているので、ホームズは怪訝《けげん》に思って眉をひそめた。沈黙に耐えかねて彼は話の接ぎ穂を差しだした。「そこに入っているのは非常にすぐれた生物なのだ——確かに少々臆病《おくびょう》なところはあるが、敵を倒すことにかけては実に勇ましい」さらに、日本のオオスズメバチがいろいろな種類の蜜蜂やほかのスズメバチに襲いかかる様子を話して聞かせた。オオスズメバチは獲物となる巣を見つけると、目印として特別な分泌物をそこに残していく。すると近くにいる仲間たちがそれを嗅《か》ぎつけて集まり、目標の巣に総攻撃を仕掛けるのだ。ここでニホンミツバチはどうするかというと、オオスズメバチの分泌物を速やかに探知し、来《きた》る攻撃に一致団結してそなえる。オオスズメバチが巣へ侵入してくれば、ニホンミツバチは襲撃者を群れになって取り囲み、自分たちの体温で相手を摂氏四十七度の熱に封じこめる。この温度はニホンミツバチにとっては快適だが、スズメバチにとっては命取りだ。「どうだね、魅力的な蜂だろう？」彼は話をそう結んだ。「私は偶然、東京の養蜂場でニホンミツバチを見かけたのだ。じかに目にすることができたとは、つくづく幸運だよ」

雲間から陽光が射し、窓のカーテンを明るく染めた。その瞬間、ホームズはこんなときに一席ぶっている自分が恥ずかしくなった。マンロー夫人が息子を亡くしたというのに、自分はニホンミツバチについて熱弁をふるうことしかできないとは。無力感に打ちのめされ、自分の愚かさかげんにあきれた。情けない思いで首を振り、詫びようとしたそのとき、マンロー夫人が蜜蜂の入った容器を机に置いて怒りに声を震わせた。「無意味だわ——人間らしくない——あなたの話には人間味というものがひとかけらも感じられないのよ。科学の専門書に書いてあることを羅列してるだけ——試験管と標本箱に詰めこまれたガラクタと同じだわ。人を愛することがどういうことか、あなたにはわかってらっしゃるの？」

マンロー夫人の押し殺した声はとげとげしく、侮蔑をむきだしにしていた。憎々しげに辛辣《しんらつ》な言葉を浴びせられて、ホームズは怒りに駆られた。答える前になんとか気持ちを落ち着かせ、冷静になろうとしたが、ステッキをつかむ手は無意識のうちにこぶしが白くなるほど力がこもっていた。返す言葉など見つからなかった。大きく息を吐きだし、ステッキを握る手をゆるめ、再びロジャーのベッドによろよろと戻った。「私はそれほど情の薄い人間ではない」ベッドの裾に腰を下ろしながら言った。「少なくとも自分ではそう信じている。しかし、どうやったらそれをきみにわからせることができるのだ？　蜜蜂に傾けてきた情熱の出発点は、科学でも研究でも専門書でもない。どうか私を血の通っていない人間のように思わないでくれ」

マンロー夫人はガラス容器を見つめたまま返事をしなかった。身動きすらしない。

「ミセス・マンロー、いまさら言うまでもないだろうが、私は歳のせいで記憶力が衰えている。物をどこかに置き忘れることもしょっちゅうだ——葉巻、ステッキ、ときには靴まで。自分のポケットから思わぬ物が出てきて、化かされた気分になることもある。それはただの滑稽な話では済まされない、ぞっとするほど恐ろしいことなのだ。別の部屋へ移動するあいだになんの用事で来たのか忘れてしまったり、机に向かっているときに書いているそばから自分の文章が意味不明に思えたりするのだからね。にもかかわらず、ほかの雑多な事柄が頭に鋭く刻みつけられていて容易にぬぐい去れないとは、皮肉な話じゃないか。たとえば私は十八歳の頃の自分をいまでも鮮明に思い出すことができる。背がひょろりと高くて孤独な、ぱっとしないオクスフォードの学生だった自分を。毎晩のように講師と一緒に数学と論理学を勉強していたよ――その講師というのが几帳面で気難しくて無愛想な男でね、私と同じクライスト・チャーチ・カレッジの寄宿生だった――ルイス・キャロルという名を聞けば、誰だかわかるだろう。私にとっては本名のC・L・ドジソン先生だがね。彼は独創的な数字パズルや言葉遊びを考えだす天才だった。私が大いに興味をそそられた暗号もだ。手先も器用で、彼が手品や折り紙を披露してくれたときの場面はつい昨日のことのように覚えている。ああ、それから、私が子供の頃に飼っていたポニーもはっきり目に浮かぶ。ヨークシャーの荒れ野を一人でポニーにまたがって散策したときは、波のように風になびくヒースの海でうっとりしながら迷子になったよ。そういう情景が私の頭にはいくらでも残っていて、いつでもすぐに引きだすことができるのだ。それなのになぜ、ほかのことは記憶からひらひらと飛び去ってしまうのか不思議でならない」

彼はなおもしゃべり続けた。「あと少しだけ私自身の話をさせてほしい。人の心がわからない人間だと思われているようだからね。確かに感情に対する知覚能力はきみよりも劣っている。しかしきみは晩年の私しか知らない。この片田舎に隠遁《いんとん》して、養蜂場の世話に没頭している私をな。そう、蜜蜂について語らせると、延々と続けるような男だから、誤解されてもしかたないと思っている。とにかく、四十八歳までは蜜蜂だの巣箱だのといった世界にはこれっぽっちも興味がなかったのに、四十九歳からはそれ以外のことには見向きもしなくなった。そのへんの事情を、どう説明すればわかってもらえるだろう？」息を吸いこみ、一瞬だけ目をつぶってから先を続けた。「実は、依頼された捜査である女性と関わることになった。若くて、私にとっては不思議な存在で、魅力的な女性だった――いつの間にか彼女に心惹かれていたよ。どういう感情なのか、自分でも完全には理解できないままに。彼女と過ごした時間はほんのわずかで、一時間にも満たなかったはずだし、向こうは私が本当は誰なのか知らなかった。もっとも、こちらも彼女をよく知っていたわけではない。読書が好きで、花園をぶらぶら散歩するのを楽しんでいたことくらいだ。それで、私も彼女と散歩をともにすることになった――咲き乱れる花に囲まれて。細々したことは重要ではない。最後は彼女が私の人生から消えてしまったという事実にのみ意味がある。どういうわけか、彼女がいなくなったとき、私は本質ともいうべき大切なものをなくした気がして、心にぽっかり穴が開いた。ところが――ところが彼女は、いなくなったあとも私の意識にはっきりと現われた。目覚めていて頭がはっきりしているときにだ。初めのうちは些細《ささい》なことに思えたが、繰り返されるうちに存在感がいや増して、私の思考をとらえて放さなくなった」そこで口をつぐみ、過去を呼び覚まそうとしているような遠い目になった。

　マンロー夫人は彼をちらりと振り返って、軽く顔をしかめた。「いったいなんのお話ですか？それがわたしといったいなんの関係があるんです？」つるりとした額にしわが寄って、そのくっきりとした線が彼女の感情をなによりも如実に表わしていた。だがホームズは彼女のほうを見ずに、視線を床へ移し、彼にしか見えないなにかにそのまま釘付けにされた。

べつにどうということのない話だよ、とホームズはマンロー夫人に答えた。頭のなかにそのケラー夫人という女性が現われて、過去の情景そっくりに手袋をはめた手をこちらに向かって差しだすというだけのことでね、と。場所は自然科学・植物学協会の庭園だ。彼女は指を伸ばし、シャゼンムラサキやベラドンナに触れる――スギナやナツシロギクにも――そして今度は、アイリスをてのひらですくうように持ちあげる。手を引っこめようとしたとき、一匹の働き蜂が飛んできて手袋をはめたてのひらにとまった。彼女は少しもたじろがない。蜜蜂を振り払いもしなければ、押しつぶしもせず、かすかな優しい笑みを浮かべ、敬愛のこもったまなざしでその小さな生き物を間近で見つめる。唇が小さく動き、愛おしげになにかささやきかけている。働き蜂のほうも彼女のてのひらにおとなしくとまっている――興奮した様子も、手袋に針を突き立てようとする気配もなく、まるで彼女を仲間だと思っているかのように。

「あの神々しいまでに純粋なふれあいを、正確に言い表わすのはまず不可能だ。あれ以来、似たような光景を目にしたことは一度もない。それほど特別な出来事だったのだ」ホームズはそう言って、顔を上げた。「その場面が続いたのはほんの短いあいだで、せいぜい十秒くらいだったろう。そのあと彼女は蜜蜂を放してやろうと、最初にとまっていた花にそっと乗せた。だがそんなつかの間のささやかな交流が――あの女性がてのひらを通して小さな昆虫と信頼を確かめ合った短いひとときが、のちに没頭することになった養蜂の世界へ私をまっしぐらに進ませた。だからわかるだろう、それは理論や計算から成る精密な科学とは完全に異なるものなのだと。いいかね、さっききみが言ったような人間味のない無意味なことでは決してないのだ」

マンロー夫人は彼をまっすぐ見た。「でも、それを本物の愛と呼べるんですか？」

「愛がなんなのか、私にはわからない」彼は悲痛な声で答えた。「わかるふりをしたこともないがね」感情を高ぶらせた経験が皆無だったわけではないが、魅力的な誘惑には見向きもせず、科学的手法の探究に全精力を傾ける孤独な人生を送ってきた。自分の見解や著書は俗人の感傷におもねるためにあるのではないという姿勢で。孤独ではあったが、黄金の群れと黄金の花と黄金の花粉に囲まれて暮らしてこられた。蜜蜂の驚異的な生態システム、すなわちコロニーを維持するための奇蹟《きせき》ともいうべき特有の文化は――これからも未来永劫《えいごう》、世代から世代へ脈々と受け継がれていくのだろう――蜜蜂の集団が生存についてまわる問題の克服にいかに習熟しているかの証左だ。巣箱ごとの自立した共同体には、人間からの施しをあてにする怠け者の働き蜂は一匹もいない。人間と蜜蜂の共同作業は、巣箱やその周辺の世話をする者に許される特権であり、それによって複雑な蜜蜂王国の発展が維持され、保護されてきた。人間が平和を実現する手段は、蜜蜂の低い羽音のハーモニーに、変わりゆく混乱の世の中にあっても安心感を与えてくれる子守歌のようなさざめきに隠されているにちがいない。神秘と驚異と希望が、養蜂場を隅々まで黄色とオレンジ色に染める午後遅い陽射しに映しだされる。ロジャーは自分の目で見て体感し、それがいかに得がたいものであるかを知っていた。一緒に養蜂場にいたとき、少年が驚嘆に顔を輝かせるのを一度ならず目にしたことがある。そしてホームズも、そんな少年の姿に感動をおぼえ、ひそかに胸を躍らせたものだった。「その心情を愛と呼ぶ者もいるだろう――そう望むならば」ホームズの表情は悲しみと失意の淵《ふち》を映した。

マンロー夫人の目の前で、彼は涙を隠そうともせず泣いていた（両目からあふれた涙が頬をぽろぽろつたって顎ひげへと流れ落ちていく）。しかし涙はこぼれたときと同様、唐突に止まった。ため息とともに濡れた頬をぬぐった彼は、われ知らずこう言っていた。「どうか考え直してほしい――きみがここにいてくれるのは、私にとって大きな意味があることなのだ」しかしマンロー夫人はなにも答えず、彼の存在が目に入らないかのように壁にかかっている絵を眺めていた。ホームズは再びうなだれた。当然の報いだ、と彼は思った。涙がまたあふれだし――そして止まった。

「あの子がいなくなって寂しい？」マンロー夫人がようやく沈黙を破って、意外なほどそっけない口調で訊いた。

「もちろんだとも」ホームズは即座に答えた。

壁に向けられていたマンロー夫人の視線が、絵をひととおり眺めたあとセピア色の写真で止まった（幼いロジャーを腕に抱いている彼女の横に、若い夫が誇らしげに立っている）。「あの子はあなたを尊敬していました。それはご存じでした？」ホームズは顔を上げ、振り向いたマンロー夫人に向かって救われたような表情でうなずいた。「さっきのガラスの瓶に入っている蜜蜂のことはあの子から教わったんです。あなたが蜜蜂について言ったことは全部わたしに話していました。あなたが言ったことはなにからなにまで」

声を押し殺した険しい口調は消えていた。面と向かって彼と話さなければとマンロー夫人は決心したらしく、憂いに満ちた声にも彼を見つめるまなざしにも柔らかみが差していた。私を赦《ゆる》してくれたのかもしれない、とホームズは思ったが、慎重に彼女の様子をうかがいながら、ただうなずいて話に耳を傾けた。

ホームズの意気消沈した力ない表情をまじまじと見つめ、マンロー夫人ははっきりと見て取れる苦渋の色を浮かべた。「わたしにこの先どうしろとおっしゃるんですか、旦那様？　子供を亡くして、いったいなにを生き甲斐《がい》にすればいいんですか？　教えてください、あの子はどうしてあんなふうに死ななければならなかったんですか？」

問い詰められても、ホームズは答えにふさわしい言葉が思い浮かばなかった。だがマンロー夫人はなおもすがるように彼の顔を見つめている。なにか意味のある有益な言葉を、揺るぎない確固たる答えを請い求めて。それを感じ取った瞬間、ホームズはふとこう考えた。納得の行く説明、あるいは明確な答えが存在しない状況で真実を探し続けることほど悲惨で苛酷な精神状態はないのではあるまいか、と。それに、ウメザキの場合とはちがって、マンロー夫人には苦しみを和らげてやるために適当な作り話を聞かせるというわけにはいかない。つまり、ワトスンが物語をこしらえる際に用いていたような、空白を虚構で埋めて都合のいい結末に落ち着かせる手法は通用しないのだ。そう、真実そのものがあまりに歴然としていて、打ち消しようがない。ロジャーは死んだ。不運な出来事の犠牲者として。

「なぜあんなことになったんですか、旦那様？　どうしても知りたいんです——どうしても」

こういう台詞《せりふ》を過去にいくたび聞かされただろう、とホームズは内心でつぶやいた。ずっと昔にロンドンで、引退後も隠棲《いんせい》先のここサセックスで、助力を求めに訪ねてきた大勢の人々が同じような言葉を口にした。抱えこんでいる深刻な悩み事を解決してほしい、歯車の狂った人生を正常に戻してほしいと懇願した。それが簡単にできれば誰も苦労はしないだろうにと、つくづく思う。せめて、いかに困難な問題にも解決の道が必ず開けると保証されていたらいいのだが。

途方に暮れるばかりで、考えれば考えるほど闇が深まってくる気がしたが、それでもまとわりつく影をかき分けてかすかな光をたどっていく思いでおごそかに言った。「ああいうのは起こりうることなのだ——そう考えるべきだろう。ときとしてわれわれには理解しがたい思いもよらぬ事態が発生するものだと。この世は不条理に満ちていて、予想も理由づけもできない理不尽な出来事が起こる——残念ながら、それが紛れもない事実なのだ——よって私は——そのような厳しい現実と背中合わせで生きていくのがわれわれ人間の宿命だと感じている」

マンロー夫人は放心したような顔つきでホームズをしばらくじっと見つめた。そのあと、かすかな苦笑とともに言った。「ええ——そうなんでしょうね」沈黙がそれに続いて、彼女は再びロジャーの机のほうを向き、さっき自分が触れたペンや紙、本、蜜蜂が入った容器をきれいに並べ直した。それが済むと、ホームズのほうに向き直った。「すみません、少し眠らせてください——ここ数日、ほとんど休んでおりませんので、くたくたなんです」

「今夜は母屋で寝てはどうかね？」ホームズはマンロー夫人の身を案じて尋ねた。直感的に彼女を一人きりにしてはいけないと思ったので、さらに言葉をかけた。「アンダースンの娘が夕食をこしらえてくれる。まあ、きみの口に合うかどうかはわからないがね。とりあえず客用の寝室に洗い立てのシーツが用意してあるはずだから、そこでゆっくり休むといい」

「ありがとうございます。でもここのほうが落ち着きますので」彼女は言った。

ホームズはなおも母屋へ移るよう勧めたかったが、マンロー夫人の視線はすでに彼を素通りして、暗い廊下のほうをのぞきこんでいた。肩を丸め、頭も身体もこわばらせ、瞳孔が開き——黒々とした虹彩《こうさい》を薄い緑色の環が縁取っている——もはやホームズの存在など視界に入っていなかった。意識すらしていないだろう。彼女は入ってきたときのように無言でロジャーの部屋を出ていくにちがいない。そう思ったホームズは、彼女がドアに向かって歩きだすと腕をつかんで引き止めた。

「待ちなさい——」

彼女は手を振りほどこうとしなかったし、ホームズのほうもそれ以上強引な止め方はしなかった。互いに顔をそむけたまま、一言も発せず、ただ手を握り合っていた。重なったてのひらを通して、それぞれの指にこもる静かな力によって、相手への敬意や気遣いが交わされた。しばらくすると、マンロー夫人はこっくりとうなずいて手を離し、部屋の出口へ遠ざかっていった。間もなく彼女の姿は廊下の暗がりに吸いこまれ、ホームズは薄闇の航路に一人取り残された。

少しして、彼も立ちあがって前へ進み、後ろを振り返ることなくロジャーの部屋をあとにした。廊下に出てからは、目の見えない者が杖《つえ》を頼りに歩くように前方をステッキで叩いて確かめながら進んでいった（弱い光が射すロジャーの部屋を背にしているため、行く手は影に覆われ、どのあたりにマンロー夫人がいるのかわからなかった）。玄関まで来ると、手間取ったのちようやくドアノブを探りあてた。ドアを開けるなり外のまぶしい光に目がくらみ、一瞬その場に立ちすくんだ。目をすがめて、雨の湿気を含んだ空気を吸いこんだときだった。平和に包まれた養蜂場という聖域が、四つの石に囲まれて黙想するときに感じる静謐が、自分を差し招いているのだとわかった。落ち着いて呼吸を整えてから歩きだし、まぶしさに目を細めたまま庭の小径へ進んだ。そこを通り抜ける途中で立ち止まって、ジャマイカ葉巻を出そうとポケットを探ったが、見つかったのは箱入りマッチだけだった。まあ、いいか。再び先へ進み、ぬかるんだ地面で泥をぴしゃぴしゃとはねながら歩いた。小径の両脇に生えている丈の高い草が濡れて輝いている。養蜂場の手前までやって来ると、赤っぽい蝶がまわりをひらひらと舞った。続いて現われた別の蝶が最初の蝶を追いかけていき、そのあとまた別の蝶が飛んできた。最後の蝶が目の前を通り過ぎたあと、ホームズは養蜂場の巣箱の列を見渡した。さらに四つの石でひっそりと守られている草地にも視線を向けた（すべてが雨に濡れそぼって、しんなりしている）。

なおも進み続け、大地が空と交わる方角を目指した。母屋と花園とマンロー夫人のコテージが建つ敷地の端の、真っ白な崖が垂直に切れ落ちている場所を。崖の表面には時の経過を物語る地層がはっきりと見え、岩肌に刻まれた細道は曲がりくねって海辺へと向かっている。長い歳月のあいだの不規則な地殻変動は、ゆるやかだが着実な進化を育み、地層のそれぞれの層に化石や巻きひげ状の木の根を閉じこめてきたのだった。

海に続く断崖《だんがい》の細道をくだり始めると――濡れた白亜の地面にステッキの跡を点々と残し、自分の足に引っ張られるように進んだ――岸に寄せては返す波の音が聞こえてきた。砕けるときの低いとどろきと、引くときの高いざわめき、そして短い静寂。人類の起源より前の天地創造を空想させる響きだった。これがこの星で最初の言語だったのかもしれない。午後の風と海流が融《と》け合い、調和しているのを感じた。遠くに目をやると、波打ち際から数マイル向こうの沖合で、太陽に照らされた海原が波立っているのが見えた。刻一刻と海は輝きを増し、太陽は地底から上昇し、拡大していくオレンジ色と赤の彩りのなかで波が躍っている。

けれどもそうしたことのすべてが、ホームズの目には抽象的でなじみのないものに映った。海や空を見つめれば見つめるほど、人間の世界からはかけ離れたものに感じられる。それはなぜかというと、人類がそれだけ異質な存在だからだ、と彼は結論づけた。自然から切り離され孤立することは、人類にとって生来の性質を進化させていくうえで避けられない副産物であろう。その事実を突きつけられると、彼の心は抱えきれないほどの深い悲しみに沈んだ。しかしそれでも相変わらず波は打ち寄せ、断崖はそびえ、風は潮の香りを運び、嵐の余韻は夏の暑さをなだめるのだった。崖の道をくだっていきながら、自然の秩序に取りこまれたいという欲望がうずきだした。人間のうわべを飾る衣《ころも》を脱ぎ捨て、自分の偉大さを声高に叫ぶ無意味な騒ぎから逃れたいと思った。その願いは、彼が真実と信じて尊重しているものすべて（数多くの自著や理論、観察に基づく膨大な事象に対する見解など）を凌駕《りようが》するほど切実だった。太陽が傾くにつれて大空はゆらぎ始めている。陽光をまぶされたそのスクリーンには月も昇り、透きとおってぼんやりとにじんだ半円形が深い藍《あい》色を背景に高く浮かんでいる。少しのあいだ、太陽と月に思いを馳《は》せた――熱く燃えさかるぎらぎらした天体と、息をひそめている冷え冷えとした弓形が、互いに不可欠な存在でありながら相変わらず別々の軌道をめぐっていることに深い満足感をおぼえた。どこで読んだかは忘れたが、不意にこんな言葉が頭に浮かんだ。〝太陽は月に追いつくべからず、夜は昼を追い越すべからず〟そうしていつの間にか――これまでもこの曲がりくねった崖の道を歩いている途中でたびたびそうなったように――黄昏《たそがれ》が忍び寄ってきた。

道の中間点あたりまで来たとき、太陽は水平線に沈みかけ、眼下の砂浜で潮だまりや小石が残照に浸って濃い影を引いていた。彼は見晴台のベンチに腰を下ろすと、ステッキをかたわらに置き、波打ち際を見下ろした――それから海原を眺めたあと果てしなく広がる空へと目を転じた。はるか彼方に嵐雲がわずかばかり居座って、蛍さながらに稲光をちかちかと発している。数羽のカモメが彼に向かって叫ぶかのように鳴き騒ぎ、上昇気流に乗って輪を描きながら海上をなめらかに舞い、その下方ではくすんだオレンジ色に染まった波がきらめいている。ふと気づくと、道が浜辺のほうへ曲がっていくあたりに新しい草むらができて、木苺《きいちご》が群生していた。身を寄せ合うようなその姿は、上方のもっと肥えた土地から追い払われた寄る辺なき放浪者を連想させた。そのとき、自分の息づかいのような音が聞こえた——単調な低いリズムで、風のうなりと似ていなくもないが、なにか別の、わりあい近くから発せられている音かもしれない。おそらく断崖が漏らしているかすかなつぶやきだろう。岩や根や土を閉じこめた地層の広大な継ぎ目が震動し、きしんでいるのだ。人類を超える悠久の歴史を物語り、太古から続く時の流れを伝えようとして。

彼は目を閉じた。

身体から力が抜けた。疲労の波が押し寄せ、手足がぐにゃりとなって、ベンチから立ちあがることができない。動くな、と自分に言い聞かせ、永遠に続くものはなんだろうと思いをめぐらせた。野生の水仙、花壇の薬草。自分が生まれる前から生えている、そよ風にかさこそと音をたてる松林。首筋がちくちくし始めた。顎ひげのあたりもこそばゆい感じがする。膝の上に置いていた手を片方、ゆっくりと持ちあげた。見慣れたアザミが上に向かって茎をくねらせ、紫色のフジウツギも鮮やかに咲き誇っている。今日は雨が降って敷地全体に水気が染み渡った。雨は明日も降るだろう。土砂降りのあとは地面の土からかぐわしい香りが立ちのぼる。牧草地でアザレアや月桂樹やシャクナゲが濡れそぼって震えているのが目に浮かぶ。それにしても、このちくちくするものはなんだ？　それが首から手の先まで下りてきたところを、てのひらですばやくつかまえた。呼吸は浅くなっていたが、目はまだ開けていられた。指の隙間から、ちょこちょこと動いている家蠅のような虫がのぞいた。よく見ると、肢の花粉かごをいっぱいにした働き蜂だった。巣箱からこんなに遠く離れた場所でけなげに仕事に励んでいたとは、実に驚くべき生き物だ。てのひらで踊っている様子を感慨深く眺めてから、手をひと振りして空へと放ち、この移ろいやすいばらばらな世界へ苦もなくすいすい飛んでいく蜜蜂を心からうらやんだ。

22
エピローグ

これだけの長い年月を経てもなお、ケラー夫人が短い生涯を閉じた事情について最後の部分を綴《つづ》ろうとしているいま、ペンを持つ私の心は重たく沈む。まとまりのない、ひどくあやふやな文章であることは重々承知のうえで、私自身が稀少《きしょう》なつながりを持ったある女性に関する記録めいたものを、彼女の顔を写真で初めて目にした瞬間から、彼女の心の奥底をついに垣間見《かいまみ》たあの午後までの事柄を、ここまで書き記してきた。本当は自然科学・植物学協会の庭園の場面で幕を下ろすつもりだった。私の心に奇妙な空洞を生じさせた――あれから四十五年が過ぎたいまも、まだ完全にはふさがっていない――最後の出来事には決して触れまいと心に決めていたはずだった。

にもかかわらず、今日は闇夜のせいでペンが走りすぎるのか、後日の出来事についていまのうちに、自分の記憶力の衰えによって知らぬ間に彼女をどこかへ運び去ってしまう前に、できるだけ事細かに書き残しておきたいとの思いに迫られている。いずれ彼女を忘れてしまうことは避けられないのだから、あのときの事実をありのままに記録するほかないと感じている。思い返せば、あの件を伝えていたのは、自然科学・植物学協会の庭園でケラー夫人と別れた日の次の金曜日、『イヴニング・スタンダード』紙に載った短い記事ひとつきりだった。紙面での扱われ方からして、さほど重要ではない事柄と見なされていたように思う。記事の内容は次のとおりだった。

本日午後、セント・パンクラス駅に近い線路上で、女性が蒸気機関車に轢《ひ》かれて死亡するという痛ましい事故が発生した。午後二時三十分、ロンドン・ノースウェスタン鉄道の運転士イアン・ロモックスは、線路内前方に走行中の列車に向かって歩いてくる日傘を差した女性を発見、ただちにブレーキをかけたが間に合わなかった。彼の証言によれば、直前に汽笛を鳴らして危険を知らせたものの、女性は線路から退避せず、身を守ろうとするはっきりした行動も取らなかったという。衝撃により、身体はばらばらに轢断《れきだん》されて線路から遠く離れた場所まではね飛ばされた。所持品を調べた結果、この不運な女性の身元は、フォーティス・グローヴ在住のアン・ケラーさんと判明した。夫のケラー氏は深い悲しみに沈んでいると伝えられ、妻が線路内に立ち入った理由について公式には明らかにしていない。ただし警察は事故の原因究明のため、近々ケラー氏の事情聴取をおこなう予定とのこと。

以上が、アン・ケラー夫人の悲惨な最期に関して判明している事実である。しかしながら、すでに長々と書き連ねてはきたものの、あと少しだけこの物語を続けるつもりだ――彼女の死が報じられた日の翌朝、私が素顔を隠すため震える手で眼鏡をかけ、付け髭《ひげ》をつけたことから始まる一連の出来事を記録するために。その恰好《かっこう》でベイカー街からフォーティス・グローヴのケラー氏宅へと歩いているうち、私は次第に平静さを取り戻した。呼び鈴を鳴らすと、玄関の扉がゆっくり開いて、トーマス・R・ケラー氏の憔悴《しょうすい》した顔がのぞいた。彼はドア枠の奥に潜む不気味な暗闇を背景に、その姿を浮かびあがらせていた。私を目にしても、うろたえもしなければ気力を奮い起こした様子もなかった。また、私の変装した姿にいぶかしげな表情を浮かべることもなかった。私は即座に、スペインのヘレス産ブランデーの強い匂いに気づいた――正確な銘柄はラ・マルケ・スペシアーレだ。抑揚のない調子でしゃべりだしたケラー氏の口から、それがぷんぷん匂ってきた。「ああ、どうぞ、お入りください」彼と話し合いたいことがいくつかあったが、私はまだ用件は告げなかった。黙ったまま彼のあとに続き、窓にカーテンが下りている部屋や二階へ続く階段の前を通り過ぎていった。案内されたのはその奥にある書斎で、室内にはランプがひとつともっているきりだった。その明かりにサイドテーブルをはさんだ二脚の椅子が照らされ、私がさっき彼の息から嗅《か》ぎ取ったとおりラ・マルケ・スペシアーレのボトルが二本、テーブルに置かれているのが見えた。

このときほど、ジョンが同行してくれていたらと思ったことはなかった。彼ならば真の作家たる能力を縦横に発揮して、気の利いた細部の描写と華麗な誇張表現で、凡庸な話も奥行きのある話に仕立てただろうに。だが私にはそんな芸当はとうてい無理だ。派手な色遣いや器用な筆さばきは性に合わない。悲しみに打ちひしがれた青白い顔の依頼人について、なんとか真に迫った描写ができるよう努めてはみるが。続きに戻ろう。私はしばらくケラー氏のそばに座って、深い同情の念を伝えた。彼は私の問いかけにもほとんど答えず、身じろぎもせず、うつむいて顎《あご》を胸にうずめたまま抜け殻のようなありさまだった。生気のないうつろなまなざしを床に落とし、片手で安楽椅子の肘《ひじ》のせをつかみ、もう一方の手ではブランデーのボトルの首をきつく握りしめている――衰弱しきったせいで、酒を飲みたくてもサイドテーブルからボトルを持ちあげる力さえなくなっているようだった。

ケラー氏の態度は私が予期していたものとはまるきりちがっていた。妻が死んだことで私を責めようとはしなかった。奥様はなにひとつ悪いことはしていないのですと彼に告げたが、その言葉がむなしく響いたのは自分でもわかった。もしもケラー夫人がグラス・アルモニカを習わなかったら、などと仮定してみても始まらない。結局マダム・シルマーに対する疑いは誤解だったことも、ケラー夫人が夫に言ったことはおおむね真実で、嘘をついていたわけではなかったことも、いまさらどうでもいいことではないか。しかしそれでも私は、ケラー夫人の秘められた行動についていくつか夫に話した。ポートマン書店の裏手にある小さな庭のことや、あの店の書棚から彼女が本を無断で借用していたこと、それを庭で読みながら窓から流れるグラス・アルモニカの演奏に耳を傾けていたことを説明して聞かせた。彼女が店の裏門から路地に出て、ぶらぶらと歩いていき——歩道に沿って狭い街路を進み、線路づたいに道をたどり——最後は自然科学・植物学協会にたどり着いたことも。ただしステファン・ピータースンなる人物のことは持ちださなかった。依頼人の妻が立派な殿方とは言いがたい人物にあとをつけられ、その男と午後のひとときをともに過ごしたことは、わざわざ伝える必要はない。

「だが、わからないのです」ケラー氏は椅子のなかで身をよじり、私をすがるように見て言った。「妻はなぜあんなことをしたのでしょう、ホームズさん？　原因がどうしてもわかりません」

まったく同じことを私も繰り返し自分に問いかけてきたが、これだという答えはまだ見つけられずにいたのだった。ケラー氏の膝《ひざ》を軽く叩《たた》いてから、彼の血走った目をのぞきこんだ。すると私のまなざしに傷つけられたとでもいうように、彼は再び床に力なく視線を落とした。

「私にも明確なことはなにもわかりません。探りあてることができないのです」

考え得る解釈はいくつか思い浮かんだが、検討に検討を重ねた結果、決定的な原因であるという確証は得られなかった。確かに二度にわたる死産は彼女を絶望の淵《ふち》に追いつめたことだろう。グラス・アルモニカの独特の音色が持つと言われている悪い影響が、彼女のもろくなっていた神経にさわったのかもしれない。不条理な人生のせいで精神錯乱に陥った、あるいは異常行動を引き起こすような病に冒されていたとも考えられる。ほかには妥当な説を思いつかなかったので、それらの可能性を何時間もかけて徹底的に比較考量したわけだが——結局のところ満足のいく結論には達しなかった。

途中の段階では、精神錯乱の説を最も有力視していた。グラス・アルモニカに対するまるでとりつかれたかのような強い執着は、彼女の神経症的な性向を示唆するものである。何時間も屋根裏部屋に閉じこもって、死んだ子供をよみがえらせるために曲を作って奏でていたとするならば、狂気の沙汰《さた》としか言いようがない。ところがその一方で、あの女性は庭園のベンチで恋愛小説を読み、草花や蜜蜂に深く共感し、自分自身にもまわりの世界にも安らぎをおぼえているようだった。もっとも、精神のバランスを崩している人間は必ずしもそれらしくふるまうとはかぎらず、正反対の行動習性を示すことも絶対にないわけではない。表面的には彼女に錯乱の徴候はどこにも見受けられなかった。もっとはっきり言えば、近づいてくる列車の正面へまっすぐ歩いていくような行動を予見させる兆しはみじんたりともうかがえなかった。もしも彼女がそのような危うい精神状態にあったのならば、春を謳歌《おうか》している花々や昆虫になぜあそこまで心酔していたのだろう？　そこまで考えたとき、やはり事実に矛盾しない理にかなった結論には達していないと認めざるを得なかった。

ただ、ここまで挙げた説とは別に、可能性のありそうな推論がひとつ残っている。鉛中毒だ。当時、鉛中毒にかかることは決してまれではなかった。というのも、食器や台所用品、蠟燭《ろうそく》、水道管、窓枠、塗料、白目製のカップなど、鉛を含む物が日常生活のいたるところに存在していたからである。むろん、グラス・アルモニカのガラスの椀《わん》それ自体と、そこにほどこされた音階を色分けするための塗料、そしてはずみ車にも鉛が使用されていたはずだ。ベートーヴェンが聴力を失い、病苦の末に亡くなったのも、慢性的な鉛中毒が原因ではないかと私はつねづね考えていた。彼もやはりグラス・アルモニカに魅せられて、熟達するまで練習に長時間を費やしたと言われている。よって、鉛中毒説に見込みがあると判断した私は、それを立証すべく調査に力を注いだ。けれどもじきに、ケラー夫人には急性にせよ慢性にせよ鉛中毒の症状は皆無であったと確信した。発作、激しい腹痛、歩くときに足もとがふらつくなどの神経障害、認知機能の低下といった脳障害はいっさい認められなかったのだ。もともと倦怠《けんたい》のような不定愁訴があったという話だから、別の経路で鉛中毒にかかっていたことは否定できないが、グラス・アルモニカに触れるようになってからは症状が悪化するどころか軽減されている。私自身の体験もその重要な裏付けになる。手相占いのため至近距離で彼女のてのひらを観察したとき、鉛中毒の初期症状であるできものや青黒い変色はどこにも見あたらなかった。

そんなわけで、結局のところ彼女は錯乱していたわけでも病気に冒されていたわけでもないと考えるほかなかった。彼女はただ、なにか知られざる理由があって自分から人間という枠をはずし、生きることをやめたにすぎないのだろう。繊細で鋭敏な魂の持ち主にとって、この世界はあまりに美しく、あまりに恐ろしい。その相反する二元性を悟ってしまった者は、自らの意志でもってそこから退場するしかないのかもしれない。それが真相に一番近い説明だと信じている。むろん、私にとって心から満足して受け入れられる結論では決してないのだが。

私が以上のような内容を伝え、ケラー夫人についての分析を締めくくったとき、ボトルの首をつかんでいたケラー氏の手がずるずると滑り落ち、テーブルの隅で力なくてのひらを上に向けた。彼の憔悴しきった険しい顔がほんの一瞬ゆるんで、胸の奥から静かな吐息が漏れる。深い悲しみによる睡眠不足と、ブランデーの飲み過ぎだろう。私はしばらく彼のそばにいてやり、ラ・マルケ・スペシアーレを味わわせてもらった——そして一杯目、二杯目と飲み干して頰に赤みが差し、心の隅々まで染みこんでいた憂鬱《ゆううつ》がおとなしくなると、立ちあがって辞去を告げた。間もなく私は家のなかを通り抜けて、閉まったカーテンの隙間からわずかに漏れる光を求め、明るい戸外へ出るだろう。しかしその前に、名残惜しくはあったがコートのポケットからケラー夫人の写真を出し、依頼人の弱々しく開いたてのひらにのせた。そのあとは振り返ることなく部屋の出口へ向かい、暗がりと光のあいだをできるだけ速く横切って、午後の陽射しのなかへと躍りでた。そのときのまばゆい光と雲ひとつない紺碧《こんぺき》の空は、過ぎ去った日の残像としていまも脳裏に焼きついている。

まっすぐベイカー街へ戻る気にはなれなかったので、そのあと春の陽気に誘われるままモンタギュー街を目指し、ケラー夫人が何度も行き来した通りをたどりながら、心地よさに浸った。歩いているあいだ頭の片隅では、ポートマン書店の庭へ足を踏み入れる瞬間を想像し、私を待ち受けているものに思いを馳《は》せていた。ほどなく目的地に到着すると、誰もいない店へ入り、薄暗い書棚のあいだを通り抜けて裏庭へ出た――小さなベンチが置いてある中央は、柘植《つげ》の垣根で囲われていた。私はしばし立ち止まって目の前の光景に見とれた。宿根草の花壇や、外壁に沿って植えられた薔薇《ばら》を心ゆくまで鑑賞した。そよ風が吹いていて、垣根の向こう側でジギタリスやゼラニウムや百合《ゆり》の花が揺れている。ベンチに歩み寄ってそこに腰かけ、グラス・アルモニカの演奏が始まるのを待った。ジョンのブラッドリーの煙草をチョッキのポケットに少し入れてあった。音楽が流れているあいだ、煙草をふかしながらのんびり耳を傾けた。そのままじっと座って垣根を眺め、煙草の匂いと混ざり合ってもなお芳しい花園の香りを楽しむうちに、切なる希望と孤独感が胸のなかでざわめきだすのをはっきりと感じた。

ほんの一瞬だが、風が強くなった。垣根がぶるぶると震え、宿根草が右へ左へ揺れた。風がおさまって、あたりが再び静寂に包まれると、陽が翳《かげ》り始めるなか、グラス・アルモニカの音楽は私のような者には響かないのだと悟った。なんとも残念なことだが、あの魅惑的な楽器の芳醇で印象深い音色は、以前とはちがって自分の心を沸き立たせてはくれなかった。当然だ、以前と同じであるはずがない。彼女は逝《い》ってしまった。自ら命を絶った。結局はなにもかもが失われ、消滅してしまう。べつにそれでかまわないではないか。この世には確かな理由のない、型や理屈にあてはまらない出来事が存在するが、それがいったいどうしたというのだ？　そんな狂おしいほど空虚な思いにとらわれ、ベンチから立ちあがったとき、自分がどんなに孤独であるかをまざまざと思い知らされた。あたりには夕闇が急速に迫っていた。私はむなしさだけを抱えて庭園を去るだろう。心にうがたれた深い空洞には、いなくなった人の重みが残っていた――私の素顔をとうとう一度も見ることのなかった謎多き女性が、優美な曲線に縁どられた輪郭をそこに黒々と浮かびあがらせていた。

訳者あとがき

ミッチ・カリンの長篇小説『A Slight Trick of the Mind』（２００５）の全訳をお届けする。清冽《せいれつ》さあふれるこの物語は、終戦後間もない一九四七年の夏を支点に、イギリスの田舎で養蜂《ようほう》の研究にいそしむ老人が薄れゆく記憶の糸を懸命にたぐり寄せながら、その二カ月前に日本を訪れた際の体験と、さらにさかのぼって一九〇二年の衝撃的な出来事を回想するという構図になっている。それら三つのストーリーは時間の境界線を軽々と飛び越え、ときには草陰から這《は》いだした蛇のごとく不穏な空気を漂わせ、不規則に入れ替わりながら進行していく。

主人公の老人はサー・アーサー・コナン・ドイルが生んだ世界で最も有名な探偵、シャーロック・ホームズである。コナン・ドイル以外が書いたホームズものはこれまで無数に世に出ているが、〝御年九十三歳のホームズ〟と〝日本国内を旅してまわるホームズ〟を丹念に描いている点で、本書はホームズ関連のパスティーシュおよびパロディの歴史において斬新《ざんしん》かつ画期的な存在と言えよう。

長生きすれば誰もが向き合うことになる老い。苦楽を重ねたあとに近親者や愛する者の死がもたらす寂しさは、あの超人的な唯一無二の名探偵にいかなる影響を及ぼすのか、実に興味深いテーマだ。感傷にとらわれない論理的思考の持ち主が、晩年になって息子のような存在の者たちと出会い、終戦後間もない日本を旅したことをきっかけに人間についての思索をいっそう深めていく。不条理に満ちたこの世、完全に調和した自然から切り離されてしまった異質な存在としての人類――そんな言葉を口にする哲学者めいたホームズが美しさと哀調に満ちた場面でたびたび浮き彫りになるのを読者の方々は感じ取るだろう。彼がその鋭いまなざしを向ける先は、似通った暗い絵を描く、ともに戦争と家族の死に心を引き裂かれたイギリス人の少年と日本人の画家、そして最悪の時代にもたくましく咲きこぼれる花を愛《いと》おしむ薄幸の婦人といった面々。限りある人生において彼が理念の柱とする〝推理と分析の科学〟は、延々と続く悲しい生と死の循環という謎に挑むうえでいかに作用するのだろう。感情のうねりにもまれつつも、沖のかなたにきらめく究極の真理をつかみとろうとするホームズの姿をどうかじっくりと味わっていただきたい。

ご参考までに、〝推理と分析の科学〟は雑誌に掲載されたホームズの論文『人生の書』で詳述されており、これが引用されるのはコナン・ドイルによるホームズ物語（ここから先はシャーロッキアンのあいだで使われる〝正典〟という呼称を用いる）の第一作『緋色《ひいろ》の研究』である。ホームズにはほかにも多くの著作があり、本書でもいくつか挙げられているので、以下にリストアップしておく。括弧内はそれぞれが言及されている正典のタイトル。

＊重要な二つの大著
・『実用養蜂便覧　付：女王蜂の分封に関する諸観察』（『最後の挨拶《あいさつ》』）
・『探偵学大全』（『アビイ屋敷』）
ちなみに、『アビイ屋敷』のなかで晩年に時間ができたら一巻にまとめたいと当人が言っていたこの著作は、本書で第三巻を執筆中。全四巻の完成を目指している。
＊その他の著作や論文（二一七ページ）
・『タトゥーの模様について』（『赤毛連盟』）
・『足跡の鑑定について』（『四つの署名』）
・『百四十種の煙草の灰の鑑別法』（『緋色の研究』、『四つの署名』、『ボスコム谷の惨劇』）
・『手の形に見る職業の影響に関する考察』（『四つの署名』）
・『詐病について』（『瀕死《ひんし》の探偵』）
・『タイプライターと犯罪との関係』（『花婿の正体』）
・『秘密文と暗号』（『踊る人形』）
・『ラッススの多声モテット論』（『ブルース・パーティントン設計書』）
・『古代コーンウォール語におけるカルデア語の語源の研究』（『悪魔の足』）
・『探偵業での犬の使用法』（『這う男』）

本文中には、これから初めて、またはあらためて正典を楽しもうという方々のために適宜訳注を入れたが、ご参考までに次のとおり追加したい。
＊本書で綴《つづ》られる「グラス・アルモニカの事件」（一九〇二年春に発生）はホームズの一人称による物語で、正典で同じ形式をとるのは『白面の兵士』と『ライオンのたてがみ』だけである。
＊〃私は自ら確立した論理的な思考分析に基づいて、複数の競合する仮説から不可能なものを取り除きにかかった。そうして残った最後のひとつが、たとえどんなにありそうにないことでも、問題の本質を決定づけると考えていたからだ〃（六六ページ）
ホームズのこの持論は正典の『エメラルドの宝冠』、『白面の兵士』、『ブルース・パーティントン設計書』などにも登場する。
＊ヘンスイロの手を見て、「これは芸術家の手だ、画家の指先だ」とホームズが思うくだりについて。（七六ページ）
正典『孤独な自転車乗り』では、依頼人の手を観察して音楽家だと言い当てている。
＊香水を瞬時に嗅《か》ぎ分ける技能について（一二六ページ）
正典『バスカヴィル家の犬』では次のように言っている。

「七十五種類の香水を嗅ぎ分けられるくらいでないと、犯罪の専門家は務まらないんだ。僕自身の経験から言っても、香水を敏感に嗅ぎ取ったおかげで解決できた事件はひとつやふたつじゃない」

なお、本書は『Mr. Holmes』のタイトルで映画化された。監督ビル・コンドン、主演イアン・マッケラン。日本人俳優の真田広之《さなだひろゆき》も重要なウメザキ役で出演する。イギリスでの公開は年内の予定だが、ホームズに扮《ふん》したイアン・マッケラン（現在七十五歳）の画像はすでにネット上で鑑賞することができ、その美しさが話題を呼んでいる。原作と同じ年齢のホームズ像をお望みの向きは、ちょうど今年九十三歳になるクリストファー・リーの姿を重ねてみてはいかがだろう。吸血鬼ドラキュラの役で有名な彼は過去にシャーロックとマイクロフトのホームズ兄弟双方を演じた唯一の俳優である。（残念なことに、クリストファー・リーは六月七日に亡くなった。R.I.P）

著者ミッチ・カリンについて
一九六八年、アメリカのニューメキシコ州サンタフェ生まれ。小説家、写真家。本書のほかに『Tideland』や『The Post-War Dream』などの長篇を発表している。うち『Tideland』は本書と同じく映画化され、『タイドランド』（二〇〇四年）の邦題で角川書店より刊行された。神秘的な人物が突如ふっと出現する印象深い場面は本書と『タイドランド』に共通する特徴と呼べるだろう。

駒月雅子

駒月雅子（こまつき　まさこ）
1962年生まれ。慶應義塾大学文学部卒。翻訳家。訳書に『シャーロック・ホームズの回想』『緋色の研究』（角川文庫）の他、アンソニー・ホロヴィッツ『シャーロック・ホームズ　絹の家』（株式会社KADOKAWA）、ドラモンド『あなたに不利な証拠として』（ハヤカワ・ミステリ文庫）、マクロイ『幽霊の2/3』（創元推理文庫）など多数。

ミスター・ホームズ　名探偵最後《めいたんていさいご》の事件《じけん》

2015年３月30日　初版発行
2015年７月５日　再版発行

著者／ミッチ・カリン

訳者／駒月雅子《こまつきまさこ》

発行者／郡司 聡

発行／株式会社KADOKAWA
東京都千代田区富士見2-13-3　〒102-8177
電話　03-3238-8521（カスタマーサポート）
http://www.kadokawa.co.jp/

印刷所／旭印刷株式会社

製本所／本間製本株式会社

ISBN 978-4-04-101559-9　C0097